# 북경에서 온 편지

펄벅 / 오영수 옮김

지성문화사

# 작가 펄벅에 대하여
## - 이 책을 읽는 분에게 -

이 소설의 작가 펄 벅(Pearl S. Buck : 1892-1973)은 1931년에 『대지(The Good Earth)』를 발표하여, 20여 개 국어로 번역됨으로써 이듬해에 풀리처상을 받아, 일찍이 우리 독자들에게도 너무나 잘 알려진 미국의 현대 여류 작가이다.

여사는 1892년 웨스트버지니아 주(州) 힐스보로에서 태어나, 생후 3개월 만에 선교사였던 양친을 따라 중국으로 건너갔다. 그곳에 거주하면서 중국인 가정교사의 지도를 받다가 상해(上海)의 백인 여학교를 거쳐 미국의 란돌프 메이컨 대학을 졸업하였다.

미국인 농학 박사 존 로싱 벅(John Lossing Buck)과 결혼하여 중국의 화북(華北), 남경(南京) 등지에 살면서, 남경대, 중앙대 및 동남대학 등에서 영문학을 강의했으며, 한때는 북벌군의 난을 피해 일본의 나가사끼로 피신하기로 했었다. 1934년에 귀국한 후로는 미국을 무대로 한 작품을 많이 발표하였으며, 한때는 북벌군의 난을 피해 일본의 나가사끼로 피신하기도 했었다. 1934년에 귀국한 후로는 미국을 무대로 한 작품을 많이 발표하였으며, 1938년에는 마침내 노벨문학상을 수상하였다.

여사의 작품으로는 『대지』 이외도 『어머니(1934)』, 『싸우는 천사들(1936)』, 『서태후(1956)』 등 많다.

이 책의 『북경에서 온 편지(Letter From Peking)는 여사가 중국에서 보고 느낀 생활을 바탕으로 쓴 소설로서, 여사의 풍부하고 낭만적인 상상력과 자신의 생애가 짙게 투영되어 있다. 즉, 이 작품에서 펄벅여사는 자신이 평소 관심을 가지고 있는 혼혈인 제럴드와 그의 미국인 아내 엘리자베스 사이의 사랑을 그린 소설이다. 그러나 아기자기한 사건들이 연결되는 전통적인 스토리 텔링(story teling)의 형식을 취하지 않고, 여주인공 엘리자베드의 섬세하고 예민한 독백과 의식의 흐름에 의해서 이 소설은 전개되어 간다. 여기에다 서정적인 분위기 묘사가 곁들어져 한 편의 서사시에 가까운 효과를 내고 있기도 하다. 그러나 여사는 여기에 평이하면서도 가까운 효과를 내고 있기도 하다. 그러나 여사는 여기에 평이하면서도 논리적인 문장과 여성의 사랑의 감정을 고백하고 있으나, 결코 값싼 감상에 빠지지 않도록 자제하고 있는 펄벅의 지성에 주목하면서 이 작품을 읽어야 할 것이다. 무엇보다도 주인공 엘리자베드의 감정에는 미움이 없다는 것을 우리가 결코 간과해서는 안 될 것이기 때문이다. 사정이야 어떻게 됐던 자기 아닌 딴 여자에게서 아이를 낳게 한 남편 제럴드를 그녀는 조금도 원망하지 않는다. 그리고 자기 남편을 차지한 여인을 오히려 동정하기까지 하는 여주인공의 성숙한 사랑을 깊이 음미해야 할 것이다.

이렇듯 펄벅 여사는 자신의 작품을 통해서 당시의 사회적 통념과 가치관을 타파하고, 인종(人種) 문제와 동서(東西)의 이해를 우한 작품을 많이 썼다. 특히 여사의 『갈대는 바람에 시달려도(The Living Reed)』는 한국을 무대로 한 소설이며, 또한 여사는 펄벅 재단을 설립하여 한국의 혼혈아와 고아를 양육하기도 했다.

모름지기 여사는 사랑을 글로써만 그린 것이 아니라, 버림받은 많은 사람들의 어머니로서 〈인간애가 무엇인가〉를 스스로의 행동을 통하여 보여 준 현대의 대표적인 작가임에 틀림없다.

# 북경에서 온 편지

 오늘은 1950년 9월 25일. 나는 지금 버몬트 사악지방의 한 마을에 있습니다. 나는 이곳에서 태어나 어린 시절을 여기서 보냈고, 그 후 바다를 건너가 사랑하는 그이의 나라를 마치 내 나라처럼 사랑하게 됐습니다. 그런데 그 나라에 전쟁이 터지는 바람에, 사랑함에도 불구하고 외국인이라는 탓으로 다시 이 골짜기로 돌아와야만 했던 것입니다.

 반시간쯤 전에 나는 우편배달부를 만나기 위해 대부분의 잎사귀가 붉은 황금빛으로 물들고 아치 형(型)으로 늘어진 단풍나무 아래의 시골길을 걸어 내려갔습니다. 버몬트 산악지방의 이 마을이 멀고 험해서인지 우편배달부는 1주일에 세 번밖에 오지 않았습니다. 덕분에 나는 1주일 가운데 세 번은 아침 일찍부터 일어나 불안하고 초조해야만 했습니다. 언제 어느 때 북경(北京)에서, 그러니까 제럴드에게서 편지가 날아올지 모르기 때문입니다. 몇 달 동안 편지는 오지 않았습니다. 그러던 것이 바로 오늘 아침에 날아온 것입니다. 우편배달부는 서둘러 편지를 꺼내 내게 주면서 이렇게 말했습니다.

"당신이 기다리시던 것이 여기 있습니다."

하고, 자기 일처럼 기뻐하는 것 같았습니다. 나는 그 사람 앞에서 편지를 뜯기가 싫었습니다. 마침내 눈부신 가을 햇볕에 몸을 태우는 단풍나무 그늘에서 혼자가 되어서야 나는 봉투를 뜯었습니다. 편지를 읽어가는 동안, 내가 예상했던 내용이라는 것을 알 수 있었습니다. 놀랄 만한 사실이 적혀 있으리라고는 생각지 않았습니다. 제럴드는 나는 놀라게 하거나 내게 충격을 주거나, 더구나 상처를 줄 만한 이야기는 한 마디도 할 리가 없었기 때문이었습니다. 나는 그이를 사랑해 왔고 지금도 사랑하고 있으며, 또 언제까지나 사랑하게 될 것입니다.

이따금 나뭇잎 한두 개가 천천히 떨어질 뿐, 바람 한 점 없는 고유한 가을의 대기 속에서 나는 그 편지를 읽고 또 읽었습니다. 그이가 쓴 글씨 하나하나가 그이의 목소리로 되살아나 내 귓가에 울려오는 것만 같았습니다.


사랑하는 나의 아내에게.

나는 무엇보다도 먼저 당신만을 사랑한다는 말부터 하고 싶소. 지금 내가 어떻게 지내든, 내가 사랑하는 사람은 오직 당신뿐이라는 것을 기억해 주오. 비록 내 편지를 다시는 못 받게 되더라도, 나는 마음속으로 매일 당신에게 편지를 쓰고 잇다는 사실을 알아 주오.


편지의 첫머리는 이렇게 시작되어 있었고, 그것을 읽어가는 동안 나는 그 다음에 무슨 이야기가 쓰여 있을지 알 수 있을 것 같았습니다. 단숨에 끝까지 다 읽고 나자 제럴드의 목소리가 울려오는 메아리처럼 내 귓바퀴 속을 맴돌고 있었습니다. 집까지 걸어왔습니다. 레니가 학교에 간 후의 집안은 텅 비어 있었습니다. 오히려 아무도 없는 것이 반가웠습니다. 나는 지금 내 방, 내 책상 앞에 앉아서 글을 쓰고 있습니다. 편지는 내 개인 상자에 넣고 잠갔습니다. 나는 그것의 존재를 잊을 생각입니다. 이야기할 상대가 없어 내 모든 감정을 지금 이렇게 글로 쓰고 있는 것이 나로선 다행스럽고 편안한 일이기도 합니다.

날 마다처럼 오늘 아침도 밝았습니다. 요즘 나는 일찍 일어납니다. 우리 이웃의 농부들도 중국의 농부들처럼 땅거미가 지면 잠자리에 들어 새벽 4시면 일어납니다. 그러나 제럴드는 남들이 잠든 후의 정적을 좋아했기 때문에 우리의 결혼생활이 해를 거듭하는 사이에 나도 잠자리에 늦게 드는 버릇을 갖게 되었습니다. 우리가 살던 조그마한 중국 가옥의 밤 시간은 정겨운 것이었습니다. 어둠이 깃들면 거리의 소음도 잠이 듭니다. 하루의 일이 모두 끝나고 나면 이따금 음악이 들려 올 때도 있습니다. 두 줄짜리 바이올린 소리가 나지막한 담장을 넘어 우리 집 마당으로 흘러듭니다. 낮에는 근처에서 비단가게를 경영하는 상인인 이웃의 화씨가 연주하는 음악입니다.

여름이면 제럴드와 나는 금붕어 연못가의 소나무 아래에 앉아 우리의 아들 레니가 노는 모습을 구경하는 것을 무엇보다 즐겼습니다. 지극히 조심스럽기만 하던 침대 속의 아기시절을 막 벗어난 레니는 우리에게 단 하나밖에 없는 아이였습니다. 우리에게는 그전에 딸 하나가 있었는데, 유아시절에 갑자기 세상을 떠나고 말았습니다. 어느 날, 아침까지만 해도 웃고 생생하던 아이가 그날 밤 갑자기 믿어지지 않게 숨을 거둔 것입니다. 그 아이가 왜 죽었는지 그때도 지금도 모르고 있습니다. 제럴드는 끔찍이 사랑하고 그이와 함께 중국으로 간 댓가의 일부로 내게 주어진 것이 바로 그 슬픔이었습니다.

그로부터 오랜 기간, 실제보다 길게 느껴졌던 기간 동안 우리에게는 아이가 없었습니다. 슬픔에 잠겨 있었지만 제럴드의 처절에 가까운 비탄이 오히려 나를 달래 주었습니다. 잃은 아이에 대한 그이의 슬픔은 영원히 그치지 않을 것같이 생각될 정도였습니다. 몇 달 동안 그이는 거의 잠을 이루지 못했고, 음식도 들지 않았다는 편이 차라리 어울릴 표현일 것입니다. 그 결과 키가 크고 마른 편이었던 그이의 외모는 해골의 모습을 방불케 하는 것이었습니다. 나는 그이의 슬픔을 들어 주기 위해 나의 눈물을 눌러 참아야 했습니다.

"당신의 나라에 그대로 눌러 있었어야 했어."

그이는 같은 말을 수없이 되뇌었습니다.

"만약 우리가 미국에서 살았더라면 우리의 아이는 죽지 않았을 거야. 나는 당신에게서 너무 많은 것을 빼앗았어."

그런 말을 듣고 있던 나는 그이의 가슴에 살며시 안겼습니다.

"당신이 어디를 가든 나도 따라 갈 거예요. 그 어떤 댓가를 치러도 괜찮아요."

그이는 그러는 나를 의아스러운 표정으로 바라보았습니다.

"이런 것이 미국 여자와 중국 여자의 다른 점인 모양이지. 당신은 어머니보다는 아내 쪽을 택하는 것 같군."

"당신 곁에 있을 때, 나는 완벽한 당신의 아내가 되는 거예요."

나는 서슴지 않고 대답했습니다.

"그리고 당신은 미국에 계실 땐 전혀 행복한 것 같지 않으셨어

요."

내 말대로 그이는 미국에선 행복해질 수 없었습니다. 나는 그 당시에도 그 사실을 알고 있었고, 지금도 알고 있습니다. 북경에 있을 때 버몬트 산악지방의 청명하고 신선한 공기가 그리워져 이따금 걷잡을 수 없이 향수가 피어오른 적도 있었지만, 나 자신은 그곳에서도 행복해질 수 있었습니다. 북경은 보석과 같은 도시였습니다. 모든 것이 풍요롭게 꾸며졌고, 오랜 세월과 역사로 찬란한 금박을 입힌 것 같았으며, 주민들은 하나같이 예의바르고 명랑했습니다. 그곳에서의 나의 삶은 평화롭고 아름다운 생활로 이어질 것이 틀림없고, 충분하게 그리고 만족하게 살다가 그곳에서 제럴드와 함께 묻힐 것이라고 생각했습니다. 남편과 나의 일생은 아예 그렇게 정해진 것으로 생각했던 게 사실이었습니다.

그러다 나는 여기 버몬트 산악지방의 한적한 농가에 17살 난 아들 레니와 함께 있습니다. 그리고 이 편지를 받은 지금 나는 언제 또 그이를 보게 될 것이라고는 생각하지 않습니다.

앞에서 말했듯이, 그날도 여느 날과 똑같이 시작됐습니다. 나는 6시에 일어나서, 매트가 우리 4마리 젖소의 젖을 짜는 일을 도왔고, 우유 트럭이 싣고 갈 수 있도록 우유 통을 축사 입구 계단에 놓아두었습니다. 그리고 레니에게 줄 우유는 큰 백랍으로 만든 주전자에 하나 가득 담아서 남겨 두었습니다. 그리고 나서 부엌으로 들어가 레니의 아침식사 준비를 했습니다. 레니는 밤이면 젖 짜는 일을 거들었다. 레니는 제럴드를 꼭 닮았습니다. 일찍 일어나는 것은 고통스러운 일이지만, 레니는 밤늦도록 일하고서도 태연합니다. 혼자 있게 되자 나는 내 어린 시절로 돌아갔습니다. 나는 할아버지의 소유였다가 다음에는 아버지가 이어받고, 그리고 지금 나의 소유가 된 여기 이 땅에서 태어났기 때문입니다. 아버지는 희망과 신념을 가진, 그러나 크게는 성공하지 못한 발명가였는데 그 아버지의 말에 의하면 '기묘한 기계'를 만드느라고 농장 일은 아무렇게나 했습니다. 두세 가지는 꽤 성공적이었습니다. 예를 들면, 계란 세척기 같은 것입니다.

그러나 우리 식구를 먹여 살린 것은 농장에서 거둬들이는 곡식과 채소, 그리고 축산물이었고, 필요한 돈은 농부가 아니라 유명한 변호사였던 할아버지가 아버지에게 물려주신 유산에서 염출해써야 했습니다. 제럴드와 내가 결혼했을 때는 아버지는 이미 돌아가신 후였고, 어머니 혼자 이 농가에서 외롭게 살고 계셨습니다. 그러나 어머니도 레니가 태어나기 전에 내게 이 농장을 물려주시고 돌아가셨고, 내가 헤어져 있어야 한다는 사실을 알게 되었을 때 내가 돌아갈 곳은 이 곳 뿐이었습니다. 이 곳 이외에는 이 세상의 그 어느 곳에도 내가 있을 만한 곳이 없었던 것입니다.

평소처럼 아침식사 준비를 막 끝낼 무렵에 레니가 2층에서 내려왔습니다. 침실의 창문을 열어놓고 잤는지 레니의 볼은 차가운 밤공기로 인해 장밋빛으로 상기되어 있었습니다.

"안녕히 주무셨어요, 어머니?"

레니는 미소를 지으며 내 볼에 입맞춤을 해 주었습니다.

"너도 잘 잤니, 레니야?"

나도 미소로 아들을 맞았습니다.

이와 같은 격식은 레니의 아버지가 항상 강조하던 것이었습니다. 조금이라도 헤어져 있다가 만나면 서로 깍듯한 인사로 맞아야 한다는 것이었습니다.

"부모 곁을 떠나게 될 경우에는."

제럴드는 이런 면에서는 아들에게 엄격한 교육을 시켰습니다.

"반드시 인사를 하고 떠나야 하며, 가는 곳을 분명히 밝혀야 하고, 돌아왔을 때는 즉시 부모 앞에 모습을 보이고, 그 동안에 무슨 일이 없었는지 여쭈어 봐야한다. 그것이 자식으로서의 도리이고 효도인 것이다."

"오늘 아침엔 기분이 어떠세요, 어머니?"

레니가 언제나처럼 공손하게 물어왔습니다.

"아주 좋단다, 고마워."

"어젯밤엔 좀 주무셨어요?"

"그래, 잘 잤어."

우리는 서로 마주 보며 미소를 지었습니다. 그 순간 레니는 아버지를, 나는 남편을 생각하고 있었습니다. 레니는 생김새도 아빠인 제럴드를 많이 닮았습니다. 나이에 비해 키가 크고 머리카락과 눈동자가 검으며, 중국 조상들만이 남겨 줄 수 있을 것 같은 매끄러운 크림 빛 피부의 레니는 특히 옆모습이 아름답습니다. 어떻게 보면 금방이라도 허물어질 것처럼 나약해 보이지만 사실은 강건합니다.

"앉아라, 애야."

내가 먼저 입을 열었습니다.

"아침식사가 준비됐다.

레니에게 있어 아침식사는 특히 중요한 것입니다. 우선 흑설탕과 우유를 풍부하게 넣은 오트밀만을 먹습니다. 제럴드는 설탕을 사용하지 못하게 해서, 우리는 북경에서 거무스레한 중국 설탕만 써야했습니다. 우유는 물론 미국인들의 음식입니다. 레니도 틀림없는 미국인입니다. 레니의 몸속에 흐르는 피 중에 중국인의 피는 4분의 1밖에 되지 않는 셈입니다. 체격도 중국인들과는 다릅니다. 뼈가 굵고, 손과 발도 정교하지만 커다랗습니다. 그런 면에서는 아버지의 우아함을 물려받지 않은 것 같습니다.

"달걀 세 개만 주세요."

레니는 언제나처럼 요구했습니다.

나에게 달걀을 잘 낳아 주는 암탉들이 있다는 것은 다행스런 일입니다. 얼마 되지 않는 유산에서 염출되는 생활비로는 레니가 만족할 만큼의 고기를 마련해 주기는 힘들기 때문입니다. 베이컨 역시 고급스런 음식이지만, 내 아들에게 좋은 음식을 먹인다는 것이 나에게 가장 커다란 즐거움입니다. 내가 레니를 '내 아들' 이라고 부르는 건 잘못입니다. 레니는 제럴드와 나, 그러니까 '우리의 아들' 이라는 걸 잊지 않을 것입니다. 그러나 그 편지로 인해 내 인생이 얼마나 변하게 될지는 나도 모르는 일입니다.

식당의 창문으로는 길을 내려다볼 수 있고, 레니의 자리인 식탁 맨 윗자리에서는 스쿨버스가 오는 것이 잘 보입니다. 처음에는 그 자리를 비워 두었었습니다. 언젠가 남편이자 아버지인 제럴드가 오면 앉게 하기 위해서였습니다. 상해의 부두에 제럴드를 남겨두고 떠나는 우리에게 그이는 석 달 내에 다시 만날 수 있게 될 거라고 말했습니다. 그러나 막상 석 달이 다 되어 갈 즈음에는 온다는 이야기를 찾아볼 수 없었고, 벌써 그이의 편지도 몇 주일씩 건너뛰고 있었습니다. 그렇게 되자 레니가 거리를 내다볼 수 있으므로 아버지의 자리에 앉겠다고 했을 때, 나는 허락하지도 말리지도 않았던 것입니다.

아마 그때 벌써 나는 이런 편지가 오리라는 걸 알고 있었던 것 같습니다.

"버스가 와요."

레니가 밖을 바라보며 소리쳤습니다. 벌써 레니의 앞에 놓여 있던 달걀 세 개와 베이컨은 자취도 없었습니다. 버터를 바른 토스트 세조각도 마찬가지였습니다. 서둘러 두 잔째의 우유를 비우고 난 레니는 겉옷과 모자를 집어 들었습니다.

"다녀오겠어요, 어머니."

"그래, 다녀오너라."

제럴드는 레니에게 나를 부를 때에 절대로 약칭을 사용하지 못하게 했습니다. 그래서 상해의 미국 아이들이 그들의 어머니를 부를 때 '엄마' 라든지 다른 약칭을 사용하는 걸 알게 된 레니는 놀라는 것 같았습니다.

"어머니라 호칭은 아름다운 말이다."

제럴드는 아들에게 엄격하게 타일렀습니다.

"상스러운 흉내를 내서는 안 된다."

그이는 아들을 타이를 때면 언제나 그랬듯이 중국어로 말했고, 레니는 그 말에 순종했습니다.

레니가 나가고 혼자 남아 집안이 조용해지자, 나는 늘 하던 일을 했습니다. 접시를 씻고 나서 2층으로 올라가 침실을 치웠습니다. 전에 부모님이 쓰시던 내 방은 집 건물의 앞으로 불쑥 튀어나와 있습니다. 집에는 5개의 창문이 달려 있어서 바라다 보이는 풍경은 매일 시시각각으로 변합니다. 오늘 아침 내가 6시에 일어났을 때 둥글고 큰 황금빛 달이 산림이 무성한 산 너머로 지고 있었습니다. 수평으로 비치는 달빛은 아직도 충분히 밝아 끝이 뾰족한 삼목 그림자를 그 아래쪽의 회색빛 바위에 검은색으로 비춰 주고 있었습니다. 나는 북경 집의 담장이 주는 안정감을 좋아했으나, 이 경치를 더욱 더 좋아합니다. 제럴드가 없다면 나는 물론 내 나라를 택할 것입니다. 그러나 제럴드와 함께 있으면 어느 고장이든 다 만족스럽고 모든 것이다 아름답기만 합니다.

남쪽으로 난 창으로는 날씨가 좋으면 햇빛이 쏟아져 들어옵니다. 나는 네 귀에 기둥이 솟은 내 침대를 정돈하고 선반과 가구, 그리고 백색으로 칠해진 벽난로 선반들의 먼지를 터는 것으로 청소를 시작합니다. 그러나 사실 방안에는 먼지나 티끌 하나 거의 없고, 바닥이나 이따금 한번씩 닦아 주면 그만입니다. 청소를 하면서도 가끔 이집 청소는 너무 간단한 일이 아닌가 하고 생각해 봅니다. 북경의 그 집은 청소를 하려면 다섯이나 되는 하인들이 모두 나서야 했습니다. 제럴드는 직접 내 손으로 일하는 것을 싫어했습니다. 사실 내 손은 그이의 말대로 아름다운 편입니다. 그이가 내게 맨 처음 한 말도 그런 내용이었습니다.

"당신의 손은 정말 사랑스럽군요."

그때 나는 들여다보려고 손을 들었습니다.

"정말 그래요?"

나는 바보스럽게도 이렇게 물었었답니다. 아니, 사실은 바보짓이 아니었을지도 모릅니다. 그이에게서 그런 말을 다시 듣고 싶어 그랬을지도 모를 일이니까요.

"미국 여자들의 손은 대개 그렇게 예쁘지가 않아요."

내 마음을 아는지 그이는 이야기를 계속했습니다.

"어머니 때문에 그런 사실을 깨달았죠. 중국 여자들은 우아하고 정교한 손을 가지고 있어요."

"중국 여자들의 손은 모두 그렇게 아름다운가요?"

나는 다시 물었습니다.

"그래요."

그 후로 제럴드가 내 손에 대해서 또다시 그런 말을 한 적을 없었던 것 같지만, 나는 그때의 그이가 한 말을 잊은 적이 없었습니다. 아마 그이가 나를 사랑하게 된 것은 내 손이 그이로 하여금

어머니를 생각하게 했기 때문일지도 모릅니다. 그러나 지금 내가
그걸 어떻게 알아볼 수 있겠습니까?

오늘 도착한 제럴드의 편지는 석 달 간의 무소식 끝에 온 것입
니다. 편지의 발신지는 상해가 아니라 홍콩이었고, 봉투의 주소는
낯선 글씨로 쓰여 있었습니다.

설령 오랫동안 내 편지를 못 받더라도 너무 걱정하지는
말아주오.

편지에는 이런 구절이 있었습니다.

당신에게 어려운 점들을 일일이 말할 수 없을 것 같소. 이 편지
가 어떻게 해서 당신에게 발신되는 것인지도 이야기할 수가 없소.
답장을 할 때는 내게 직접 하지 말고 봉투에 있는 발신 주소로 하
시오. 아마 내게 도착하려면 몇 달 걸리게 될 것이오.

우리는 헤어진 후 처음 얼마 동안은 매일 편지를 썼습니다. 일
본과의 전쟁이 터지기 전에는 한번도 떨어져 본 적이 없었습니다.
북부지방이 적의 손에 손쉽게 떨어지는 것이 확실해지자, 제럴드
는 나에게 한구(漢口)로 가는 철도가 끊기기 전에 레니를 데리고
중경(重慶)으로 가라고 말했습니다.
"당신을 남겨 두고 가란 말이에요?"
나는 울먹이며 소리쳐 물었습니다.
"때가 되면 당신을 따라가겠소."
그이는 나를 달래며 말했습니다.
"나는 대학과 함께 움직여야만 하오."

대학의 총장인 그이에게 주어진 책임이 얼마나 크고 무거운가 하는 것은 나도 잘 알고 있었습니다. 그이의 말대로 나와 레니는 중경을 향해 떠났습니다. 여행은 순탄하지 못했습니다. 열차는 발 디딜 틈조차 없이 혼잡했습니다. 열차의 지붕 위에까지 올라가는 피난민들이 있을 정도였습니다. 한구의 호텔도 역시 만원이었습니다. 피난 나온 부자들과 그들의 수행원들로 가득 차 있었는데, 나는 떨어져가는 백인의 위신을 최대한 이용하여 레니와 내가 쉴 수 있는 조그마한 공간을 한 곳 얻을 수 있었고, 뇌물을 주고서야 양자강을 거슬러 올라가 중경에 이르는 배편을 구할 수 있었습니다.

제럴드가 자기 말대로 학생·교직원들과 함께 중경으로 온 것은 그로부터 몇 달이 지난 후였습니다. 그 동안에 레니와 나는 그 도시의 고지대에 위치한 조그마한 집을 구해서 살고 있었습니다. 아, 사랑하는 사람과의 재결합의 기쁨을 뭐라고 표현하면 좋을까요! 우리 앞에 나타난 그이는 그 동안 바짝 여위어 키가 몇 인치나 더 큰 것처럼 보였습니다. 그래도 그이는 만족해하는 것 같았습니다. 그이와 함께 남아 있던 학생들과 교직원들을 중경까지 안전하게 데려왔던 것입니다. 그 도시 당국에서는 고맙게도 그들을 위해 유서 깊은 장소 몇 군데를 제공받는 걸 확인하고 나서야 비로소 우리에게로 돌아왔던 것입니다.

그이를 맞으며 포옹했을 때 그이의 몸이 떨리고 있는 걸 느꼈고, 그이가 지탱하기 어려울 정도로 피곤한 상태라는 걸 깨달을 수 있었습니다.

"여기는 당신이 쉴 수 있는 곳이에요."

그때 내가 그이에게 할 수 있는 말은 그것뿐이었습니다.

그이는 내가 꾸민 집을 돌아보았습니다. 나는 원래 방이 큰 것을 좋아합니다. 우리가 세 얻은 중경의 그 벽돌 농가를 처음 보았을 때, 나는 집주인에게 만약 허락해 준다면 안채의 벽을 헐어 세 개의 방을 하나로 만들겠다고 말했었습니다.

"그럼, 어디서 주무실 거죠?"

집주인은 조그마한 눈을 굴리고 머리는 저으면서 물었습니다. 뚱뚱한 몸집에다 면도도 하지 않아 지저분한 인상을 주는 집주인은 농부가 아니라 집세를 받아 살아가는 사람이었습니다.

나는 그의 말을 못 들은 척해 버렸습니다. 그 사람에게는 상관이 없는 일이었기 때문입니다. 나는 이미 마당의 양쪽에 붙어 있는 방 두개를 침실로 쓰려는 계획을 세워 놓고 있었습니다. 문간 방들은 닭을 키우거나 가게로 이용할 수 있게 되어 있었습니다. 결국 내 솜씨로 해서 제럴드가 보게 된 방은 아주 널찍하고 안락하게 꾸며진 방이었습니다. 사실 우리는 북경으로부터 거의 빈손으로 떠나오다시피 했지만, 나는 중국의 어느 도시에서든 중국인 상점에서 내가 필요한 물건들을 구하는 방법을 알고 있었습니다. 중국인 수공업자들은 솜씨가 아주 좋았고, 아름다움이 무엇인지 아는 사람들이었습니다.

"당신은 집을 꾸미는 데 천재야."

제럴드는 방을 돌아본 후에 이렇게 칭찬해 주며 쿠션이 깔린 버드나무 가지로 만든 의자에 앉아 등받이에 머리를 기댔습니다.

"여기가 바로 천국이군."

하고 그이는 중얼거리듯 이렇게 말하더니 스스로 눈을 감았습니다.

눈물이 복받쳐 그만 여기서 그쳐야 하겠습니다.

벌써 2월 1일입니다. 여러 주일 동안 우리 버몬트의 풍경은 겨울일색이었고, 산은 흰 눈으로 뒤덮였으며, 골짜기는 눈 덮인 채 마냥 조용하기만 했습니다. 사흘 전에 따뜻한 바람이 불어오고, 햇빛이 비쳐서 언덕과 길의 눈을 녹였습니다. 그러나 그것은 일시적 해빙에 지나지 않는다는 것을 나는 알고 있습니다. 왜냐하면 겨울이 또다시 올 것이기 때문입니다. 여기에는 3월과 4월까지도 눈이 두텁게 쌓여 있습니다. 때로는 수액이 설탕공장으로 수송되는 도중에 파이프 속에서 얼기 때문에 봄의 설탕제조가 여러 날 동안 늦어집니다. 오늘이 골짜기는 안개에 덮여 있어 산은 보이지 않습니다. 나는 앞마당의 대문까지밖에는 볼 수가 없었습니다. 아버지는 어머니를 위해서 울타리를 세웠습니다. 보스턴 태생인 어머니는 이 집의 창문을 통해서 보이는 무시무시한 원경을 견디어낼 수가 없었습니다. 수많은 산봉우리들이 굴러 떨어질 것 같았기 때문입니다.

"저는 담이 있는 집에서 살아야 해요."

어머니가 아버지에게 이렇게 말씀하신 적이 있었습니다.

"그렇지 않으면 저는 길에서 사는 것 같아 불안해요."

아버지는 담을 쌓고 마당에는 잔디를 잔뜩 심고 큰 자작나무숲을 만드셨습니다. 어머니는 세상을 떠나실 때까지도 날씬하고 아름다운 부인이었고, 아버지가 돌아가신 뒤에도 몇 년을 더 사셨으며, 그때까지도 어머니는 정신적으로나 육체적으로나 정정하셨습니다. 담과 문을 만든 뒤부터 어머니는 그 밖으로 나가는 일이 거의 없으셨습니다. 내가 제럴드 멕레오드와 결혼하겠다고 말했을 때 어머니는 마음에 차지 않으셨습니다. 어머니는 아버지를 사랑하고 있었지만, 결혼생활은 그다지 행복하지 않으신 것 같았습니다. 그러므로 내가 결혼하는 것을 원치 않으셨던 것입니다.

"결혼생활이란 여자에게는 많은 고통을 준단다."

어머니는 내가 결혼하는 것을 원치 않는 이유를 이렇게 말씀하셨습니다.

"멕레오드란 이름은 좋긴 하지만……."

나는 어머니에게 제럴드가 중국계 혼혈이라는 것을 말씀드리기가 망설여졌습니다. 제럴드는 눈이 좀 가느다랗고 긴 편이지만, 코가 크고 눈썹이 짙어 얼굴이 약간 검은 코카서스인 정도로 보일 수 있었기 때문이었습니다. 그이는 여자로서의 내 용모보다 남자로서 더욱 아름다운 용모를 지니고 있었습니다. 나는 체구가 작고 피부는 곱지만 눈은 푸르다기보다는 회색에 가까웠습니다. 그런 나를 나 자신도 아름답다고 생각해 본 적은 한번도 없었으며, 제럴드도 역시 그런 말을 한 적이 없었습니다.

"살결이 아주 곱군요."

"입이 매우 귀엽게 생겼어요."

이렇게 부분적인 것에 대한 청찬은 했지만, 분명히 아름답다고 말해 준적은 한번도 없었던 것으로 기억됩니다.

그런데 나는 그이를 진정으로 아름답다고 생각했습니다. 아마 그것은 혼혈 때문인지도 모를 일이었습니다. 그러나 어느 쪽 혈통이 그이를 아름답게 만든 것인지는 아무도 속단할 수 없는 일이었습니다.

내가 만약 그이가 중국인의 피가 섞인 혼혈이라는 걸 속이려 들었더라도 그것은 오래 가지 못할 일이었습니다. 예민하고 상상력이 풍부한 어머니를 속인다는 것은 어림없는 일이라는 걸 나는 잘 알고 있었던 것입니다. 그래서 나는 조심스럽게, 그러나 대수롭지 않은 이야기처럼 입을 열었습니다.

"그이의 아버지는 북경에 살고 계신 미국인인데, 중국 여인과 결혼하셨어요. 그러니까 제럴드는 중국계 혼혈이에요."

순간 깜짝 놀란 어머니의 조그만 입술이 벌어지셨습니다.

"오! 엘리자베드, 그건 안돼!"

오직 어머니만이 나를 엘리자베드라고 부르셨는데, 그 이름은 할머니의 이름인 엘리자베드 듀엔에서 따온 것이었습니다. 제럴드는 나에게 이브라는 애칭을 붙여 주고, 그렇게 불렀습니다.

"이브! 당신은 내가 세상에 태어난 후 처음으로 사랑을 느낀 여성이오. 물론 어머니는 제외하고… 그래서 당신을 이브라고 부르는 거요."

우리가 약혼하던 날 밤 제럴드는 이렇게 말했습니다.

"그럼, 나는 당신을 아담이라고 불러야 하나요?"

그때 나는 장난기 섞인 목소리로 이렇게 물었습니다.

"크리스찬들이 그 이름을 중국인에게도 빌려 줄지 의문이군요."

그이는 장난스럽게 말하고 있었지만, 그 속에는 날카로움이 숨겨져 있었습니다.

"당신은 중국인이라고 하시지만 그렇지 않아요. 적어도 절반은요."

나는 애원하듯이 말했습니다.

"제럴드, 우리 어머니와 만날 때는 미국인이 되어 주세요."

내가 이런 말을 하고 난 후 그이는 더욱 중국 사람같이 행동해 그이가 어머니 앞에서 어떤 태도를 취할지 걱정스러워졌습니다. 그럴 때 아버지가 돌아가시고 안 계신 것이 무엇보다도 슬펐습니다. 만일 아버지가 제럴드를 보셨다면 틀림없이 기뻐하셨을 것이고, 어쩌면 그이의 중국인 혈통을 더 좋아하셨을 지도 모르기 때문입니다. 아버지는 세계를 향해 마음을 열고 계신 분이셨습니다.

그러난 그와 같은 나의 염려는 기우에 불과한 것이었습니다. 우리 어머니를 만난 그이는 아주 멋있는 미국 청년같이 행동했기 때문입니다. 다만 그이의 선천적인 우아함과 정교함, 그리고 바르게 빗어 넘긴 까만 머리카락이 중국인의 피가 흐르고 있다는 것을 느끼게 했을 뿐이었습니다.

그날 어머니는 그이를 맞이하기 위해 회색 비단옷을 입고 차가운 느낌이 드는 태도로 거실에 앉아 계셨습니다. 어머니 옆에는 차 테이블이 있었는데, 그 위에는 할머니가 물려 준 은찻잔, 그리고 선조들이 중국 광동에서 백 년 전에 가져 온 훌륭한 자기와 접시가 놓여있었습니다.

"어머니, 이이가 제럴드에요."

내가 먼저 어머니에게 그이를 소개하자, 어머니는 작고 창백한 손을 내밀었습니다.

"안녕하세요?"

어머니는 체구는 작았지만, 행동이나 말투에는 품위가 있는 분이셨습니다.

"네, 안녕하십니까?"

제럴드는 부드럽고 명랑한 어조로 말했습니다.

"이렇게 뵙게 되어 대단히 기쁘군요! 커크 부인."

"소녀시절부터 내가 마시는 차 맛은 알도록 배웠어요."

어머니가 긴장을 풀지 않으려고 애쓰며 케이크 접시를 들어 올렸다가 내려놓자 얼른 제럴드가 웃으며 말했습니다.

"잠깐 기다려 주세요. 할머니는 제가 스콘을 먹는 동안은 다른 과자를 먹어선 안 된다고 가르치셨거든요."

그 말에 어머니도 잠깐 미소를 지어보였습니다만, 그것은 차가운 미소였습니다. 나는 소리 내어 웃었는데, 그것은 어머니 때문이기도 했지만 나 자신이 행복했기 때문이었습니다.

"제럴드, 당신은 너무 훌륭한 가정교육을 받으신 것 같군요."

내가 이렇게 말하자, 어머니는 나를 못마땅하게 여기셨습니다.

"엘리자베드, 그렇게 말하는 건 옳지 않은 것 같구나. 내 생각으로는 너도 훌륭한 교육을 받았다고 생각한다. 멕레오드씨의 행동에는 틀린 게 하나도 없어. 그런데 넌 때를 가리지 않고 함부로 행동하는구나."

"죄송해요, 어머니."

나는 재빨리 어머니에게 사과했습니다. 이렇게 빨리 사과하는 것은 어린 시절에 아버지께서 가르쳐 주신 비결이었습니다.

"리스야, 자신의 잘못을 깨닫게 되면 곧바로 사과를 해야 한다. 아무 힘도 들지 않는 그 한 마디가 쉽사리 고통에서 구해 주거든, '죄송해요', '미안해요' 하는 이런 말은 일상생활에서의 동전처럼 항상 필요한 것이란다. 특히 사랑하는 사람들 사이에선 더욱 필요한 거야."

그러자 어머니는 내게서 얼굴을 돌리시며 제럴드에게 말을 건네셨습니다.

"그럼, 댁의 할머니께서는 리치먼드에서 사셨나요?"

"네, 그렇습니다. 버지니아에는 옛 스콜랜드 가문들이 많습니다. 증조부이신 다니엘이 개척 선구자 중의 한 분이셨다고 할머니께서 늘 말씀하셨습니다. 그건 아마 사실이었을 겁니다."

"아주 흥미롭군요."

어머니는 어느덧 이야기에 끌려 들어가셨는지 적극성을 보이고 계셨습니다.

가계(家系)를 따지는 건 어머니의 취미 중의 하나이기도 했었습니다. 그런 상황에 제가 끼어들 필요는 없었습니다. 제럴드는 어머니의 싸늘한 태도를 무너뜨리고 있었고, 그렇지 않다 해도 그럴 가능성은 충분히 보였던 것입니다.

그렇다고 해서 우리의 결혼에 대한 어머니의 불만과 불안이 금새 사라진 것은 아니었습니다. 그 후에도 제럴드가 방문하고 돌아간 날 밤은 으레 어머니는 나를 부르셨습니다. 물론 제럴드와의 결혼 전일이었답니다. 그럴 때의 어머니는 회색 프란넬 가운을 걸치시고, 머리에는 작고 귀여운 컬러를 꽂으신 채 화장대 의자에 몸을 꼿꼿이 하고 앉아 계실 때가 많았습니다.

"엘리자베드 난 네가 낳을 아이가 중국인을 닮게 될까 봐 불안하기만 하구나. 아이들은 조부모를 닮게 마련이거든 너도 네 할머니를 그대로 닮았으니까."

"아이는 멕레오드를 닮을 거예요."

내가 할 수 있는 말은 그것뿐이었습니다.

"그렇게 된다는 보장은 없어. 만약 내가 중국인을 닮은 손자를 두게 된다면 어찌 마음이 편하겠니? 보스턴 사람들에게 내가 뭐라고 변명할 수 있겠어?"

그것은 어머니가 아직도 버몬트 사람이 아니고, 감정이나 정신이 철저한 보스턴 시민이었기 때문이었습니다.

"걱정 마세요, 어머니. 제럴드와 저는 북경에서 살 테니까요."

나의 말에 어머니는 정말로 놀라는 듯 했습니다.

"중국에 가선 살 수 없어."

어머니는 타이르듯이 애원하며 말씀하셨습니다.

"어머니도 버몬트에서 사시잖아요."

"하지만 거기는 중국이야."

어머니의 반대는 좀처럼 꺾일 것 같지 않았습니다.

"북경은 런던이나 파리나 로마보다 먼 곳이 아니에요."

나는 사랑하는 제럴드의 태도를 생각하며 말했습니다.

"난 아직 북경에 가서 사는 백인은 하나도 못 봤다."

어머니는 북경이 멀지 않다는 생각을 애써 떨쳐 버리려는 듯 애를 스며 말씀하시는 것 같았습니다.

"멕레오드의 할머니도 북경에서 사셨다잖아요. 더구나 할머니는 돌아가실 대까지 그곳에 계셨다는 걸요."

"어디에 계시든 그분은 돌아가시게 되었을 거야."

어머니는 엄격하게 딱 잘라 말씀하셨습니다.

"그분은 그곳에 묻히기를 원하셨대요. 제럴드가 그러더군요."

어머니는 더 이상 말하기가 힘들다는 듯 한숨을 내쉬셨습니다.

"이제 굿나잇 키스를 해 주지 않겠니? 난 무슨 일이 있어도 북경엔 안 간다."

볼에 키스를 하려고 몸을 굽혔을 때 어머니는 자신에게 다짐하듯 말씀하셨습니다.

"오시게 될 거예요."

그래도 나는 대수롭지 않게, 어니 오히려 즐거운 듯이 말했습니다. 모든 게 행복한 지금 머리를 젓는 어머니의 심정 따위에 마음이 어두워질 리 없기 때문이었습니다.

그러나 어머니는 결국 말씀대로 하셨습니다. 끝내 북경엔 가지 않으셨던 겁니다. 아니, 가실 수가 없었다고나 할까요? 제럴드와 결혼한 지 1년도 채 못되었을 때 감기가 악화되어, 그것이 급성폐렴으로 변해 돌아가시고 말았던 겁니다. 그 후 나는 겨울이면 어머니가 회색 숄을 두르시며 하시던 말씀이 생각납니다.

"이 버몬트의 거친 겨울 날씨가 날 죽일 거야."

어머니는 항상 이렇게 말씀하셨고, 사실 어머니를 죽인 것은 그 추위였습니다. 그 추위의 일부분은 어머니 마음을 항상 따라다니고 있었던 것입니다.


어제는 황혼녘에 폭풍과 검은 구름이 몰려왔습니다. 먹구름이 농장을 거쳐 산위로 흘러가듯 동안 이상한 불안감이 사라늘과 심승에게, 그리고 폭풍을 많이 겪은 나에게도 몰려들고 있었습니다. 북경에서는 거센 모래바람이 휘몰아쳐 오곤 했었습니다. 그러나 어제의 폭풍은 모래도 비도 동반하지 않았습니다. 다만 시커먼 하늘에서 비가 몇 방울 떨어지더니 이내 바람이 휘몰고 가 버렸던 것입니다.

바람이 어둠을 몰고 가 버린 지금 이 골짜기에는 따스한 햇살이 내리고 있고, 녹는 눈 위에서는 김이 피어오르고 있습니다.

나는 올봄이 두렵기만 합니다. 가능하면 시계도 안 보려고 합니다. 시계를 보면 우편배달부를 기다릴 필요가 없습니다. 제럴드의 편지를 다시는 못 받을 것이기 때문입니다. 오늘 아침에 매트가 우편물을 가지고 왔을 때도 나는 고개도 돌리지 않은 채 말했습니다.

"책상 위에 놓아두세요."

나는 잠시 후 편지가 없을 줄 알면서도 가 보았습니다. 물론 없었습니다.

그런 중에도 나는 무척 바빴습니다. 수액이 사탕단풍에서 흘러내리기 전에 과수원 나무들의 가지를 쳐 주어야 했기 때문입니다.

우리는 재래식으로도 사과를 훌륭히 재배하였고, 창고에는 겨우내 남들에게 주고도 아직 사과가 남아 있습니다. 나는 새빨갛고 싱싱하며 무게가 한 파운드쯤 나가고, 맛이 새콤한 파운드 사과를 좋아합니다. 그러나 사과를 먹을 때마다 나는 제럴드가 사과를 좋아하지 않던 일을 문득문득 생각하게 됩니다. 중국 사과는 맛이 없지만, 맛있는 미국 사과도 그이의 구미를 당기게 하지 못했던 것 같습니다.

그이는 가끔 우리를 도와 사과를 따 주곤 했지만, 사과를 먹는 것을 본 적은 없습니다. 그 대신 그이는 배를 좋아하는 편이었는데, 그러나 바틀렛 배를 한 접시 사왔을 때도 그는 한 개를 다 먹지 않았습니다.

"북경 배는 셀러리처럼 아삭아삭하고 수분이 많은데, 이건 너무 물러."

"그럼, 그건 배가 아니잖아요."

나는 그이를 놀리고 싶은 생각이었습니다.

"나중에 먹어 본 후에 이야기해요."

그이는 진정으로 북경의 배 맛을 내게 보여 주고 싶은 것 같았습니다. 제럴드가 박사학위를 받으면 곧 결혼하기로 되어 있던 무렵이었습니다. 그 얼마 후 북경의 배를 먹어 본 나는 그이의 말이 거짓이 아니라는 것을 알 수 있었습니다. 말할 수 없이 맛이 좋았는데, 그 생김새는 미국의 배와는 전혀 달랐습니다. 중국 사람들은 과일을 익기 전에 따는데, 그것은 폭 익어 달콤한 맛보다는 새콤한 맛을 좋아하기 때문일 것이라고 생각했으나, 실은 완전히 익어 무르기 전에 따서 저장해야 배가 겨우내 싱싱한 제 맛을 지니기 때문이라는 것이었습니다.

매트와 나는 하루 종일 가지를 쳤습니다. 매트는 말수가 적고 여윈데다가 허리가 굽은 전형적인 버몬트인 입니다. 잘못된 식이요법으로 일찍 치아가 망가진 그는 점심식사 시간이 되자, 갈색 빵과 야채 샐러드 등으로 된 내 점심식사를 못마땅하게 바라보고 있다가 내가 같이 먹자고 졸라서야 멀찍이 떨어져 앉아 자기의 도시락을 폈습니다. 그러나 그 속에서 나온 것은 방이라기보다는 밀가루를 물로 반죽해 그대로 굳힌 것 같은 마른 빵 두 조각과 그 사이에 낀 마른 고기 한쪽이 고작이었습니다.

내가 오랫동안 중국에 가 있었던 것을 알고 있는 매트는 의심할 어지없이 나와 제럴드 시이의 일을 궁금하게 여기고 있을 테지만, 농장의 관계되는 일이 아니면 그는 한 마디도 묻지를 않았습니다. 농장 일을 제외하고 그가 내게 들려주는 소식은 골짜기 마을에서 벌어지는 갖가지 자질구레한 일들에 관한 것이었습니다. 그가 오늘 들려 준 소식도 젊은 톰 모서와 그의 아내 사이의 오래된 불화가 드디어 폭발했다는 것이었습니다.

"톰이 칼로 아내를 찔렀대요. 하지만 칼날로 찌른 건 아니고요."

"그럼, 뭐로 그랬대요?"

"손잡이로요. 뿔로 된 건데요, 그걸로 질렀다는 거예요."

"어디를요?"

"가슴을요."

매트는 거침없이 대답했습니다.

가슴을? 풍만한 가슴에 너무 꼭 끼는 스웨터를 입고 다니던 톰의 아내를 떠올린 나는 차마 더 이상 그 이야기를 계속할 수가 없었습니다.

"레니가 학교에서 돌아오기 전에 과수원 일을 끝냈으면 해요.”

이래서 우리는 다시 일을 계속했습니다. 나는 버몬트 골짜기에서 생기는 이런저런 일들을 생각하며 사과나무를 다듬어 나갔습니다. 과일은 작고 가는 가지에 열리므로, 굵고 실한 가지를 자르려고 톱과 가위를 부지런히 움직여 나갔습니다. 큰 가지를 잡아 위로 더 이상 자라지 않게 약2인치를 자릅니다. 톱이 날카로워 보일 때는 가지치기를 해야 할 때라고 하는 말이 있는데, 정말 맞는 말이라고 생각합니다. 겨울 동안 날씨가 좋지 않아 바깥일을 하지 못할 때는 연장을 손질합니다. 커다란 연장을 가는 구식 그라인더가 있었지만, 조그만 것들은 일일이 숫돌에다 갈았습니다. 나는 이제 나뭇가지 치는 법을 정확하게 알고 있습니다. 나뭇가지는 조금 치면 빨리 자라므로 안 되고, 너무 많이 자르면 새순이 나지 않아 과일이 열리지 않는다는 것을 알게 된 것이었습니다.

오는 봄을 막을 수 없는 것처럼 내게도 불안이 다가오고 있었고, 나는 그 징후를 볼 수 있었습니다.

레니는 며칠에 한번씩 내게 물어왔습니다.

“어머니, 편지 안 왔어요?”

그럴 때마다 나는 머리를 저어야 했습니다.

“아버지께서 점점 더 어려운 처지가 되시는 것 같아 걱정이구나. 중국에선 공산당들의 선전술책에 의해 반미감정이 고조되고 있단다.”

공산주의라는 것이 도대체 뭐죠?’

레니가 언젠가 한번은 의아스럽다는 듯이 물었답니다.

“자세히는 몰라. 어이없는 정치사상이라는 건 어렴풋이 알지만.”

그리고 나는 이미 오래 전에 죽은 기이한 사상의 인물인 칼 마르크스에 대해서 대강 설명해 주었습니다. 그의 폭이 좁고 짧았던 인생과, 어찌된 셈인지 그의 어이없는 급진적인 사고방식이 수백만의 인간들의 삶에 영향을 미치고 있다는 것 등에 관한 이야기 정도였습니다.

"바로 우리에게도 영향을 끼치고 있지 않니? 우리가 헤어져 살아야 하는 것이 그 사상 때문이니까."

"그럼, 아버지는 자유롭게 행동하실 수 없나요?"

레니가 이렇게 물었을 때 내가 어떻게 대답해야 옳았겠습니까?

"만약 우리나라가 공산주의 국가가 된다면 우리는 어떻게 할 것 같니? 그래도 아마 이곳에 있을 거야. 우리의 과거와 미래를 믿으면서, 그리고 언젠가는 탈출할 것을 생각하면서 말이다."

"아버지도 우리와 같은 생각이실까요?"

"그건 나도 모르겠다."

대답하기 어려운 질문이었습니다.

"저도 그래요, 어머니."

레니가 내가 그렇게 대답할 줄 알았다는 듯이 말했습니다.

"뿐만 아니라, 이 나라가 내 나라라는 것도 확신이 가지 않아요."

"이 나라는 내 조국이니까 분명히 너에게도 조국이다."

나는 이쯤에서 이야기를 그치고 싶었습니다.

"이제 그런 이야기는 그만두는 게 좋겠구나."

그러나 문제는 그것으로 끝나지 않았습니다. 그것은 나도 잘 알고 있었습니다. 레니는 자신의 조국을 자신이 선택하게 될 것이 분명합니다.

그리고 언젠가는 레니에게 아버지에게서 온 마지막 편지, 다시는 편지를 못하게 될 것이라는 마지막 편지가 2층 내방의 비밀스런 곳에 들어 있다는 사실을 이야기해 줘야 할 것이라는 것도 분명한 사실입니다.

오래된 벽난로가 있는 부엌에서 저녁식사를 하고 난 후 레니는 그이야기를 다시 꺼냈습니다. 요리를 하는 데는 거의 사용되지 않는 그 벽난로에는 학 모양의 조각이 있고, 그곳에 주전자가 매달려 있어 물을 데우게 되어 있었습니다. 여름철 뇌우(雷雨)가 심해 정전이 될 때면 나도 이따금 그 주전자로 물을 데울 때가 있습니다. 그 벽난로는 지금은 요리에 이용되는 대신 불을 피워 방안을 따뜻하게 하는데 이용하고 있습니다.

"아버지는 어떻게든 우리에게 편지를 보내셔야 한다고 생각해요."

레니가 이렇게 그 이야기를 다시 시작했습니다.

"아버지에게 어떤 감시나 압력이 가해지고 있을지 우린 모르고 있어."

나는 불안했으나 차분하게 대답해 주었습니다.

"아버지가 미국인이라는 사실이 그이를 위험하게 만들고 있을 거야."

"멕레오드 할아버지는 지금 어디 계시죠?"

레니는 사과를 좋아합니다. 그래서 나는 저녁이면 사과를 나무 쟁반에 가득 담아 식탁 위에 준비해 두었고, 레니는 이야기를 하며 붉고 커다란 사과의 흰 살을 입에 가득 베어 물게 마련이었습니다.

"그분은 캔사스에 계신단다. 가까운 시일 내에 그분을 찾아뵈어야 할 것 같구나. 네가 그 할아버지를 '바바'라고 부르던 일이 생각나지 않니?"

그 때 나는 종자 목록을 보고 있었던 것 같은데, 내 눈에는 벽난로 속에서 타오르는 불길 외엔 아무것도 보이지 않고 있었습니다. 제럴드의 아버님을 찾아보려고 계획한 것은 벌써 오래 전의 일이었습니다. 그것은 사랑하는 그이가 상해 부두에서 마지막으로 한 부탁이기도 했습니다.

"레니를 데리고 아버님을 찾아뵙도록 해. 손자를 보시게 되면 여간 기뻐하시지 않을 거야."

"그것 때문에 우리를 미국으로 보내는 건가요?"

"여러 가지 이유가 있지만, 그것도 그 중의 하나지."

"그것뿐이라면 난 여기에 남겠어요."

"가야만 해."

제럴드는 애원하듯 말하고 있었습니다.

"레니도 데려가야만 하고."

그리고 마침내 우리 둘 다 알고 있으면서도 한번도 이야기한 적이 없는 말을 그이가 했습니다.

"여기에 남아 있으면 당신의 생명이 위험해."

나는 그이가 그 말을 하면서 주위를 흘끗 둘러보는 것을 보았습니다. 내가 알기로는 처음으로 그이는 겁에 질린 표정을 짓고 있었습니다. 전쟁과 폭격 속에서도 표정 하나 변하지 않던 그이에게서 그런 표정을 보리라고는 미처 생각지 못했던 일이었습니다. 어쩌면 두려움이 있었다고 해도 그이는 그때까지 잘 숨겨 온 셈이었으나, 그때의 두려움만은 숨길 수 없었던 것 같습니다.

"그럼, 당신은요?"

이렇게 묻는 나도 겁에 질렸던 것이 분명합니다.

"내 몸의 반은 중국인이야. 중국을 위해 일을 해야 해."

"하지만 그들이 그렇게 하도록 놔둘까요?"

나는 더듬거리며 묻고 있었습니다. 우리 사이에서는 공산주의자들을 이미 '그들' 이라고 부르고 있었습니다.

"나는 이런 때일수록 없어서는 안 될 인물이 되어가고 있어."

나는 그 순간 진심으로 이런 대화가 북경의 우리 집 침실에서 문을 잠그고 커튼을 친 후에 우리만이 있을 때 이루어졌으면 하고 간절히 염원하고 있었습니다. 그랬다면 나는 그이의 가슴에 뛰어들어 그이의 진심을 알아낼 수 있었을 것만 같았던 것입니다. 그러나 이런 상태에서 누가 제럴드의 진심을 알아낼 수 있었겠습니까?

그날 나는 바람 부는 부둣가에서 머리카락을 흩날리며 그이에게 바보 같은 낮은 목소리로 이렇게 묻고 있었습니다.

"왜 그러죠, 제럴드? 왜 자신을 없어서는 안 될 인물로 만들려는 거죠?"

"자신의 장래를 선택해야 할 때가 있어."

우리는 본선으로 실어 갈 보트가 기다리고 있어서 더 이야기할 시간이 없었습니다. 조그만 보트 위에 올라탄 승객들은 왠지 이야기를 하면 위험할 것 같은 생각에 사로잡혀 있는 것 같았습니다. 나는 그 당시 이런 생각을 했던 것으로 기억합니다. 언제부터 이야기를 하면 위험해진 것일까? 언제부터 아무것도 숨길 것이 없는 사람들 사이에서 대화의 즐거움이 끊겼단 말인가? 언제부터 이 죄 없는 사람들이 서로를 두려워하며 입을 다물게 됐단 말인가? 나는 그것에 대한 해답을 얻을 수 없었습니다. 변화는 점진적인 것이었으나, 일단 이루어지자 절대적인 것이 되어갔습니다. 그리고 그 변화의 힘은 나와 제럴드가 헤어질 때쯤에는 침묵과 정적 속에서 절정을 이루고 있었습니다.

며칠 밤 동안 나는 계속 잠을 이룰 수가 없었습니다. 나는 일어나서 레니를 깨우지 않도록 주의하며 집안을 이리저리 배회합니다. 레니의 귀는 나에 대해서 너무나 민감한 편입니다. 레니는 무엇인가가 잘못 되어 있다고 생각하고 있지만, 나는 아직 레니에게 편지에 대해서 말해 주지 않고 있습니다. 레니는 내가 너무 여러 달 동안 자기 아버지로부터 소식을 못 들어서 비탄에 잠겨 있는 것으로 생각하고 있습니다.

언젠가 이런 말을 한 적이 있었습니다.

"어머니, 아마 많은 편지들이 지금 어느 구석에선가 잠을 자고 있을 거예요. 중국의 우편배달부가 어떤지 잘 아시잖아요. 어딘가에 주저앉아 술을 마시거나 나무 아래에서 낮잠을 자고 있을 거예요."

그러나 레니의 말은 사실과 달랐습니다. 북경을 오가는 우편물의 배달은 정확했으며, 그것은 지금도 마찬가지일 것이라고 생각합니다. 언제나 정확한 영국인들에 의해 조직되고 운영되던 일이었기 때문입니다. 나는 레니가 그런 말로 위로를 하려 할 때에는 미소로 답해 주었습니다.

"그래 네 말이 옳아. 걱정하지 않을게. 무소식이 희소식이니까."

이 속담은 어쩌면 나에게 꼭 맞는 것 같습니다. 만약 내가 비밀스런 장소에 숨겨진 그 편지를 받지 않았다면 지금보다는 훨씬 나은 상태가 아니었겠습니까? 나는 그 편지를 붉은 봉함 왁스로 봉해 버렸습니다. 레니가 우연한 기회에 그것을 발견해 낼지도 모르고 또 나 자신도 다시는 그것을 읽지 않으리라고 마음먹었기 때문이었습니다.

지난밤에는 견딜 수 없을 정도로 외로웠습니다. 요즈음 때때로 내게 밀려드는 외로움은 죽음보다도 더욱 지독한 것입니다. 나는 아직도 한 남자의 아내입니다만, 남편은 없는 셈입니다. 남편이 죽게 되면 아마 그의 아내에게 있어서도 그만큼 죽게 되는 것인지도 모릅니다. 만약 남편을 지극히 사랑한 아내라면 그녀의 일부분이 죽게 되는 것일 것이며, 그것은 다른 남자와 맺어진다 해도 회복되지 못할 것입니다. 그러나 나는 남편을 잃은 미망인은 아닙니다. 밤이면 나는 외로이 침대에 누워 상상 속에서 아니면 그 모든 꿈속에서 바다를 날아서 건너가고, 시간과 공간을 뛰어넘어 사랑하는 남편을 찾아갑니다. 북경의 낯익은 거리를 걸어 우리 집의 대문 앞에 이릅니다. 좀도둑을 막기 위해 대문은 잠겨 있지만, 몸이 없는 나는 마음대로 그곳을 지나 마당을 건너 문에 이를 수 있습니다. 잠이 든 문지기는 깨어나지 않습니다. 내가 내는 소리를 들을 수 없기 때문일 것이지만, 만약 깬다 해도 방해하지는 못할 것입니다. 나는 드디어 나의 집안으로 들어섭니다. 집안은 내가 틀림없이 돌아오리라 믿으면서 남겨 두었던 상태 그대로 조그마한 변화도 없습니다. 제럴드와 나는 헤어져 살 수 없습니다. 그것이 나의 신념이었습니다. 나는 그때 하인들에게 이렇게 일러두었습니다.

"모든 걸 내가 해 놓은 대로 유지하도록 해요."

"명심하겠습니다."

그들은 분명히 약속했습니다.

"잊지 말아야 해요."

나는 제럴드를 대하는 법도 일러두었습니다.

"우리 주인께서는 아무리 늦은 밤에 돌아오셔도 더운 음식을 드셔야 해요."

"절대로 잊지 않겠습니다."

"나는 꼭 돌아올 거예요."

"그럼요. 마님께선 꼭 돌아오시게 될 겁니다."

그들도 나도 내가 돌아올 걸 의심하는 사람은 없었습니다.

나의 영혼은 추억에 잠긴 채 여러 방을 거쳐 제럴드가 자고 있는 침실을 향해 가고 있습니다. 그이는 틀림없이 자고 있을 것입니다. 그이는 아직도 혼자일까요? 나는 그이의 문 앞에 서서 두려움에 떨고 있습니다. 나는 이때쯤에 이르면 환상에서 깨어나 현실로 돌아오게 됩니다. 제럴드가 편지를 쓴 날짜가 언제였던가? 날짜가 쓰여 있었는지 생각이 잘 나지 않습니다. 나는 책상의 비밀 서랍을 열고 봉함을 뜯어 편지의 첫머리를 다시 읽어 봅니다.

내 사랑은 오직 당신뿐이오.

오늘밤 그이가 혼자 잠을 자든 그렇지 않든 이 말만으로도 족하지 않을까요? 나는 더 이상 생각하지 않기로 하고, 편지를 접어 비밀서랍에 넣고 잠갔습니다.

곧바로 잠을 청한다는 것은 기대할 수 없는 일입니다. 남편과 사별한 여인은 정열마저도 죽어 버리는 것일까요? 아니면 무덤 속에 묻힌 영혼을 찾아 헤매면서 육체만 살아 있는 것일까요? 하지만 제럴드는 죽지 않았습니다. 그이는 북경에서 예전과 똑같이 지내고 있을 것이며, 지금 창밖의 허공에 떠 있는 저 달을 나처럼 바라보고 있을 것입니다. 그이가 살아 있는데도 헤어져 있어야만 한다는 생각이 들자 나는 피가 역류하듯 치솟는 것을 억제할 수 없었습니다. 그이가 살아 있기에 나의 욕망은 그이를 갈구하고 있습니다. 그이는 지금 내가 창가에 서서 안개 낀 봄날 밤에 떠오르는 달을 바라보고 있는 것을 알고 있을 것입니다. 우리가 영원한 사랑을 맺은 곳도 바로 이 집이었습니다. 나는 지금 그 사실을 감히 글로 적고 있습니다. 나도 그이도 우리들의 성스러운 비밀을 아무에게도 얘기하지 않았습니다. 그 일이 비록 잘못한 일이었다고 하더라도 나는 그때 내가 그이와 같은 행동을 하기로 선택했던 나 자신을 기쁘게 생각하고 있습니다. 지나치게 예민한 제럴드는 나에게 사랑을 고백하는 걸 몹시 두려워하고 있었던 것입니다. 내가 중국인의 피가 섞인 그이의 몸을 싫어할까 봐 그랬던 것인지도 모를 일입니다. 사실 그이의 어떤 때는 미국인이라기보다는 중국인처럼 보인 적도 있긴 했습니다. 나는 그런 그이에게 대들 듯 말했습니다.

"아! 달링, 왜 그렇게 어리석은 생각을 하세요?"

나는 제럴드보다 먼저 '달링'이라는 말을 사용했습니다. 그이는 남들 앞에서는 물론 절대로 그런 일이 없었지만, 단둘이만 있을 때에도 애정을 담은 이름으로 나를 부를 때에는 매우 어색한 듯하였습니다.

나는 그때 그이의 검은 눈동자에 떠올랐던 표정을 잊을 수가 없습니다.

"나는 당신을 사랑하기 전에도 살아왔지만, 당신의 사랑을 알고 난 지금은 당신을 잃게 되면 살아갈 수 없을 것만 같아서 당신에게 감히 청혼을 하지 못하는 것이오."

그것은 사실이었습니다. 그이는 나에게 청혼하지 않았고, 또 우리가 약혼한 사실도 얘기하지 못하게 했습니다.

"영원히 당신을 사랑할 거예요."

나는 나 자신에게 다짐하듯 말했습니다.

"모르는 소리요. 아무도 자신에 대해 확신할 수가 없소. 육체는 자신의 의지를 가지고 있는 것이오."

그날 밤도 오늘처럼 달이 밝은 밤이었습니다. 그해에는 봄이 늦게까지 계속되었습니다. 우리는 어머니로부터 멀리 떨어져 자작나무 아래를 걷고 있었습니다. 내가 추워하자 그이는 코트를 벗어 내 어깨에 걸쳐 주었고, 나는 그이의 품에 안겨서 걷고 있었습니다.

"확신을 갖지 못하는 건 당신이에요."

나는 어떻게 하면 나의 확신을 보여줄 수 있을까 생각하고 있었습니다.

"제가 앞으로 어떤 알 수 없는 이유로 해서 당신을 사랑하지 않게 되리라고 생각하신다면 오늘 밤 제 방으로 오세요. 우리 서로 아무것도 숨기지 않는 사이가 되어, 결혼 전에라도 우리의 사랑에 대해 확신을 갖도록 해요."

그이는 내 말에 충격을 받았는지 떨고 있는 걸 느낄 수 있었습니다.

"아니오, 나는 그럴 수는 없소."

그때가 6월이었는데, 하버드에서 그이가 학위를 받기 직전이었습니다. 어머니도 그이가 학위를 받는 졸업식에 참석하셨습니다. 제럴드의 영예는 이미 나의 영예이기도 하였습니다. '수석의 영예'가 그이에게 주어지고 있었습니다. 어머니는 가운을 입고 사각모를 쓴 제럴드가 우리 앞으로 다가오자 어느 때보다 다정하게 미소를 지으며 그이를 맞으셨습니다. 어머니와 내 손을 잡은 그이는 명랑하고 행복해 보였습니다.

"와 주셔서 감사합니다. 가족들이 아무도 안와서 무척 쓸쓸했습니다."

"축하해요."

어머니는 그이의 손을 두 손으로 감싸 잡으며 말씀하셨습니다. 나는 발돋움을 하고 그이의 볼에 키스했습니다. 어머니 앞에서 내가 그이에게 키스를 한 것은 그것이 처음이라서 그이는 얼굴을 붉히고 어머니를 쳐다보았으나, 어머니가 나를 책망하지 않으시자 미소를 지었습니다.

우리는 그이가 예약해 놓은 보스턴의 중국 음식점에서 저녁식사를 했습니다. 어머니는 처음 보는 음식만을 조금씩 드셨으나, 나는 모든 음식을 맛있게 먹었습니다. 제럴드는 나에게 애정이 가득 담긴 눈길을 보내고 있었으나, 그이의 태도는 신중하고 조심스러웠습니다.

그이는 다음날 우리와 함께 집으로 왔는데, 저녁때에야 집에 도착했습니다. 그날의 신선하고 향긋한 산 공기를 나는 지금도 기억합니다. 어머니는 피곤하시다고 일찍 침실로 가셨습니다. 제럴드와 나는 아버지가 돌아가시기 전 여름에 돌로 꾸민 테라스에 밤늦게까지 앉아 있었습니다. 나는 그 테라스에 앉아 있다가 아버지 생각이 나서 제럴드에게 아버지의 이야기를 들려주었습니다.

"아버지께서 당신을 보셨더라면 참 좋아하셨을 거예요."

"나의 어떤 점을요?"

하면서, 차갑고 큰손이 내 손을 잡았습니다.

"내 남편이 될 사람이라는 것 말이에요."

대단한 고백이었으나, 나는 제럴드가 나를 사랑한다는 것을 믿고 있었기에 당연한 얘기라고 생각했습니다. 그이가 왜 청혼하지 않는지 알 수 없었지만, 우리들은 사랑하고 있었으므로 시간은 충분하였습니다. 그이는 한동안 내 손을 잡고 있다가 벤치에서 일어나 생전 처음 해보는 것 같은 열렬한 키스를 내게 했습니다. 온몸에 전율을 느끼게 하는 황홀한 키스였습니다.

"우린 이미 약혼한거예요."

내가 이렇게 속삭이자 그이는 나를 힘껏 껴안았습니다.

"내가 확신만 가질 수 있다면……."

"그럼, 우리 확신을 갖도록 해요."

밤은 갑자기 무덤처럼 정적에 싸였습니다. 잠시 말을 잊고 있다가 잠시 후에 짙어가는 어둠 속에서 그이는 북경에서 자란 어린 시절이야기, 그이의 어머니 이야기를 처음으로 내게 들려주었습니다. 그이의 어머니는 얼굴은 그다지 아름답지 않았으나 몸가짐이나 행실은 유별나게 우아하셨다고 했습니다. 그분의 손은 아주 섬세했고 항상 향기가 났으며, 어릴 적에 밤을 쓰다듬어 줄 때 풍기던 향기를 지금도 기억한다고도 했습니다.

"중국 여인들은 미국 여인들처럼 아이들에게 키스하지 않아요. 그들은 어린 아기를 안고 냄새를 맡아요. 내가 유아기를 지나 조금 자랐을 때, 어머니가 부드럽고 향기로운 두 손으로 내 볼을 쓰다듬어 줄 때의 체취가 지금도 잊혀지지 않아요."

"그분은 어떤 분이셨어요? 그리고 어떻게 당신 아버지와 결혼하게 되셨나요?"

나는 두 분의 결합이 궁금해서 물었습니다.

"생각은 해 봤지만 잘 모르겠어요. 아마 아버지께서 사랑에 실패하신 것 같아요. 아버지가 좋아하던 미국 여자는 아버지와 같이 중국에 가지 못했던 모양이에요. 가기 싫어했거나, 부모가 허락하지 않은 모양이에요. 이유야 어떻든 굳은 신념을 못 가진 여자였던가 봐요. 결국 아버지는 혼자 중국에 가서서 십년을 혼자 사셨죠. 그런데 중국 사람들은……."

그이는 잠시 말을 멈추었습니다.

"남자와 여자는 반드시 결혼을 해야 한다고 생각하고 있어요.

40

그들은 그것을 하늘의 뜻이라 생각하고 있어요. 그래서 아버지에게 결혼을 권유하던 중국 친구 중에서 내 양부이며 외숙인 한유렌 씨가 자기 여동생을 아버지에게 소개했지요. 그래서 그분이 우리 어머니가 되셨는데, 어머니는 젊은 나이는 아니었고, 어떤 의미로는 과부셨지요. 부모님이 정해 주신 약혼자가 결혼 일주일 전에 죽고 말았답니다. 어머니가 독립심을 갖고 있지 않은 분이었다면 아마 풍습을 따라 혼자 사셨거나 수녀가 되셨을 지도 모르죠."

"어머니는 미국인과의 결혼을 쉽게 결정하셨나요?"

나는 조심스럽게 물었습니다.

"중국 여자들은 대부분은 서양 사람들이 털이 많고 냄새가 난다고 싫어했어요."

그이는 이 말을 할 때 더듬거렸습니다.

"그분은 결혼 전에 당신 아버지를 보셨나요?"

나는 중국 여자인 제럴드의 어머니에게 관심이 많았습니다.

"단 한번이에요. 아버지가 친구인 한씨 댁을 방문했을 때 어머니는 안채에 계시다가 곧 밖으로 나가셨는데, 그때 아버지를 뵈었다더군요. 하지만 아버지는 어머니를 뵙지 못하셨대요."

나는 그이의 아버지의 사진을 본 일이 있었습니다.

"아버지는 참 잘 생기셨던 대요."

"그래요."

"두 분은 행복하셨나요?"

그이는 내 질문에 한동안 생각하는 듯했습니다.

"글쎄, 어떤 면으로는 행복하셨던 것 같아요. 어머니는 행복해하시지는 않았지만, 그렇다고 슬퍼하지도 않으셨죠. 어머니는 자기억제를 할 줄 아는 분이셨거든요."

"자기 억제가 그렇게 중요한가요?"

나는 자제력이 없는 성격이었으므로 대항하듯 말했습니다. 자신의 감정을 억제하는 것보다 정신적으로 더 중요한 무엇이 있다고 생각했기 때문입니다.

"자제력이 없으면 생활에 품위가 없죠."

그리고 나서 우리는 손을 잡은 채 생각에 잠겨 있었습니다. 높이 솟아 있는 산위에 휘황한 달이 덩그렇게 떠 있었습니다. 우리들의 생각이 바다 건너 먼 곳을 헤매는 동안, 이 밤은 우리들에게 기억에 남는 밤이 될 것이라는 것을 느끼고 있었습니다. 제럴드는 심각할 때는 말을 하지 않는 버릇이 없었습니다. 그이의 맑은 눈동자와 신중한 음성으로 그이의 마음을 알 수 있었습니다.

우리는 거실의 시계가 12시를 치는 것을 듣고서야 일어나 2층으로 올라갔습니다. 집안은 고요하고, 어머니의 침실 문은 닫혀 있었습니다. 우리는 맨 윗층에 있는 손님 침실 문 앞에 발을 멈추었습니다.

드디어 기다리던 순간이 온 것이었습니다.

"내 방문을 열어 놓겠어요."

내가 속삭이자 그이는 나를 끌어안고 정열적이지는 않았지만 부드럽고 애정이 담긴 키스를 했습니다.

그리고는 그이는 방으로 들어가 문을 닫았습니다. 내 방으로 들어와 옷을 갈아입으면서 나는 가슴 가득 행복함을 느끼고 결혼의 신성함을 깨달을 수 있었습니다. 몸을 씻고, 머리에 빗질을 하고, 흰 잠옷으로 갈아입은 나는 들뜬 기분으로 방문을 열어 놓았습니다. 내가 의자에 앉아 창밖을 한 시간쯤 내다보고 있을 때 그이의 발자국 소리가 들려 왔습니다. 고개를 돌려보니 파란 비단으로 만든 중국 잠옷을 입은 그이가 서 있었습니다. 우리의 눈이 서로 마주치는 순간 나는 그이의 품속으로 뛰어들었습니다.

겨울밤이면 나는 레니가 공부하는 옆에서 소설을 읽었습니다. 책 속에는 남녀간의 육체적 사랑을 묘사한 곳이 여러 번 나오는데, 나는 이런 소설을 읽으면서 지루함을 깨닫고 놀라지 않을 수 없었습니다. 그렇다면 사랑의 행위는 아무 의미도 없는 것일까요? 사랑 없이도 그런 행위를 하는 남녀는 타락한 사람들일 것입니다. 나도 만일 제럴드와 결혼하지 않았다면 신이 주신 결합과 창조의 뜻을 저버리고 행위만을 거듭하는 육체의 노예가 됐을지도 모른다고 생각합니다. 나는 타락의 행위에서 빠져 나올 수 있었던 것에 대해 사랑하는 사람에게 감사합니다. 그런 나는 이제야 여자들을 쓸쓸한 눈빛을 알 것 같습니다. 남녀 간의 사랑의 행위에서 여자가 느끼는 황홀감이나 두려움도 남자에게 책임이 있다고 생각됩니다. 여자가 남자의 사랑을 갈구하고 있을 때 남자가 이기적인 행위를 한다면 그 여자는 낡아빠진 항아리 취급을 받는 모욕을 당하는 것이 될 것입니다. 여자는 생리적 욕구의 배출에 필요한 도구가 아니라 영혼을 지닌 인간이라는 것을 알아야 할 것입니다.

누구에게서 배웠는지는 모르지만, 사랑의 행위에서 제럴드는 이런 진리를 알고 있었습니다. 아마 그이의 어머니가 가르쳐 주셨을 것입니다. 그이는 어머니와 아내를 구별할 줄 아는 분별력이 있었습니다. 나에게서 아내의 역할만을 기대하는 듯하던 그이는 프로이트의 학설처럼 나와 그이의 어머니를 관련지으려 하지는 않았습니다. 그이는 우리의 육체적 관계에서도 섬세한 배려를 했기에 우리는 함께 만족할 수 있었습니다. 그이의 행위는 글로서는 서술할 수 없는 것입니다. 그이와 나에게만 기억될 것입니다. 레니가 결혼할 때가 되면 배우자에게 어떤 책임을 져야 하는지를 설명해 주는 것이 나의 임무일 것입니다.

지금으로부터는 오래전의 일이지만, 제럴드가 내 방으로 처음 들어오던 날 밤 그이는 내게 진정한 사랑의 아름다움을 가르쳐 주었고, 그것은 우리가 함께 산 여러 해 동안 줄곧 계속되었습니다. 조급하지 않고 언제나 부드럽게 대해 줘서 나로 하여금 그이의 사랑을 만끽하게 하여 그이가 없는 지금까지도 나는 그것을 추억으로 간직하고 있는 것입니다.


나는 회상에만 빠져들어서는 안 된다는 것을, 또 그래서는 참을 수 없게 된다는 것을 알게 됐습니다. 만일 제럴드가 죽고 없다면, 회상은 내가 가지고 있는 전부일 것입니다. 그 선물은 완결될 것이고, 생명은 끝날 것입니다. 그러나 그이는 살아 있습니다. 비록 회상이 밧줄처럼 우리 사이에 남아 있을 뿐인 상태라 할지라도, 그이가 살아 있기에 나 또한 살아 있어야 합니다. 그래야 나는 그이와 갈라질 수 없는 것입니다. 그러나 우리는 시간적으로나 공간적으로 떨어져 있습니다. 그러니까 시간은 채워야 하고 공간은 메워야 할 것입니다.

사탕단풍의 수액이 통속으로 흘러내리기 시작해서 다른 생각을 가질 수 없을 정도로 바쁘게 된 것이 나에게는 퍽 다행스런 일입니다. 레니는 학교의 허락을 얻어 며칠 동안 학교에 가지 않기로 했습니다. 레니는 성적이 좋은 편이어서, 자기가 쉬는 동안 선생님은 성적이 뒤떨어진 학생을 돌봐 주실 거라고 말했습니다.

매트, 레니, 그리고 나, 이렇게 세 사람은 새벽부터 밤까지 일을 했으므로 밤이면 매우 피곤해 꿈조차 꾸기 어려울 정도였습니

다. 오늘 아침, 바람에 머리핀이 흘러내려 긴 머리가 등으로 흩어
져 짜증스러웠습니다.

"이 머리를 잘라 버려야겠어."

나는 거친 금발을 위로 바싹 치켜 올리면서 큰소리로 말했습니
다.

바람결에 내 말을 들은 레니가 두 손을 오므려 입에 대고 소리
쳤습니다.

"안돼요, 어머니!"

점심식사를 들며 나는 레니에게 왜 머리를 자르면 안 되
느냐고 물어 보았더니, 레니는 짧은 머리를 한 여자는 싫다
고 했습니다.

"레니야, 나는 여자가 아니란다. 너의 어머니일 뿐이다."

"그럼, 짧은 머리의 어머니는 싫어요."

레니는 내 말에 반박을 하며 웃었습니다.

제럴드도 어렸을 때 레니처럼 잘 웃었는지 궁금하지만, 얘기해
주는 사람이 없습니다. 생각이 여기에 미치자 제럴드의 아버지 생
각이 났습니다. 그분은 알고 계실 것이기 때문입니다. 사탕 채취
작업이 끝나면 레니를 데리고 그분을 찾아 봐야 되겠다는 생각이
들었습니다. 이튿날 나는 항상 가장 늦게 여무는 북쪽 숲의 사탕
단풍에 통을 갖다 놓으며 레니에게 내 계획을 이야기해 주었습니
다.

"레니야! 멕레오드 할아버지를 모시고 함께 살면 어떻겠
니? 우리 집에서는 다른 남자가……."

"그분을 기억할 수 있을 것 같아요."

레니는 반가운 듯한 표정이었습니다. 제럴드의 아버지는 일본
군이 들어오기 전에 북경을 떠나셨습니다. 그분은 일본군의 꼴을

볼 수 없다면서 미련 없이 샌프란시스코행 배표를 샀던 것입니다. 샌프란시스코에 도착한 그분은 캔사스의 리틀 스프링스로 가신 길로 알고 있습니다. 나는 지금 그분이 어떻게 지내고 계시는지 모릅니다. 그분은 우리가 버몬트를 온 직후 제럴드의 소식을 묻는 단 한번의 편지를 보내 왔습니다. 나는 자세한 글을 적어 보냈지만 그분에게서는 답장이 오지 않았습니다.

"괜찮겠니?"

나는 레니의 마음을 분명히 알아야 했습니다.

"생각해 보겠어요, 어머니."

레니는 무척 신중한데, 그런 점은 나를 닮지 않고 아마 우리 어머니에게서 물려받은 것 같습니다. 레니는 차분하고 세심하지만, 무슨 결정을 내릴 때는 마음이 넓습니다.

사탕 채취 작업은 어느덧 막바지에 이르고 있습니다. 우리는 돌아가신 아버지의 덕을 단단히 보는데도 일은 무척 힘이 듭니다. 아버지께서는 숲 전체에 파이프를 묻어서 나무를 두들기기만 하면 수액이 가느다란 파이프를 통과해 굵은 본선 파이프로 흘러 우리 집 근처의 제당공장으로 운반되게 장치해 두셨습니다. 아버지께서 이런 것을 머리를 써서 만들어 놓으신 덕분에 우리는 이웃보다 훨씬 쉽게, 그리고 많은 설탕을 만들어 낼 수 있었습니다. 이웃 사람들은 아무도 이렇게 만들 수가 없었으므로 우리 아버지의 손재주를 칭찬했습니다. 그들은 아직까지도 예전처럼 통에 담아 운반하고 있습니다. 북경에 가서 살기 전부터 이런 이웃들을 볼 때마다 선조들이 후손에게 물려주는 유산이 얼마나 가치 있는 것인지 알 수 있었습니다. 나는 레니가 중국인 할머니를 통하여 수천 년의 문화와 역사를 갖게 되는 것을 기쁘게 생각합니다. 나는 레니에게 겨우 미국의 2백 년 역사를 물려주었기 때문입니다.

수액은 따뜻하고 맑은 날이면 제당공장으로 계속 흘러 들어갔습니다. 레니와 매트는 밖의 일을 하고, 나는 제당 공장 안의 일을 맡았습니다. 식사는 미리 장만해 둔 음식으로 했지만, 우유는 매일 짜야했습니다. 우리는 여름이나 추수 때에 미리 유리 항아리에 준비해 두었던 음식을 데우기만 해서 먹고 있습니다.

어찌나 바쁜지 이야기할 틈조차 없었고, 저녁식사 후 레니는 바람과 눈으로, 나는 불로 인해 그을린 볼을 기름으로 문지르는 동안에도 우리는 피로로 인해 곧 잠들어 버리게 마련이었습니다. 그랬는데 오늘은 다시 겨울이 되돌아온 듯 파이프가 얼어붙고, 내리는 눈으로 덮이고 있습니다. 당분간 레니와 나는 쉴 수 있게 됐고, 매트 혼자 제당공장 일을 맡게 되었습니다. 부엌에서 아침식사를 마친 레니는 1주일 만에 처음으로 책을 꺼내 들었습니다. 토요일이었기 때문입니다. 나는 레니에게 말을 걸었습니다.

"레니야, 할아버지를 모시고 사는 일을 생각해 봤니?"

레니는 발을 벽에 대고 길게 앉아 책을 가슴에 얹으며 말했습니다.

"네. 찬성해요, 어머니."

그리고는 다시 책을 읽기 시작했습니다.

그렇습니다. 레니는 제럴드의 아들이기에 당연한 결정을 내린 것입니다. 나는 접시를 다 닦고 난 후 2층으로 올라가 할아버지가 쓰실 방을 생각해 보았습니다. 이 집은 우리가 살기에는 너무 큽니다. 아버지께서는 넓은 것을 좋아하셨기 때문에 남겨 주신 이 집은 아이가 열둘이라도 충분히 살 수 있습니다. 돌과 목재를 반반씩 사용해 지은 이 집은 남향으로 골짜기를 바라보고 서 있습니다. 매년 여름이면 뉴욕이나 시카고에서 사람들이 찾아와 이 집을 팔라고 합니다. 그들은 우리가 더 이상 설탕을 만들지 않아도 될 만큼 큰 액수의 집값을 지불하겠다고 했지만 나는 항상 거절하곤 했습니다.

나는 2층의 넓은 거실을 서성이며 생각 끝에 동남쪽에 있는 방으로 정했습니다. 레니는 서남쪽 방을 쓰고 있는데, 휴일에 늦잠자기위해서는 햇빛이 잘 안 드는 곳이어야 하기 때문입니다. 그러나 노인들은 늦도록 주무시진 않을 것이므로 그 방이 적당 할 것 같았습니다. 모든 침실이 그렇듯이 그 방도 네모반듯하고, 겨울바람을 막기 위해 덧문이 달린 네 개의 창문 밑에는 의자가 놓여 있고, 동쪽의 두 창문 사이엔 벽난로가 있습니다. 바닥은 소나무 판자로 깔았으며, 분홍색 벽지가 이제는 퇴색해 있습니다.

말년에 어머니가 이 방을 쓰셨는데, 그때 쓰시던 가구들이 아직도 그대로 있습니다. 호두나무로 만든 빅토리아풍의 가구들, 손수 만드신 주름잡힌 하얀 커튼, 머리맡을 높게 장식한 넓은 침대, 책상도 하나 있어서 노인들에게는 적당한 방입니다. 어머니는 아버지가 돌아가시고 난 후 그분이 쓰시던 조그맣고 접을 수 있는 책상을 여기에 갖다 놓으셨습니다. 어머니가 책상 앞에 앉으셔서 이것저것을 꼼꼼하게 정리하시던 모습과 때때로 편지를 쓰시던 모습이 아직도 눈에 선합니다. 이제 다시 누군가 이 책상에 앉아 있는 것을 본다는 것은 즐거운 일이 아닐 수 없습니다.

나는 추억에서 깨어나 현실적인 생각을 하기 시작했습니다. 제럴드의 아버지를 모시고 살고자 하는 것은 그이의 이야기를 듣고 싶기 때문입니다. 나는 남편의 마음을 또 정신과 육체를 알고 있다고 생각했었습니다. 그러나 그이를 추억의 눈으로만 바라보고 있는 지금 나는 그이에 대해 모르는 것이 너무나 많은 것 같습니다. 내 삶이 심장과 함께 멎기 전에 나는 누군가에게서 그이에 대한 이야기를 들어야 하는 것입니다.

사탕 채취 작업이 빙설로 인해 늦어지고 있어서 떠날 수가 없었습니다. 3월 중순에 들어서자 잿빛 하늘에서 따뜻한 비가 내렸습니다. 나무들이 때 아닌 봄이 온 줄로 알고 수액이 흐르지 않을까 봐 걱정됐습니다. 그때 갑자기 캐나다 쪽에서 차가운 폭풍이 불어와 빗물은 나무 위에서 얼어 버렸습니다.

덕분에 수액은 살아났지만, 아깝게도 바람에 큰 나무들이 쓰러지고 말았습니다. 한밤중에 나는 총소리처럼 들리는 나뭇가지가 부러지는 소리에 잠을 이루지 못했습니다. 아침이 되자 날은 맑게 개어 햇빛이 쏟아져 내리고 있었습니다. 나는 레니를 데리고 사탕단풍의 숲을 돌아다니며 우리가 입은 피해를 살펴보았습니다. 부러진 나뭇가지 끝에 고드름이 되어 달려 있던 수액이 햇볕을 받아 녹으면서 달디단 물방울을 땅에 떨어뜨리고 있었습니다.

낭비를 싫어하는 나에게나 나무에게나 다 큰 손실이었습니다. 뜨거운 여름햇볕은 잎사귀에 녹말을 만들고, 서늘한 봄볕은 녹말을 당분으로 변화시켜 우리에게 설탕을 만들어 주는 것입니다. 나무가 되살아나 다시 설탕을 만들 것이라고 옆에 있던 레니가 나를 위로했습니다.

상당량의 설탕은 잃었어도 아름다운 풍경을 감상할 수 있는 즐거움이 있었습니다. 그래서 마음은 편치 않았지만 우리는 뒷산에 올라가 찬란한 아침햇살에 빛나는 아름다운 풍경을 바라보았습니다. 이런 일들이 내 마음을 어수선하게 했지만 나는 불평하지 않았습니다. 6주 동안 힘들여 일한 대가로 우리는 호박색의 맑은 시럽을 100갈론이나 채취했던 것입니다. 끓이기만 하면 설탕이 되는 이 시럽의 색깔에 나는 많은 신경을 씁니다. 제일 먼저 채취되는 것이 맛도 좋고 질도 좋습니다. 싹이 트기 시작할 때 흐르는 수액은 진하고 냄새가 강해서 좋은 사탕이 되지 않습니다.

나는 매트에게 싹이 트기 시작하는 4월이 되면 레니를 데리고 캔사스에 다녀올 예정이니 아랫마을의 존 스터크를 고용하든지, 아니면 혼자서라도 봄 밭갈이를 하라고 일러두었습니다. 우리는 심은 씨앗이 싹트기 전에 돌아올 계획이라는 것도 알려 주었습니다.

"시아버님을 모셔 오려고 해요."

매드는 침착하고 무표정한 얼굴로 나를 비라보았습니다. 매트는 꼭 해야 할 말이 아니면 하지 않았습니다.

"그분은 지금 혼자 살고 계신데 우리와 함께 사는 것을 승낙하시면 모시고 올 거예요."

무표정이었던 매트의 얼굴에 어떤 표정이 어렸습니다. 아마 그는 이제 제럴드가 이미 존재하지 않는다고 생각할지도 모를 일이었습니다.

"제럴드를 본 일이 있잖아요."

하고 나는 그를 일깨웠습니다. 매트는 내가 철이 들기 시작했을 때부터 우리의 농장에서 일하고 있었습니다.

"어떤 분이셨는지 잘 생각나지 않는데요."

매트는 고개를 저으며 말했습니다.

나는 책상 미닫이에서 은제 액자에 들어 있는 남편의 사진을 꺼냈습니다. 저녁이 되어, 레니는 책을 보고 나는 바느질을 할 때쯤이면 항상 그 사진틀을 꺼내 놓습니다. 그러면 우리는 셋이 되는 것입니다. 낮에 그 사진을 보고 있노라면 제럴드가 이곳으로부터 수천 마일 떨어진 곳에, 지구에서 가장 넓은 대양을 건너야 하는 곳에 떨어져 있다는 생각이 들어 견딜 수가 없습니다. 그러나 저녁이면 그이는 가까이 있는 것처럼 느껴집니다. 북경의 우리 집에 앉아 우리들을 생각하고 있는 그이의 모습을 볼 수 있습니다. 나는 진정으로 그이가 우리를 생각해 주길 염원하며 기도하고 있습니다.

"이 사람이 제럴드예요."

매트는 액자를 두 손으로 들고 제럴드의 잘 생긴 얼굴을 한동안 들여다보았습니다.

"훌륭한 분처럼 보이는군요."

그는 조심스럽게 말하고, 사진을 돌려 준 후 멀어져 갔습니다.

이제 그는 제럴드가 살아 있다고 믿을 것이고, 또 마을 사람들에게 그렇게 이야기할 것입니다. 그렇게 되며 이웃사람들이 나에게 대하는 태도는 더욱 다정해질 것입니다. 우리 부모님은 원래 이곳태생이 아니고 여름에 피서객으로 오셨다가 정착하셨다고 합니다. 나는 마을 사람들로부터 이곳 토박이로 인정받기를 기대하지는 않습니다. 아마 마을 사람들은 레니를 행실 나쁜 여자의 사생아로 의심할지도 모를 일입니다.

4월이 되어 단풍잎이 싹트기 시작하는 것을 보고 우리는 계획했던 여행을 떠났습니다. 처음에는 자동차 여행을 하려 했으나 기차여행이 편하고 빠를 것 같았으며, 우리와 함께 오실지도 모르는 노인을 생각해 마음을 바꾸었습니다. 나는 그분의 의사가 어떨지는 모르지만 함께 올 것이라고 믿었습니다.

나는 차창 밖으로 스쳐가는 풍경들을 바라보며 레니에게 할아버지의 모습을 설명해 주려고 했으나, 내 기억도 희미해져 있었습니다. 제럴드에 대한 나의 사랑만 분명할 분 그 이외의 모든 것이 내게는 희미한 존재들이었습니다. 나는 첫사랑의 남자와 결혼했다는 점에서는 행복한 여자입니다. 그 이외에는 별다른 추억을 지니고 있지 않은 여자입니다. 존 바로우의 단풍 시럽에 비유한 첫사랑의 시가 생각납니다.

"언제나 가장 좋고 언제나 풍부하고 언제나 달콤하다. 그리고 그 시럽에는 나중에 채취되는 시럽에 비길 수 없는 순수하고 오묘한 맛이 있는 것이다."

"할아버지는 마른 체격에 키가 크시고 귀족적이시다. 그분이 버지니아 태생인 것을 잊지 마라. 그분이 중국 여인과 결혼하신 걸 이해할 수 없구나."

레니는 어깨를 으쓱하며 뒤로 물러나 앉았습니다. 레니는 요즘 들어 부쩍 자기의 중국인 할머니의 얘기를 싫어합니다. 학교 친구들의 편견이 레니의 마음에 영향을 주지 않을까 걱정이 됩니다. 그런 면에서 제럴드의 아버지는 나에게 도움이 되어 주실 수 있을 것입니다.

"할아버지는 아버지처럼 눈과 머리가 검으시단다. 이제는 반백이 다 되셨을 거야. 너 기억이 나니?"

"기억할 수 없어요."

레니는 통명스럽게 말했습니다. 레니는 우리의 북경 생활을 얘기할 때면 늘 생각이 나지 않는다고 말합니다. 레니는 미국인이고 싶어 하는 것 같았습니다.

"그럴 거다. 하지만 할아버지를 만나 뵙게 되면 기억이 되살아날 거야."

이렇게 말은 했지만 정말 그럴지는 알 수 없는 일이었습니다.

창밖의 풍경은 너무 빨리 스쳐가고 있었습니다. 지금은 그런 여유가 없지만 언젠가는 나도 여유 있는 느긋한 여행을 즐길 수 있을 것입니다. 모든 마을에서 멈춰 순식간에 스쳐 지나가는 저 시골길을 걸어보고 싶습니다. 나는 나의 뿌리가 다시 땅속 깊이 내리는 것을 느끼고 싶습니다. 나는 어젯밤 침대 위에서 커튼을 젖히고 달빛이 밝은 밖을 내다보았습니다. 나는 순간 내가 어느 주 어느 마을에 있는지 알 수 없을 것만 같은 착각에 빠져들었습니다. 그저 어느 나라에 있다는 것만 어렴풋이 알 수 있을 것 같았으며, 너무 넓어서 어쩐지 내가 이방인이 된 느낌만 들었습니다. 제럴드가 이곳으로 돌아오지 않는다고 그이를 나무라서는 안 될 것이라는 생각이 그때 문득 들었습니다. 왜냐하면 그이가 추방당한 것이 되어서는 안 되기 때문입니다.

우리가 함께 보낸 마지막 밤은 상해의 한 호텔에서였습니다. 나는 그이의 가슴에 파묻혀 흐느껴 울었습니다.

"왜 당신은 우리와 함께 안 가시는 거죠?"

나는 계속 흐느끼며 물었습니다.

"당신의 아내보다 더 사랑하는 것이 이곳의 무엇이죠?"

"아무것도, 아무것도 없소. 생각해 봐요, 이브. 내가 지금 중국을 떠난다면 영원히 떠나는 것이 될 거요. 그리고 나는 미국에서는 이방인이 되어 버리고 말 거요."

"제가 있잖아요."

나는 대들 듯이 말했습니다.

"당신이 있다 해도 마찬가지요."

그이의 어조는 절망적이었습니다.

나는 그이가 내게 한 말은 하찮은 것이라도 모두 기억하고 있습니다. 그것들은 항상 떠도는 것은 아니지만 내 생활에 끼어들 때가 있습니다. 그 한 예로 지난밤에 우리가 지나치고 있던 땅이 너무 넓어 자신이 이방인처럼 느껴지던 순간, 그이가 말하던 '이방인' 이라는 말이 떠올랐던 것입니다.

우리는 제럴드의 아버지를 서부 캔사스의 리틀 스프링스에서 찾을 수 있었습니다. 리틀 스프링스는 도시라고 하기에는 너무 작은 곳이었습니다. 그분은 다닥다닥 들어선 단층집들 중 제일 끝 오막살이에서 혼자 살고 계셨습니다. 그곳에서는 모두 그분을 알고 있었기 때문에 우리는 별로 힘을 들이지 않고 찾아갈 수 있었습니다. 주민들은 그분에 대해 묘한 존경심과 함께 호기심을 지니고 있는 듯했습니다.

"메레오드씨라구요? 아! 그 노신사 말이군요."

기차표를 파는 싸쓰 바람의 남자가 퀄련 끝을 씹으며 말했습니다.

우리는 그가 가리켜 준 대로 역에서 1마일쯤 가서 거리의 맨 끝에 있는 칠을 하지 않고 방도 하나밖에 없는 누추한 집에서 제럴드의 아버지를 찾을 수 있었습니다. 4월인데도 그곳은 바람이 쌀쌀했습니다. 그런데도 문이 열려 있었습니다. 그 열려진 문으로 나는 낡은 중국 솜옷을 입고, 방안의 둥그런 책상에 앉아 중국 책을 읽고 있는 그분을 볼 수 있었습니다. 우리를 본 그분은 항상 하던 버릇대로 일어서며 미소 지었습니다. 이미 은빛으로 변한 그분의 머리와 수염은 다듬지를 않아 멋대로 자라 있었습니다. 그분은 몸이 몹시 야위어서인지 두 눈이 무척 커보였습니다. 전에는 그분이 제럴드를 닮았는지 잘 몰랐으나 이제는 분명히 알 수 있었습니다. 나는 달려가 그분을 와락 껴안았습니다.

'바바! 도대체 왜 여기에 계셔요?'

나는 전부터 그분을 아버지라고 부르기보다 쉽고 친근감 있게 '바바'라고 불렀습니다. 그 이름을 듣자 바바는 숙였던 고개를 들어 나를 바라보고는 이내 나를 알아보셨습니다. 바바는 놀라는 기색이 없는 것으로 보아 자기가 지금 어디에 있는지 모르는 것 같았습니다. 바바는 나를 포옹하지도 않고 밀어내지도 않으며, 온화한 목소리로 말씀하셨습니다.

"기차 여행 중에 병이 났는데, 사람들이 나를 여기로 데리고 왔어. 그래서 그냥 여기서 사는 거야. 내가 꼭 가서 살아야 할 곳도 없고 해서."

제럴드와 내가 위험한 전쟁 전에 북경에 살면서 얼마나 이기적이었던가 하는 생각이 나를 괴롭혔습니다. 우리는 단지 우리의 행복만을 위하여 살았던 것입니다. 우리는 미국으로 떠난 사람은 천국에 간 것이나 마찬가지라고 생각한 것도 사실이었습니다. 우리는 바바가 어수선한 중국 땅을 떠난 것만으로도 안전하리라 생각했으며, 바바에게서 잘 있다는 안부 편지를 몇 번 받았으므로 별 걱정을 하지 않고 있었던 것입니다. 그리고 우리는 전쟁과 위험 속에서 우리들 외에는 신경 쓸 여유가 없었던 것도 사실입니다. 바바가 레니를 쳐다보시는 것을 깨달은 나는 바바에게서 물러서며 말했습니다.

"손자를 기억하시겠지요?"

바바는 크고 여윈 손을 내미셨습니다. 내가 레니에게 고갯짓으로 다가오라고 하자 레니는 수줍은 듯 앞으로 다가왔습니다.

"제럴드의 아들인가?"

바바가 물으셨습니다.

"네, 물론이에요."

바바는 레니가 6살 때 마지막으로 보셨기 때문에 어느 정도 기억하고 있는 것 같았습니다.

"그래그래, 어서 앉거라."

할아버지는 중얼거리듯 말씀하고 계셨습니다.

그곳에는 의자가 하나뿐이어서 레니는 테이블 위에 걸터앉았고, 나는 등이 없는 의자에 앉았습니다.

"바바, 그 동안 어떻게 지내셨어요?"

"그저 이렇게 살아."

바바는 분명치 않게 말씀하셨습니다.

"사람들이 먹을 것을 갖다 주고 어떤 여자가 청소도 해 주고 빨래도 해 줘서 돈이 필요 없어. 여기 사람들은 나에게 무척 잘해 주고 있어."

바바는 자신이 어디에 살고 있는지 모르는 것 같았습니다. 빈털터리가 되어 기차에서 내렸고 누군가의 주선으로 이 집에 머물 수 있었다고 했습니다. 짐작하건대 집은 반마일쯤 떨어져 있는 커다란 집의 별채인 것 같았습니다.

"내겐 돈이 있어."

바바는 나에게 큰소리로 말하며 책상 서랍을 열었고, 그 안에서 노란 중국 비단으로 싼 조그만 꾸러미를 꺼내 들더니 우리에게 1달러짜리 지폐 5장을 보여 주셨습니다. 그러더니 그걸 다시 싸서 서랍 속에 조심스럽게 넣으셨습니다.

레니와 나는 말없이 서로의 얼굴을 바라보았습니다. 이제 더 생각할 필요 없이 우리는 바바를 집으로 모시고 가야 한다는 걸 깨달을 수 있었습니다. 동부와 서부로 가는 기차가 하루에 한번씩 있다는 걸 알고 있었습니다.

"점심은 드셨나요, 바바?"

우리는 서두르기만 하면 동부로 가는 기차를 탈 수 있었으므로 나는 급히 물었습니다.

"먹은 것 같아."

"무엇을 잡수셨어요?"

바바는 일어나 방 한쪽 구석에 있는 구식 냉장고 문을 여셨습니다. 나는 그 속에 들어 있는 반쯤 남은 우유병과 버터 한 조각과 달걀 세 개, 조그만 고기 파이 한 조각을 볼 수 있었습니다. 우리는 다시 자리에 앉았고, 레니는 문 앞에 서서 경사진 들판을 내다보고 있었습니다.

"이제 가시죠, 어머니."

레니가 말했습니다.

"저희들이랑 같이 가서 살지 않으시겠어요?"

나는 바바를 돌아다보았습니다.

바바는 다시 테이블 옆에 앉으시더니 헝겊으로 싼 중국 책을 살며시 덮었습니다.

"같이 가서 함께 살기를 원한다는 얘기니?"

"네, 무엇보다도 그렇게 되길 바라고 있어요."

바바는 다시 물으셨습니다.

"제럴드는 어디 있는데?"

"그이는 아직 북경에 있어요."

"그 애가 돌아올까?"

"그러길 바라고 있어요."

"누가 이리로 오고 있어요."

밖을 내다보고 있던 레니가 말했습니다.

잠시 후 한 남자가 성큼성큼 문 앞으로 다가왔습니다. 그는 중년은 못 되어 보였으나 청년기는 지난 나이 같았고 큰 키에 모래빛깔의 머리 그이와 똑같은 피부색을 가진 서부 사람다운 용모였습니다.

"무슨 일인가 해서 왔습니다. 난 이곳 이웃 노인을 돌봐 드리고 있는 사람입니다."

그는 거침없는 목소리로 말하고 있었습니다.

"당신이 이 집 주인이신가요?"

"네, 이 집은 내 농장에 딸려 있는 양치기의 집이죠. 우리 아버님이 양을 기르고 계십니다."

"저의 시아버님을 돌봐 주셔서 정말 감사합니다."

나는 정중하게 감사의 마음을 표시했습니다.

"가족들이 왜 이 노인을 떠돌아다니게 내버려 두었는지 알 수가 없군요."

"우린 설마 이럴 줄은……."

나는 말을 끝맺지 못했습니다. 어떻게 이 뻣뻣한 남자에게 노인이 혼자 낯선 고장으로 흘러와서 머물게 된 것을 설명할 수 있단 말입니까? 내가 어떻게 북경을, 아니 중국을 설명할 수 있었겠습니까? 우주의 어떤 혹성을 설명하려는 것이나 마찬가지 일이 될 것입니다.

"이제 시아버님을 찾았으니 집으로 모시고 가려고 해요."

나는 그때서야 내 이름을 밝히지 않은 것이 생각났습니다.

"저는 제럴드 멕레오드에요. 이 애는 우리 아들 레니고요."

"나는 샘 브레인이라고 합니다."

그는 레니를 바라보며 말했습니다.

아마 레니가 이상하게 생겼다고 생각하는 것 같았습니다. 낯선 이 사람들은 도대체 누구일까 하고 생각하고 있는 것 같았습니다.

"어디서 오셨습니까?"

"우리는 버몬트에 살고 있지요."

"당신의 남편은 어디에 계시죠?"

나는 망설여졌습니다. 이럴 때는 제럴드가 죽었다고 하는 것이 그이가 처한 상황을 설명하는 것보다 쉬울 것 같았습니다. 제럴드가 공산화된 곳에 머물겠다고 한 것을 말한다면 그는 우리 모두를 의심할 것이 분명한 사실이었습니다.

"그이는 외국에 계셔요."

나는 간단하게 대답해 주었습니다.

샘 브레인은 문에 기대서서 우리를 자세히 살피고 있었습니다. 그러더니 바바에게 물었습니다.

"영감님, 이 부인과 소년이 누군지 아시겠어요?"

바바는 가볍게 고개를 끄덕였습니다.

"내 며느리와 손자야."

"아들과 함께 가시겠어요?"

"그래, 가겠어."

"가시기 싫으시면 여기 그냥 계셔요. 제가 돌봐 드릴 테니까요."

"아니, 가겠어."

바바가 분명하게 말씀하셨습니다.

"정 그러시다면 좋습니다."

그 키 큰 미국인은 그때까지도 의심이 가시지 않은 듯한 표정이었습니다.

"서두르면 오후에 떠나는 기차를 탈 수 있을 거예요."

그에게 우리의 의사를 분명히 밝혔습니다.

"그럼, 내 차를 가져오죠. 이 영감님의 짐이야 별로 없지만, 당신들 짐은 어디에 두고 오셨죠?"

"역에 맡겨 두고 왔어요."

레니가 그에게 말했습니다.

"15분 안으로 돌아오겠습니다."

샘 브레인은 이렇게 말하고 나갔습니다. 나는 레니가 할아버지를 바라보며 무슨 말을 하려고 초초해 하는 것을 알 수 있었습니다.

"왜 그러니, 레니야?"

"어머니는 할아버지가 저 중국옷을 입은 채로 가시도록 할 생각이세요."

레니가 안타까운 듯이 물어왔습니다.

그 말에 바바는 자기 옷을 살펴보며 말씀하셨습니다.

"이 옷이 어때서 그래? 난 이걸 북경에서 샀는데, 아직도 비단이 훌륭해. 따뜻하고 부드럽단다."

"어머니!"

레니가 참지 못하고 큰 소리를 냈습니다.

"바바, 그 가운은 싸 가지고 가시고 코트를 찾아 입으시는 게 좋겠어요. 미국 사람들은 이상하게 보이는 사람에게는 배타적이니까요."

나는 서슴없이 말했습니다.

바바는 이 말에 아무 대꾸가 없었으나 레니는 벌써 옷장 대용으로 쓰이는 커튼 뒤에 가 있었습니다. 레니는 거기서 바바가 중국을 떠날 때 입고 계셨던 짙은 회색 양복과 제럴드가 영국인 상점에서 사 준 검정색 코트를 꺼내 왔습니다. 그 옷들은 비교적 깨끗하게 보였습니다. 바바는 이 옷들을 서랍에 잘 보관해 놓고 줄곧 중국 가운만 입고 지내신 것이 분명했습니다. 바바는 레니의 도움을 받으며 회색 양복과 코트를 입으셨습니다. 우리는 검은 모자를 찾아 드렸습니다. 바바는 품위 있고 훌륭해 보인다는 우리의 말을 듣고 조용히 미소를 지으셨습니다. 바바는 침착하고 유순한 성품이셨습니다.

그러나 바바가 어떤 기분인지 짐작이 가지 않았습니다. 자신에게 일어나는 일을 알고 계신지조차 나로서는 알 수 없는 일이었습니다. 바바는 단순히 자신을 우리의 손에 맡기고만 계셨습니다.

문밖에서 먼지와 소음이 나는 것으로 샘 브레인이 돌아온 걸 알 수 있었습니다. 나는 짐을 챙겨 들고 레니는 할아버지를 부축해 차로 다가왔습니다. 샘 브레인이 차에서 뛰어내려 민첩하게 행동한 덕분에 우리가 탄 차는 그로부터 채 1분도 안돼 먼지를 일으키며 그곳을 떠날 수 있었습니다. 차는 노랗고 아주 커서 침대처럼 편안했습니다.

"이런 차는 처음 보는데요?"

샘 브레인과 같이 앞자리에 앉아 있던 내가 말했습니다.

"특별히 주문해서 만든 차입니다."

그가 속력을 내기 시작했으므로 나는 말을 그쳤습니다. 나는 빠른 속력에는 결코 익숙해지지 못해 있었습니다. 여러 해 동안 나는 마차나 인력거를 타고 다녔기 때문에 나에게 맞는 속도가 느려져 버렸는지도 모릅니다.

기차 시간에 맞게 역에 도착했고 바바는 레니와 샘 브레인의 부축을 받으며 층계를 올라가셨습니다.

"부인 안녕히 가십시오. 도착하신 후에 노인께서 어떻게 지내시는지 편지해 주십시오."

샘 브레인은 악수를 청하며 말했습니다.

"그러죠."

나는 서슴지 않고 약속했습니다.

기차가 서서히 출발하기 시작하자 차장이 나를 문안으로 끌어들이고는 문을 닫았습니다. 바바와 레니와 함께 객차 안에 자리를 잡은 나는 손이 아픈 것을 느낄 수 있었습니다. 아까 샘 브레인이 꼭 쥐었던 바로 그 손이었습니다.


나는 올해는 정원에 목초를 심어 시험해 보려고 합니다. 매트는 정원을 갈아 밭을 만들었습니다. 여름이 짧은 이 산간지방에서 사료를 해결하는 유일한 해결책은 목초재배뿐이라고 믿기 때문입니다.

100여 년 전의 사람들은 바위 사이에 밭을 만들어 곡식을 심어 기르려고 애를 썼으나, 밭은 황무지로 되돌아가 버렸답니다. 기록에 의하면 다니엘 웹스터의 연설을 듣기 위해서 1만 8천 명이나 되는 사람들이 스트래튼 산기슭에 모인 일이 있었다고 합니다. 그러나 지금은 다니엘 웹스터가 무덤에서 살아난다 해도 1천 8백 명도 모일지 의심스런 일입니다. 당시 사람들은 이미 이 세상 사람들이 아니고 그의 후손들은 지금 낯선 곳으로 흩어졌기 때문입니다. 내가 집을 찾아 이곳으로 돌아온 것처럼 그들도 집을 찾아 떠난 것입니다.

이와 같은 일은 내가 북경의 우리 집으로 다시는 돌아가지 못하리라는 것을 느끼게 되었기 때문일 것입니다. 이제 그 집은 내 기억에서 지워져 버려야 할 것입니다.

몇 백 년은 묵은 듯한 오래된 담으로 둘러싸이고 단단한 삼목 판자에 놋쇠 장식이 되어 있는 문으로 사랑하는 사람이 드나들지만 내 자리는 영원히 비어 있을 것입니다. 그곳에 내린 내 뿌리는 죽어야 할 것입니다. 나는 바바에게 제럴드에게서 온 편지를 읽어 드리고, 그이가 처한 처지를 알려 드려야 할지 혼자 생각해 보았습니다. 그러나 내 가슴의 아픔을 남과 같이해야 한다는 것은 견딜 수 없는 일이었습니다. 오늘만은 우리의 비밀을 다른 사람과 나눠서는 안 될 날입니다. 5월 15일은 바로 우리의 결혼기념일이었기 때문입니다. 그런데도 나는 농장에서 보냈습니다. 목초의 씨를 뿌리고 매트에게는 곳간 청소와 소젖을 짜라고 일렀습니다. 나는 쉴 새 없이 일하면서 추억에 잠겨 있었습니다.

20년 전 오늘 제럴드와 나는 우리 집 거실에서 조용히 결혼식을 올렸습니다. 결혼식에는 우리 어머니와 외삼촌 내외가 참석했을 뿐이었습니다. 나는 지금 그 외삼촌 내외가 어떻게 지내시는지 모릅니다. 제럴드를 따라 중국으로 건너간 후 동양의 정적인 생활에 빠져있을 때, 나는 누구나가 그렇듯이 그곳에서 안주할 수 있었습니다. 어째서 그랬는지 이유는 모릅니다. 사람들은 북경에 우연히 왔다가 그곳에서 눌러 살고 맙니다. 그 시절 제럴드는 내가 이해 못하는 중국의 모든 것들을 설명해 주었고, 우리가 거리를 다닐 때 사람들이 우리를 보고 소곤거리면 무슨 말인지 알려 주었습니다.

그이는 낯선 것이 없었고, 나 또한 그렇게 되었습니다. 이젠 그 영원한 도시도 모든 것이 변해 있으리라는 것을 짐작할 수 있습니다. 이미 긴 잠에서 깨어 버린 것입니다. 새로운 무서운 삶이 사람들을 사로잡고 있을 것입니다. 그들이 나를 사랑한다 할지라도 나는 원치 않는다는 것을 알고 있습니다. 내 친구들과 또 다정한 이웃인 수메이가 이제는 나를 사랑하지 않는다고는 믿을 수 없습니다. 우리는 어린애들을 똑같이 키웠고 많은 이야기를 했으며 같이 웃고 같이 슬퍼했습니다. 시장에서 달걀과 생선과 과일을 얼마씩 지불하고 샀다는 것까지도 서로 알려 주곤 하던 그들이 나를 사랑하지 않았다고는 생각할 수 없습니다. 항상 자기 옆에 가까이 앉기를 권하며 내 손을 어루만져 주던 리 부인이 나를 싫어하리라고는 생각할 수조차 없는 일입니다. 그들은 모두 다정한 나의 친구들이고 나 또한 아직도 그들을 좋아하고 있으며 그들도 역시 나를 좋아하리라고 믿습니다. 그들도 제럴드의 편지 구절처럼 말할 것입니다.

"당신을 사랑해요. 앞으로도 영원히 사랑할 거예요. 그러나 ……."

영원히 사랑한다면 어떻게 '그러나' 라는 말을 할 수 있을까요? 그것은 내가 말할 수 없는 문제이고, 우리들 사이엔 침묵만이 흐를 것입니다.

내가 저녁 준비를 하려고 집으로 돌아와 보니 바바는 부엌 테라스에 앉아서 지는 해를 멍하니 바라보고 계셨습니다. 바바는 중국가운을 입고 앉아서 아무 말도 없이 몇 권 안 되는 중국고서를 읽는 것이 일과였으므로 나는 바바가 무슨 생각을 하는지 알 수 없었습니다. 우리 마을의 의사 브루스 스폴든의 이야기로는 바바가 리틀스프링스에서 혼자 살 때 큰 충격을 받은 것 같다고 했습니다.

"아무도 모르게 저런 증세가 생길 수 있나요?"
하고 내가 물어보았습니다.

브루스 스폴든은 훌륭한 의사이며 건장한 체격에 성실해 보이는 좋은 사람입니다. 그에 대해 더 말할 것이 뭐가 있는지는 모르겠습니다. 레니와 나는 건강해서 그를 대할 기회가 별로 없었기 때문입니다.

"있을 수 있는 일이지요. 별다른 방법은 없고 그저 지금처럼 잘 보살펴 드리세요."

그는 정확한 치료법을 알려 주지 않았으나 성의 있게 대답했습니다.

나는 지금의 바바를 도저히 이해할 수 없어 의사를 모셔 와 진찰을 부탁했던 것입니다. 바바는 내가 알고 있던 제럴드의 아버지가 아니었습니다. 북경에서의 바바는 내가 알고 있던 제럴드의 아버지가 아니었습니다. 북경에서의 바바는 학자다운 날카로움과 세련된 재치가 번뜩이는 분이셨습니다.

그때 나는 바바를 대하기가 조심스러웠고 매력을 느끼기도 했습니다. 바바는 해박한 지식을 가지셨지만 겸손하셨고 지식은 흐르는 물처럼 흘러 나왔습니다. 내가 바바를 중국에서 보았을 때는 섬세하고 부드러우며 원숙함이 완벽한 분이셨습니다.

"제럴드 어떻게 해야 아버님을 기쁘게 해 드릴 수 있을까요?"

북경의 집에서 맞은 첫날밤에 나는 그렇게 말했습니다.

"이브 아버지를 기쁘게 해 드리려고 애쓸 필요는 없어요. 아버지는 낙천가이시니까. 그분은 자기 방식대로 사는 것을 좋아하시고, 당신처럼 가식이 없는 사람을 좋아하시니까 의식적으로 행동할 필요는 없어요."

바바는 지금도 예전처럼 예절을 지키며 사십니다. 바바는 레니가 미국 학생이 된 후 잊어버리고 있던 예법을 일상생활 중에서 자연스럽게 가르쳐 주셨습니다. 바바는 식탁에서 내가 의자에 앉기 전에는 의자에 앉으려 하지 않았습니다. 숲으로 잠시 산책을 나갈 때에도 나에게 다녀오겠다는 말을 잊지 않으셨으며 집에 돌아와서도 다녀왔다는 말을 반드시 하셨습니다. 바바는 단풍나무 그늘과 푸른 목초가 파룻파룻 자라는 길을 거닐기를 좋아하십니다. 매트와 레니가 숲을 예쁘게 가꾸어 놓았고, 목초는 이제 녹색 양탄자처럼 싱싱하게 자라고 있습니다.

바바는 조그마한 것이라도 아름다운 것을 보면 나에게 와서 얘기 하십니다. 레니가 요즘 학교에서 야구연습으로 늦게 돌아오기 때문에 바바와 나는 많은 이야기를 나눕니다. 그러나 오늘은 바바가 조금 이상했습니다. 바바 특유의 재치 넘치는 이야기도 안 하셨으며 넋이 나간 사람처럼 아무 생각도 않고 있는 것 같아 보였습니다. 바바는 오래 살아도 별 즐거움이 없다는 걸 알고 있는 듯 오래 살고 싶어 하지 않았습니다.

바바는 하루하루가 똑같은 습관의 반복에 불과하다고 생각하는 듯했고, 어디에 있는지조차도 모르는 것 같았습니다. 나는 때때로 바바가 나를 몰라볼까 봐 걱정이 될 때가 있었습니다. 바바는 가끔 레니를 조심스런 눈으로 바라보았지만 말을 건네지는 않았습니다. 나는 바바가 제니를 바라보며 제럴드로 착각하고 있다는 것을 느낍니다. 바바는 어떤 때는 레니를 전혀 못 알아볼 때도 있습니다. 나는 바바에게 제럴드의 편지를 보이는 것은 너무 잔인한 일이라고 생각했습니다. 나는 그것을 도저히 말할 수가 없었습니다.

오늘 밤 나는 바바와 단둘이 집에 있게 되었습니다. 레니는 친구와 함께 영화구경을 하러 갔습니다. 오늘은 토요일이고 게다가 학교에서 성적표가 왔는데 레니의 성적이 좋았으므로 외출을 허락해 주었습니다.

나는 램프에 불을 켠 후 안락의자에 앉아 계신 바바 옆에서 뜨개질을 하고 있었습니다. 나는 언제나 그랬듯이 제럴드의 생각을 하면서 레니의 붉은 스웨터를 짜고 있었습니다. 우리가 헤어져 있는 몇 해 동안에 나는 결혼기념일에는 반드시 제럴드의 편지를 받았습니다. 그이는 무슨 수를 써서라도 내가 편지를 받을 수 있도록 했고 그러므로 나는 그이의 사랑을 다시 한번 확인하곤 했습니다. 지금도 2층에 있는 편지 상자에는 그이의 편지들이 잘 보관되어 있습니다.

나는 여러 해 동안 그 편지들을 읽고 또 읽어보며 우리들은 언젠가는 반드시 다시 만나게 될 것이라고 굳게 믿어왔습니다. 오늘 밤 나는 그 편지들을 다시 읽어볼 용기가 없습니다.

바바는 내가 먼저 말을 꺼내기 전에는 말을 하지 않습니다. 바바는 조용히 앉아 나를 바라보기만 하십니다. 오늘 밤 나는 바바의 조용한 눈길을 견딜 수 없어서 말을 꺼냈습니다.

"바바, 어머님과 결혼하셨을 때 생각이 나세요?"

바바는 그때 자기 부인을 생각하고 있었다는 듯 놀란 표정은 아니었습니다.

"그럼 그녀를 기억하지. 이름이 한애란이었어. 그녀는 좋은 여자였고, 좋은 아내였지."

"어떻게 그분과 결혼하시게 되셨나요?"

바바는 한참 생각하는 듯 눈이 흐릿했습니다.

"그 당시 나는 젊은 황제의 고문이었는데, 한유렌이라는 내 친구가 자기 누이동생을 소개해 주었어. 그게 바로 애란이었는데 내가 외로워 보였나 봐."

"그때 바바는 외로우셨나요?"

"아마 그랬겠지. 그렇지 않았으면 결혼을 안 했을 테니까."

"어머님을 사랑하셨어요, 바바?"

바바는 한동안 말이 없었습니다. 바바는 우리 아버지가 쓰시던 이제는 낡은 갈색 가죽의 안락의자에 마치 그림처럼 앉아 있었습니다. 새빨간 중국옷을 입고 깊은 고독에 잠겨 있는 바바의 모습을 램프불빛이 비추고 있었습니다.

"오래 전의 일이라 생각이 잘 안 나시죠?"

"너에게 얘기해 주기 싫어서 이러고 있는 게 아니야. 옛날 일을 생각해 내려고 애쓰고 있단다. 내가 사랑했던 사람은 다른 여자야. 내가 생각해 내려고 애쓰는 사람도 그 여자고."

"중국여자인가요?"

나는 그렇지 않다는 것을 알면서도 물었습니다.

"중국여자가 아니야."

"그럼 어느 나라여자에요?"

"글쎄 기억이 안 나. 이름도 생각이 안 나고."

아, 이럴 수가! 나는 그만 뜨개질하던 것을 떨어뜨리고 말았습니다. 그렇게 사랑했던 여자의 이름조차 생각이 안 나다니 이런 일이 있을 수 있을까? 세월이 흐르면 제럴드도 내 이름을 기억하지 못할까?

바바는 아직도 깊은 생각에 잠겨 과거의 기억을 되살리려고 애쓰며 이야기를 계속했습니다.

"나는 이름이 생각이 안 나는 그 여자가 내 사랑을 받아 주지 않았기 때문에 무척 고독했었다. 그래 나는 나를 사랑하지 않은 한 여자를 사랑한 기억이 난다. 나는 그녀에게 구혼을 했었지. 그런데 그 결과는 잘 생각이 안 나. 나는 확실히 외로웠어. 그래서 한유렌이 누이동생이 있다고 얘기했을 때 중국 여인과 결혼하기로 마음먹었어. 중국 사람을 상대로 일하는 나를 도울 수 있으리라 생각했거든."

나는 뜨개질을 다시 시작했습니다.

"그런데 그 중국 여자가 결혼하지 않고 있었다는 게 이상한데요?"

바바는 이제 막히지 않고 이야기를 풀어나갔습니다.

"그녀에게는 약혼을 한 남자가 있었는데, '유행성 콜레라'로 죽었대. 유렌의 말에 의하면 약혼자는 그 여자가 열다섯 살 때엔가 죽었다고 했어. 그래, 그건 틀림없어. 우리가 결혼할 때 그녀는 스물다섯이었고, 나는 서른 살이었거든."

"중국인인 그녀가 외국인과 결혼하려 했다니 이상하잖아요?"

나는 바바가 기억을 되살리는 데 성공했으며, 이기적인 생각에서 내가 알고자 하는 쪽으로 이야기를 유도해 나갔습니다.

나는 제럴드의 어머니에 대해 궁금한 것이 많았습니다. 바바는 나에게 시어머니에 대한 얘기를 한 일이 한번도 없었습니다. 제럴드도 어머니의 얘기를 하는 것을 매우 싫어했으므로 북경 집에는 시어머니의 사진도 없었습니다. 바바가 시어머니를 사랑한다는 것은 고통이었는데, 나는 왜 고통스러워하는지 알 수가 없었습니다.

버몬트의 밤은 항상 조용합니다. 이곳의 5월은 기온차가 심한데, 오늘 밤은 달은 없으나 따뜻하고 아름다운 밤입니다. 나는 램프에 몰려드는 불나비 때문에 창문을 닫았습니다. 하루 일을 모두 끝낸 집은 고요하기만 합니다. 나는 바바와의 사이에 벽 같은 것을 느끼지 않았고, 바바도 역시 그런 듯했습니다. 바바는 마치 어린 아이 같아 단조롭게 얘기했는데, 어떤 때는 영어로 또 간간이 중국말도 쓸 때가 있었습니다. 이 방에서 유창한 북경 말을 듣는다는 것이 얼마나 신기하고 꿈같은 일인지 모르겠습니다. 우리 아버지와 어머니가 계신다면 어떻게 생각하실까? 두 분은 이해하지 못하시겠지만 나는 이해합니다. 나는 제럴드가 소개해 준 첸 선생님에게 중국어를 배워둔 것을 기쁘게 생각했습니다.

바바는 야위고 긴 손을 깍지 끼고는 갈색 안락의자에 편히 앉아서 어두운 창밖을 내다보기도 하고 어떤 때는 나를 바라보며 기억이 되살아난 이야기들을 풀어 놓기 시작했습니다. 바바는 아주 딴사람처럼 보였습니다. 바바는 학자도 아니었고 내가 알고 있던 버지니아 신사인 제럴드의 아버지도 아니었고 중국의 우아함을 지닌 사람도 아니었으며 다만 젊은 날의 생생한 기억을 되살리고 있는 노인에 불과했습니다.

바바와 시어머니는 불교식으로 구식 결혼식을 했답니다. 시어머니는 유교교육을 받았지만 집안에 결혼, 생일, 장례 같은 일이 있을 대는 불교의식을 따랐다고 합니다.

"그럼, 그분의 부모님이 미국인인 바바를 사위로 맞으려고 하셨나요?"

시어머니의 부모들은 일찍 돌아가셨고 오빠인 한유렌이 가장이 있으며 결혼 진부터 자신이 과부라고 생각하고 있었답니다. 그래서 자신의 결혼을 점잖지 못한 일이라고 반대했으므로 부모를 설득하기에 힘이 들었으며, 중국의 과부들이 대개 그렇듯이 시어머니도 혼자살기로 마음먹고 있었으나 총명한 마음이 그것을 허락하지 않아 집안에서 조용히 학문을 닦으며 지내고 있었답니다.

"그분은 아름다우셨나요. 바바?"

바바는 한동안 생각하는 듯했습니다.

"그렇지는 못했어. 하지만 가끔 예쁘게 보일 때도 있었지."

"어떤 때 그렇게 보였는데요?"

나는 바보 같은 질문이라고 생각했습니다. 여자는 사랑을 할 대 아름다워지는 법입니다.

바바는 여전히 조용한 태도로 대답했습니다.

"그녀는 자신이 좋아하던 시를 나에게 읽어 줄 때 무척 아름다웠어. 그녀는 시 낭송을 즐겨 했었지. 그녀는 애조 띤 고운 목소리를 가졌었는데, 류트를 켜며 노래를 부를 때는 언제나 눈에 눈물이 고이곤 했었어. 그러나 그때 난 그녀가 왜 우는지 알 수 없었지."

"그분은 제럴드를 낳은 후 행복해 하셨나요?"

바바는 난감한 표정을 지었습니다.

"그런 걸 행복이라고 할 수 있을까? 그녀는 사람이 달라졌어. 시도 읽지 않았으며 류트를 켜지도 않았지 그 대신 혁명에 흥미를 갖기 시작했어. 그녀는 제럴드를 낳기 전에는 신문 하나 제대로 읽지 않았으나 출산 후부터는 신간 서적이나 새로운 잡지를 읽기 시작했단다. 그녀가 정치연설을 들으러 다니면서 손일선이라는 사람과 가깝게 지낸 것 때문에 우리가 가끔 싸우던 일이 생각나는군."

"바바가 싸우셨다는 것은 전 상상할 수도 없어요."

바바는 내 말에 반응을 나타내지 않았습니다.

"나는 손일선이라는 사람을 좋아하지 않았어. 나는 그때 황제 고문관으로 있었는데, 군주제도가 좋다고 생각하고 있었거든. 게다가 손일선은 선교사 학교에 다녔을 뿐 체계적으로 학문을 공부하지도 않았어."

나는 바바가 이렇게 말을 조리 있게 하는 것을 보고 놀랐습니다. 바바는 이제 정상인이나 다름없이 생각을 하는 것이었습니다. 나는 뜨개질을 멈추고 바바를 바라보며 이야기에 귀를 기울였습니다.

"그녀와 나는 의견이 맞지 않았어. 중국의 오랜 전통을 지키며 살아온 그녀가 갑자기 다른 사람처럼 변해 버리고 말았어. 대부분의 중국 여자들이 그렇듯이 그녀도 예전에는 집을 비우는 일이 없었는데, 제럴드가 좀 자라자 외출이 잦아지기 시작했어. 내가 어디 가느냐고 물으면 회합에 간다고 퉁명스럽게 말했지. 난 그녀가 손일선의 연설을 들으러 간다는 것을 알게 됐어. 나는 그녀에게 손일선은 남부의 농부 아들로 태어나 체계 없이 갑자기 출세

한 사람이라고 말해 주었지. 그때부터 그녀는 나를 비난하기 시작했어."

바바는 흥분해서 목소리가 떨려 이야기를 계속하지 못했습니다.

"무슨 이유로 비난을 하셨나요. 바바?"

"그녀는 내가 외국인이기 때문에 혁명을 원치 않으며 심지어 내가 직장을 잃을까 봐 황제를 두둔한다는 거야. 내가 당장 직장을 그만두겠다고 했더니, 그래도 마찬가지일 거라고 우기더군. 나는 항상 내 민족만을 위하여 일할 뿐이며, 내 나라에만 유익하게 일한다는 거야. 그리고 그녀는 우리 두 민족은 도저히 화합할 수 없다고 말했지. 그녀는 그런 말을 평소와는 달리 화를 내면서 거칠게 말하더니 자기를 사랑하지 않기 때문이라는 말을 덧붙이더군."

나는 어머니가 갑자기 변하게 된 이유를 알 수 있을 것 같았습니다. 시어머니는 남편인 바바로부터 사랑을 받지 못하고 있다는 것을 깨달았으므로 위안받을 것을 찾아 밖에서 방황했을 것입니다. 나 역시 여자이기 때문에 그것을 쉽게 느낄 수 있습니다. 나는 바바가 몰랐던 일 또는 잊어버린 일을 얘기해 주고 싶지는 않았습니다.

"혹시 제럴드 때문이었나요?"

"글쎄, 잘 모르겠어."

바바는 머리를 흔들었습니다.

그러나 나는 시어머니가 아들을 낳고 나서야 모든 걸 깨닫게 되었다는 것을 알 수 있었습니다. 시어머니는 반 백인이 될 아기의 운명을 미처 생각지 못하고 잉태했던 것입니다. 이 아기는 어느 나라 사람인가? 아들이 아버지의 나라로 간다면 자신은 버림받을 것이라는 생각을 했던 것입니다. 시어머니는 그렇게 생각하는 것조차 싫었으며 입 밖에 내지도 않았습니다. 시어머니는 아들을 자기 나라에게 키우고, 자기 민족을 위한 쪽으로 생각했을 것입니다. 시어머니는 자기민족이 외국의 위협과 모욕을 당하고 있다고 주장하는 혁명가들의 말에 귀를 기울였습니다. 그러나 나는 모든 논쟁이 다 그럴 듯하다는 것을 알고 있습니다. 우리는 자신의 말 못할 이유 때문에 논쟁을 합니다. 시어머니는 자기 아들을 놓치고 싶지 않았던 것입니다. 나는 이제야 제럴드를 휘감고 있는 것들을 이해할 수 있었습니다.

"그래서 어떻게 하셨나요, 바바?"

나는 말을 멈춘 바바에게 물었습니다.

바바는 한숨을 쉬셨습니다. 어느덧 바바의 감정은 안정된 것 같았으나 이야기를 더 하고 싶지 않은 듯이 보였습니다. 이야기를 더 이상 듣지 못한다고 생각하니 나는 궁금증을 참을 수가 없었습니다. 나는 조심스럽게 다시 말을 꺼냈습니다.

"어머님께서 돌아가셨을 때 제럴드는 몇 살이었나요?"

상상도 할 수 없던 놀라운 이야기가 바바의 입에서 나온 바람에 나는 뜨개질하던 것을 또 바닥에 떨어뜨리고 말았습니다.

"그녀는 죽은 게 아니야. 피살당했어."

"뭐라고요?"

우리는 잠시 서로를 마주 쳐다보고만 있었습니다. 나는 바바의 눈 속에서 슬픔도 두려움도 아닌 떨림, 아니 공포를 볼 수 있었습니다.

"나는 매일 그녀를 타일렀지. 계속 혁명운동을 한다면 구해 줄 수 없다고 말했어. 그런데도 과격한 혁명가가 되고 말았던 거야. 알겠니? 너도 아는 바와 같이 단지 애국자로 끝난 것이 아니라 그들의 일원이 된 거야."

"설마, 바바!"

"사실이다. 처음에 그녀는 손일선 부인의 친구가 되어서 자주 만났는데, 어떤 때는 그 부인이 우리 집으로 찾아오기도 했어. 나는 앞날이 두렵고, 나 자신과 제럴드를 위해서도 그들을 만나지 못하게 했어. 나는 그녀에게 꼭 그 반역자들을 만나야 한다면 내 집과 내 아들 곁을 떠나라고 말했어. 그랬더니 그녀는 날카롭게 '당신 아들이라고요?' 하며 비수를 던지듯이 쏘아붙이더구나."

바바의 말을 듣는 순간 나는 시어머니가 마치 이 방에서 그 중국말을 하는 듯한 착각이 들었습니다. 그러나 나는 이 말을 수천 마일 밖에서 오랜 시간이 지난 지금 듣고 있는 것입니다.

"아, 바바! 그래서 그 다음에는 어떻게 했나요?"

"그녀는 그 길로 집을 나갔는데, 나는 그 후 다시는 못 봤어."

"자살하지 않았나요?"

"아니야. 나는 그녀의 오빠인 내 친구와 이곳저곳으로 찾아다녔어. 친구도 나와 같은 생각을 하고 있어서 나를 도와주었지. 그때 자기 동생을 내 아내로 준 것을 용서해 달라고 하더구나. 그는 동생을 용서할 수 없다며 족보에서 이름을 지워 버리겠다고 말했어. 얼마 후 그 친구는 동생을 찾아내긴 했으나 나에겐 가르쳐 주지 않았어. 그는 나에게 모르는 것이 마음이 편할 거라고 말했는데 그게 무슨 뜻인지 알 수 있었지. 그녀는 남쪽에서 그들과 함께 혁명을 계획하고 있었던 거야. 그녀는 손일선의 부인과 의형제처럼 지내고 있었던 거야."

"그럼, 제럴드도 그 후에 어머니를 만나지 못했나요?"

바바의 이야기를 들으면서도 나는 제럴드에 관한 일만 생각하고 있었습니다. 나는 제럴드가 북경의 그 큰 집에서 어머니를 그리워하며 아버지와 단둘이 쓸쓸하게 자라는 모습을 상상했습니다. 어머니를 그리워하지 않는 어린 아이는 없을 것이기 때문입니다. 나는 대학을 졸업한 후 약 1년 동안 뉴욕에 있는 고아원에서 보모로 일한 적이 있습니다. 집을 잃었거나 버림받은 여자 아이들을 보호하는 그곳에는 방 가득히 아이들이 차 있었습니다. 그들은 낮에는 웃기도하고 잘 놀다가도 밤만 되면 울기 때문에 잠을 잘 수가 없었습니다. 방에는 아기 침대들이 나란히 놓여 있었고, 내 방은 다른 쪽 모퉁이에 있었는데, 밤에는 그들을 돌볼 의무는 없었지만 몇 번식이나 잠을 깨야 했습니다. 한 아이가 엄마를 찾으며 울기 시작하면 그 방안에 있던 30여 명의 아이들이 모두 "엄마! 엄마!" 하고 부르며 슬프게 우는 것이었습니다. 그 울음소리는 조용한 밤공기를 타고 다른 방에서 자고 있는 같은 처지의 아이들을 깨워 마침내는 집 전체가 기억도 없고 알 수도 없는 엄마를 부르는 아이들의 울부짖음으로 뒤덮이곤 했습니다. 아이들의 어머니 외에는 어느 누구도 이 아이들을 달랠 수가 없었습니다. 나는 그 일을 그만두고 나서도 그 아이들이 알 수도 없는 엄마를 부르며 울던 것을 잊을 수가 없었습니다. 그래서 나는 외국인 아버지와 외롭게 자랐을 제럴드의 모습을 상상할 수 있었던 것입니다.

"그 애는 제 어머니를 만났지."

바바의 대답은 예상 밖이었습니다.

"그녀는 아주 정정당당하게 제의해 왔어. 비록 자진해서 집을 나갔지만 아들을 몰래 보려 하지 않고 자기 오빠를 통해 제럴드가 자기를 만나러 오게 해 줄 수 있느냐고 물어왔거든."

"그걸 허락하셨나요?"

"처음에는 반대했지. 나는 한유렌에게 그녀가 어린 아이의 마

75

음을 혼란하게 할 것 같아 안 된다고 말했어. 그녀는 아들에게 아무것도 가르치지 않겠다고 하며 그 후 계속 요구해 왔어. 그래서 나는 모자의 만남을 허락했는데 그녀는 아들을 보려고 북경으로 왔고 친정에서 만나는 것 같았어."

"몇 시간이나 함께 아니 여러 날 함께 있었나요?"

"어느 때는 몇 시간 동안이었고 어떤 때는 며칠씩 함께 있었지. 그건 그녀가 그들에 대한 자신의 의무에 따라 달랐지. 언제나 그들에 대한 의무가 우선이었으니까."

아! 제럴드가 사람에 대해 지나치게 예민한 것은 어린 시절에 그런 일들을 겪었기 때문일 것이라는 생각이 들었습니다. 우리가 결혼하기 전에 그이는 나의 사랑을 잘 믿지 않았지만 결혼 후에도 나는 가끔 내가 그이를 사랑하며 그이가 사랑받을 만한 가치가 있다는 것을 확인시켜 주어야 했습니다. 우리가 함께 있었던 마지막 겨울 공사관 파티에 초대받았을 때 나는 그이에게 이렇게 속삭였습니다.

"제럴드, 나 이외의 다른 여자하고는 한번 이상 춤추면 안돼요. 아셨죠?"

"그런 바보 같은 소리가 어디 있어?"

나는 자신을 믿을 수 있듯이 그이를 믿었습니다. 많은 미녀들이 파티에 와도 나는 질투하지 않았습니다. 제럴드는 미녀들의 시선을 받기에 충분할 만큼 잘 생겼습니다. 그러나 그이는 내 남편이었습니다. 나는 긴 옷을 입은 귀엽게 생긴 중국 여인도 두려워하지 않았습니다. 그런 여자들을 질투하지 않았던 나를 생각하면 지금도 기쁩니다.

"내가 싫어했던 것은……."

바바가 다시 말씀하시기 시작했습니다.

"그 애가 외갓집에서 살고 싶어 했던 일이야. 그 애는 나하고 지내는 걸 좋아하지 않았어. 아마 그 집에서는 맛있는 것도 많이 먹을 수 있었고, 친척이나 하인들의 귀여움도 듬뿍 받았았나 봐. 무슨 말인지 알 수 있겠지?"

이해할 수 있었습니다. 중국의 전통적인 가풍은 아들을 중시합니다. 아들은 영원히 그들이 삶의 희망이기 때문에 귀여움을 독차지하며 좀 버릇없이 굴어도 사랑을 받습니다. 그들은 몇 천 년 동안 전해 내려온 무한한 사랑의 바다 속에 빠져 자라는 것입니다. 오직 자아가 강하고 판단력이 있는 사람만이 사랑의 심연에서 나와 독립할 수 있었습니다. 나는 죽은 우리 아이가 남자였다면 그렇게 자랐을 것이라고 생각합니다. 그러나 그 애는 루안이라는 이름의 딸이었습니다. 나는 그 애를 생각하지 않으려고 애씁니다. 그 애는 나의 첫 아기였습니다. 중국인이기를 더 좋아하는 제럴드는 산실에 들어서며 실망한 표정을 감추지 못하고 있었습니다. 아기는 내 오른팔을 베고 누워 있었습니다. 나는 왜 이런 지나간 쓸데없는 일을 기억하고 있는지 모릅니다.

"우리 공주님이에요, 제럴드."

나는 그때 무척 행복했습니다. 내 생활도 즐거웠고 남편과 북경시, 그리고 중국이란 나라를 사랑했습니다. 침대 가장자리에 앉아서 이제 막 태어난 딸을 들여다보며 그이는 실망의 빛을 감추려고 애를 쓰는 것 같았습니다.

"아기가 참 작구려."

그이는 침착하게 말했습니다.

"아니에요, 제럴드. 이 아기는 8파운드나 되는데요. 그리고 영리하게 생겼잖아요."

"영리하게 생겼다고?"

하고 그이는 잠들어 있는 아기의 동그란 얼굴을 바라보며 중얼거렸습니다.

"네."

나는 항상 그이에게 양보하는 편이었습니다. 그러나 내 딸에 대해서는 그럴 수 없다는 생각이 들었습니다. 루안은 건강하고 예쁘고 영리할 것 같았습니다. 루안은 다섯 살로 죽을 때까지 내 생각처럼 자랐습니다.

아! 결혼기념일 밤에 딸의 죽음을 생각하다니, 끔찍한 일이 아닐까?

"바바, 피곤하시죠? 오늘은 그만 주무시고 다음 기회에 또 이야기를 들려주세요."

나는 뜨개질을 멈추며 말했습니다.

"아니야, 내 이야기는 아직 안 끝났다. 제럴드의 어머니가 어떻게 피살당했는지 이야기하지 않았어."

사실 그랬습니다. 아직 바바는 나에게 말하지 않았으나 나는 처참한 죽음이었다는 것을 알 수 있었습니다. 나는 어두운 창밖을 뚫어지게 바라보고 있는 바바의 창백한 얼굴에서 그걸 느낄 수 있었습니다.

"그녀는 총살당했어."

바바는 몸서리를 쳤습니다. 그런 바바를 보고 있다는 것은 더이상 견딜 수 없는 일이었습니다.

"바바, 그만하세요. 더 이상 생각하지 마세요."

바바는 내 말이 안 들리는 듯 이야기를 계속하셨습니다.

"그때가 1930년이었어. 그녀는 남경에서 국민정부의 비밀경찰의 손에 체포되었어. 그녀는 손일선의 부인하고 같이 있지도 않았고 다른 사람들처럼 피하지도 않았는데 아마 남아 있으라는 지령을 받았던 것 같아. 첩자 같은 거였을 거야. 이른 봄날 날이 밝기도 전에 잠자리에 있다가 잠옷 바람으로 '고탑'이라는 곳으로 끌려갔어. 거기서 벽에 등을 대고 앞을 바라본 채 눈도 안 가리고 총살형을 당했어."

나는 더 묻고 싶지 않은 기분이었습니다. 그러나 궁금한 것은 여전했습니다.

"어떻게 그 일을 아셨어요?"

"그녀는 늙은 몸종을 데리고 있었는데 그 여종이 찾아왔더군. 어떻게 해서든 나를 찾아가라고 죽기 전에 말했다더군."

바바의 목소리는 힘이 없었고 말도 더 하지 않으셨습니다. 몸도 움츠러든 것 같았고, 눈은 벌써 감겨 있었습니다.

"바바, 모셔다 드릴게요. 피곤하신 것 같아요."

나는 바바를 침실로 모시고 가서 침대에 눕혀 드리고 잠들 때까지 한동안 서 있었습니다.

나는 그때 한 가지 궁금한 것이 있었습니다. 바바에게 제럴드도 자기 어머니의 죽음에 대한 이야기를 알고 있는지 물어 보고 싶었습니다. 그러나 그때의 처참한 광경을 들어 알고 있을 것 같아 물어본다는 것이 부질없는 일이라고 이내 생각되었습니다. 중국인들은 무슨 이야기든 비밀로 지키지 못합니다. 바바나 그 여종이 말해 주지 않았다 해도 누군가가 말해 주었을 것이기 때문에 제럴드는 알고 있을 것이 분명합니다.


오늘 우편배달부로부터 세 장의 중국 우표가 붙은 잡지를 배달 받았습니다. 처음 보는 공산국가의 우표는 짙은 노랑과 보라색, 푸른색으로 되어 있었고 거기에는 모두 젊은 남자의 얼굴이 그려져 있었는데 하나는 군인, 하나는 기술자, 또 다른 하나는 농부의 얼굴이었습니다. 어제 내가 궁금하게 생각하였던 것에 대한 해답을 받은 것이었습니다. 포장지에는 발신인의 이름도 없이 다만 '중국 북경시 우편 사서함 305' 라고만 쓰여 있었습니다. 그러나 나는 제럴드가 보냈다는 것을 알 수 있었습니다. 잡지를 펴 본 후에 그것이 혁명의 한순교자를 기념하기 위하여 발간된 것임을 알았기 때문입니다. 표지에는 여자의 사진이 있었는데 이름은 한애란이었고, 1930년 5월 15일에 남경에서 총살당했다고 쓰여 있었습니다. 나는 밝은 창가에 앉아 그것을 들여다보고 있었습니다. 그녀는 침착하고 숙연해 보였고 가름한 얼굴의 두 눈에서는 광채가 번득였습니다. 머리는 넓은 이마 뒤로 올려 빗었고 젊었을 때는 부드러웠을 것 같은 입술을 꼭 다물고 있었는데, 얼굴 윤곽이 제럴드와 똑같아서 마치 제럴드를 보는 것 같았습니다.

이래서 나는 묻지 않았던 내 의문의 해답을 얻을 수 있었습니다. 제럴드는 역시 모든 것을 알고 있었던 것입니다. 이제야 그이의 어머니가 늙은 여종에게 자기의 소식을 전하라고 한 이유를 알 것 같았습니다. 그이의 어머니는 자기 아들에게 자기가 어떻게 또 무엇을 위하여 죽었는지를 말해 주었던 것입니다.

그이는 그날을 기억하고 있었습니다. 우리의 결혼 날짜를 5월 15일로 정한 것도 제럴드였기 때문입니다. 그이는 그날로 정한 이유를 굳이 이야기하지는 않았으나 이제는 그 이유를 알 것 같습니다. 그이는 나에게 편지를 써 보낼 수는 없었으나 자기 어머니의 사진과 한 혁명가로서의 생애를 알려 주고 싶었을 것입니다. 그이는 어머니를 한 남자의 아내로서 또는 어머니로서보다는 혁명가로 기억하고 있는 것 같습니다. 잡지에는 그 외에 시어머니에 관한 기사는 없었습니다. 그러나 그이는 내게 무엇인가 알려 주고 싶으며, 내가 이해하기를 바랄 것입니다. 아, 사랑하는 제럴드! 비로소 당신의 뜻을 알 것 같습니다.


여자 혼자서 살아간다는 것이 점점 더 어렵게 생각됩니다. 어떤 고통이 느껴져 나는 예전처럼 마음이 편안치가 않습니다. 나는 사랑하는 사람을 생각하던 일과도 사라져갔고, 위축되어 있습니다. 남편을 여읜 여자들이 어떻게 살아가는지 궁금합니다. 제럴드는 아직 살아 있으니까 그런 여자들에게 나 자신을 견줄 수는 없습니다. 그이는 죽지 않고 살아 있는 것이 사실입니다. 나는 성경을 자주 읽지는 않지만, 지금 정신적인 양식을 갈구하고 있으며, 또 인간의 영혼이 가야 할 바른길을 제시해 준 어떠한 것에서나 위안을 받고 있습니다. 오늘 아침엔 여름의 시작인 6월의 싱그러움이 느껴졌습니다. 모든 생명이 약동하고 정원의 잔디도 파랗게 푸름을 더하고, 철 늦은 사과나무도 꽃이 만발했습니다. 내 영혼도 구원을 부르짖으며 약동하는 것이 느껴집니다. 그래서 나는 급히 아버지가 쓰시던 낡은 가죽 장정의 신약성경을 꺼내어 펼쳤습니다. 거기에는 이런 구절이 있었습니다. '그는 죽지 않고 살아 있다.' 나는 이 한 마디 말로 충분하였습니다. 나는 책을 덮고 다시 일을 시작하였습니다.

땀 흘려 열심히 일할 수 있는 농장이 있다는 것은 참으로 다행스런 일입니다. 나는 그것을 감사하고 있습니다. 외양간으로 간 나는 내 자랑거리인 암소 세실리가 간밤에 훌륭한 송아지를 내게 선물한 것을 알았습니다. 세실리는 외양간 한쪽에서 무관심한 표정으로 나를 바라보고 있었는데, 어미나 송아지 모두 건강한 것 같았습니다. 세실리는 건지 종(種)으로 흠잡을 데 없는 소입니다.

붉은 코에 약간 넙적한 머리가 좀 건방지게 보이기는 합니다. 소는 나를 보고도 일어나지 않았는데, 자기의 노고를 과시하고 있는 것이 분명했습니다. 송아지는 황갈색으로 잘 생긴 머리와 등과 엉덩이의 선이 좋았습니다. 어린 암송아지는 초면인 나를 보자 놀란 듯한 표정이었습니다. 어미는 송아지를 안심시키려고 볼을 핥아 주고 있었는데, 산고(産苦)를 겪은 흔적이 말끔히 가셔 있었습니다. 세실리는 역시 훌륭한 놈으로 아주 자랑스럽습니다. 나는 매트가 특별히 조리한 것을 세실리에게 주었습니다. 세실리는 별로 내키지 않지만 내게 호의라도 베푼다는 듯이 먹었습니다.

나는 기쁜 마음으로 그 자리를 떠났습니다. 또 한 마리의 훌륭한 송아지를 얻었다는 소유감뿐만 아니라 새 생명이 탄생한 것이 기뻤습니다. 생명은 마음의 요구와는 관계없이 태어나게 됩니다. 나는 정원으로 가서 가장 하기 싫어하는 잡초 뽑기를 시작했습니다. 잡초는 잘 자라며, 번식력이 매우 강합니다.

나는 하루 종일 열심히 일을 했습니다. 낮에 점심식사 준비를 위해 잠시 일손을 놓았을 뿐입니다. 매트는 오늘처럼 화창한 날에는 밖의 테라스에서 점심식사를 합니다. 레니는 최고 학년이어서 낮에는 대개 집에 오지 않습니다. 래니는 올 가을에 대학에 진학해야 되는데 그렇게 되면 나는 어떻게 지내야 할지 답답해집니다. 그러나 내가 맞아야 할 외로움이 두렵다고 레니에게 의지해서는 안 될 것입니다. 바바와 나만 이곳에서 살게 될 것입니다.

아! 그러나 나는 늙은이가 아닙니다. 오늘같이 초승달이 뜬 밤에는 쉽게 잠이 오지 않습니다. 레니는 요즘 들어 연애를 하는지, 오늘도 초저녁에 밖으로 나갔습니다. 레니는 흰 샤쓰에 빨간 넥타이를 매고 제일 좋은 감청색 양복을 꺼내 입고는 일요일에 신는

구두까지 반짝반짝하게 닦아 신고 나갔습니다. 나는 내 아들의 사랑하는 아가씨가 누구인지 모릅니다. 그저 기다릴 뿐입니다.

바바는 일찍 잠이 드셨습니다. 바바는 8시 반이면 습관적으로 잠자리에 드십니다. 밤이 시작되는 그 시간에 나는 테라스의 긴 의자에 누워 달을 바라보고 있었습니다. 6월이지만 밤공기는 싸늘했습니다. 나는 하얀 숄을 두르고 사랑하는 사람의 생각에 잠겼습니다. 무슨 일이 있어도 언제까지고 우리들의 사랑을 시들게 하지는 않으리라고 생각해 봅니다. 살아 있을 때까지는 나 혼자 이렇게 사랑을 가꿀 것입니다. 제럴드가 죽었다면 꿈을 꾸어서는 안 될 것이지만, 지금 사랑하는 사람은 살아 있고 나는 과부가 아닙니다.

어느덧 내 마음은 수만 리 날아가 그이가 살고 있는 도시를 방황합니다. 유령처럼 나는 길을 걸어 그이가 있는 집 대문으로 들어섭니다. 그이와 헤어진 후 몇 년 동안 나는 환상에 젖어 이런 일을 여러 번 되풀이했습니다. 우리가 헤어져 있는 것은 불과 5년밖에 안되고, 우리의 이별이 절대로 영원하리라고 생각지는 않습니다. 그이는 언젠가 내게로 돌아올 것이며 그때 나는 그이에게 아무것도 묻지 않을 것입니다. 만일 우리가 늙어 죽을 때까지 함께 산다 해도 내 마음 속에 남아 있는 질문은 결코 하지 않을 것입니다. 그이가 돌아온 것만으로도 충분하기 때문입니다.

달이 밝습니다. 북경에서 우리는 여름밤이면 동쪽 정원에 나와 앉아 달구경을 했습니다. 원래 민주 왕자의 소유였던 우리 집은 궁전이라기에는 초라한 편이었으나, 집 주위에는 훌륭한 정원이 있었습니다. 그 집에는 정원으로 통하는 반달처럼 생긴 모양의 대문이 있고 그 위로 레이스처럼 기와가 올려져 있었습니다. 동쪽 정원에는 연못이 있고 대나무 숲이 담을 가리고 있었습니다. 길은 집의 반대쪽으로 나 있어 정원은 조용했습니다. 동쪽 정원은 우리의 침실과 통하고 있었습니다. 침실에는 커다란 중국식 침대가 있었는데 안쪽 벽에 붙여 놓았습니다.

결혼 후 내가 그 침대를 처음 보았을 때 나는 그 물건이 참 못마땅했습니다. 나무도 틀이 되어 있고 등나무를 엮어서 밑에 깔았기 때문에 누워 있으면 너무 딱딱했습니다. 은고리에 매어 있는 핑크색 비단 침실 커튼은 마음에 들었으나 매트리스만은 싫었습니다. 이런 나를 보고 제럴드는 중국의 우아한 것은 좋아하고 딱딱한 것은 싫어한다며 웃었습니다. 그래서 나는 푹신한 침대를 가질 수도 있는데, 구태여 나무 침대 위에서 자는 이유가 무엇이며, 그리고 푹신한 매트리스를 갖는 게 죄가 되느냐고 물었습니다. 그이는 죄는 아니지만 모순이라고 말했습니다. 그이는 동양 것이든 서양 것이든 어느 한쪽을 택해야 한다고 강조했습니다. 그러나 나는 그 문제만은 절대로 양보할 수가 없었습니다. 나는 왜 양쪽의 좋은 것만을 가질 수 없느냐고 물었습니다. 결국 그이는 대학에서 필요한 물품을 사러 천진(天津)에 갔을 때 미국식으로 스프링이 든 매트리스를 사 가지고 왔습니다. 그 후 우리들 사이에는 경쟁이 벌어졌습니다. 제럴드는 딱딱한 구식 중국 침대가 더 좋다고 우겼으며, 나는 포근한 미국식 침대의 맛을 그이에게 납득시키려 애썼습니다. 그 당시 우리들은 무척 잘 웃었습니다. 그러나 그이가 제자나 레니, 바바 등 다른 사람들과 있을 때도 잘 웃었는지 잘 기억이 나지 않습니다. 중국 사람들은 웃기를 좋아하는 쾌활한 사람들입니다. 그러나 제럴드는 그들과 좀 다르게 근엄하게 보였습니다. 그이가 우울할 때는 내가 무슨 수를 쓴다 해도 그이의 입을 열게 하지 못했습니다. 오직 정열적인 육체의 사랑만이 그이를 내게로 돌아오게 할 수 있었습니다. 나는 테라스에 혼자 앉아 바다 저쪽에 있는 그이를 향해 팔을 벌렸습니다.

밤이 깊어서야 집에 돌아온 레니는 그때까지도 테라스에 앉아 있는 나를 보았나 봅니다.

"엄마! 설마 저를 기다리고 계신 건 아니시겠지요?"

그렇습니다. 레니는 어느새 미국인이 되어 있습니다. 그 애의 아버지가 늘 주장하던 어머니라는 정확한 호칭이 엄마로 바뀐 것은 그 증거입니다. 그러나 나는 아무 말도 하지 않았습니다. 멀리 떨어져 있는 아버지를 일깨워 준들 무슨 소용이 있겠습니까?

"아니다. 나는 지금 너의 아버지는 무슨 생각을 하며, 무엇을 하고 계실까 생각하고 있었단다. 아마 지금쯤 책을 보고 계시겠지?"

나는 아버지의 존재를 레니에게 강하게 암시해 주었습니다. 레니는 대답 대신에 자연스럽게 담배에다 불을 붙였습니다. 나는 레니가 담배 피우는 것을 벌써 알고 있었고 레니는 내가 알고 있다는 것을 알지만 내 앞에서 버젓이 피우기는 처음이었습니다.

"내게도 하나 주겠니?"

레니는 놀란 표정을 지으며 담뱃갑을 꺼내 주었습니다.

"담배 피우시는 줄 몰랐어요."

레니는 담배에 불을 붙여 주며 말했습니다.

"난 피울 줄 모른다. 그런데 넌 담배를 무척 좋아하는 것 같구나. 나도 그러면 안 되니?"

나는 레니가 무안해서 담배 맛이 없어질까 봐 신경이 쓰였습니다. 젊은 사람에게는 반항할 이유를 갖고 있는 것이

필요할지도 모릅니다. 나는 현대 사회에는 젊은이들이 공공
연히 대항할 대상이 아무것도 없기 때문에 어쩌면 이런 허
용을 증오할 것이라는 생각도 들었습니다. 어쨌든 레니는
담배를 곧 껐으나, 나는 끝까지 피웠습니다.

"그다지 나쁘진 않구나. 난 굉장히 지독할 줄 알았는데……."

"연기를 쭉 들이마셔야지요."

"오래 피우다 보면 그렇게 되겠지."

달은 별도 없이 어슴푸레한 하늘에 환한 원을 그리며 높이 떠
있었습니다. 레니는 손을 깍지 끼어 머리 뒤로 받치고 맞은편 의
자에 길게 누웠습니다. 레니의 한숨쉬는 소리가 들려왔습니다.

"엄마는 몇 살에 결혼하셨어요?"

"스물 셋에 했단다. 대학을 졸업한 다음 해였으니까."

"늦게 하셨군요."

"그렇지도 않았어. 너의 아버지와 나는 약혼기간이 일년이나
됐단다."

"왜 그렇게 오래 있다 하셨나요?"

레니에게 어느 정도의 진실을 이야기해 줘야 할까요? 달빛이
비친 레니의 얼굴은 이미 어린애가 아니었습니다. 레니는 올해 키
가 3인치 반이나 자라서 제 아버지만큼 큽니다. 얼굴의 윤곽도 뚜
렷해졌고, 골격도 장대해졌습니다. 이런 외모의 변화가 어른이 되
었다는 표시라면 내면에도 틀림없이 어떤 변화가 있을 것입니다.

"너의 아버지는 내가 중국을 싫어할까 봐 두려워하셨단다. 그
보다도 중국인이기를 원하는 자신을 사랑하는지 알고 싶어 하셨
어. 그것을 확신하게 될 때까지 결혼을 미루신 거야. 그 사이에
일년이란 시간이 지났단다."

레니는 이 말을 듣자 무엇인가를 생각하는 것 같았습니다.

"아버지가 말씀하시는 중국인이란 무슨 뜻이지요?"

레니는 한참 후에 물었습니다.

"모르겠니?"

나는 어떻게 대답해 줘야 할지 난감했습니다.

"모르겠어요. 난 아버지가 확실히 기억이 안 나요."

"우리가 떠나올 때 넌 열두 살이나 됐었잖니, 레니야?"

"그래요. 당연히 기억이 나야 하는데, 왜 그런지 이유를 모르겠어요."

그 이유는 레니가 아버지를 기억하고 싶지 않기 때문일 것입니다. 그렇지만 나는 아들에게 그대로 얘기할 수는 없었습니다. 아들은 책망해서는 안 됩니다. 이런 기회에 나는 레니가 기억할 수 있도록 좋은 방향으로 이끌어 주는 수밖에 없다고 생각했습니다.

"넌 아버지의 모습을 기억할 수 있겠지?"

"아버지는 정말 중국사람 같았어요."

레니는 생기 없게 대답했습니다.

"레니야, 기억하고 있구나. 그래, 네 아버지는 중국 사람들과 계실 때에는 중국 사람처럼 보이고 다른 때는 미국 사람처럼 보이신단다."

"만약 아버지가 여기에 계셔도 중국 사람처럼 보일 거예요."

"그럼, 어떠니? 중국 사람들은 참 잘 생겼단다. 특히 할아버지께서 살던 북경 사람들은 매우 잘 생겼지 않니? 너는 한유렌 할아버지 생각나니?"

"아니요."

그렇습니다. 레니는 모를 것입니다. 친일파였던 그분은 북경이 수복되자 자취를 감춰 버려 우리는 그분을 다시는 못 만났던 것입니다. 레니도 그 정도는 알고 있을 것입니다.

"그 할아버지를 반역자라고 생각해선 안 된다. 그분은 자신이 신념을 최선을 다하여 행동으로 옮긴 것으로 믿고 계셨단다. 아마 그분이 그러지 않으셨더라면 북경은 쑥대밭이 되었을지도 모를 일이야. 적이 쳐들어왔을 때 수많은 애국자들이 놈들 앞에 굴복하긴 했지만, 그들은 그 순간에 자기 조국을 영원히 가슴 속에 간직했던 거란다. 중국은 여러 차례 침입을 받았지만 이 같은 애국자들에 의해서 다시 일어설 수가 있었단다. 침략자들이 왔다가 물러가고 중국은 살아남은 거였지. 북경은 언제나 파괴되지 않는다는 것을 기억해 둬라."

레니는 아무 대꾸도 하지 않았습니다. 레니는 보통 젊은이들이 그렇듯이 말없이 귀를 기울이고 있었습니다. 그들이 얼마나 이해하고 있는지는 그 뒤에 그들의 생활을 보기 전에는 모릅니다. 나는 레니의 할머니, 즉 제럴드의 어머니 생각이 문득 떠올랐습니다. 레니에게 말해 줘야 할까요? 아직은 안 된다는 생각이 들었습니다. 하지만 그녀의 사진이 실린 기념 잡지는 잘 간직해 두어야겠습니다. 적당한 시기가 올 때까지⋯⋯.

"아버지는 생각하시는 것이 중국인에 가까우셨나요, 미국인에 더 가까우셨나요?"

달을 쳐다보고 있던 레니가 물었습니다.

"글쎄, 뭐라 할까? 나도 여러 번 생각해 봤던 문제란다. 네 아버지는 어떤 때는 철저한 중국인 같았고, 또 어떤 때는 완전한 미국인 같았단다."

"어떤 때 그러셨나요?"

제럴드와 나의 지나온 부부생활을 어떻게 레니에게 설명할 수 있겠습니까? 그이는 우리가 아내와 남편으로 함께 있을 때만 미국인처럼 보였던 것입니다. 그때의 그이는 중국의 전통과 풍습의 장

막을 걷어 버림으로 해서 우리 사이의 큰 마찰을 피할 수 있었습니다.

"아버지는 가족을 대할 때는 정말 중국사람 같으셨단다."

나는 직접적인 대답을 이렇게 피했습니다.

"아버지는 중국의 아버지들처럼 너를 키우셨어. 엄한 사랑으로 또 점잖게 말이다. 네 아버지는 네가 아들일 뿐 아니라, 수천 년 전의 선조들의 후예라는 것을 잊지 않도록 가르치고 싶으셨던 거야. 혈통은 항상 너를 따라다니잖니?"

"네, 그래요."

시무룩하게 대답하고 난 레니는 잠시 후 말을 덧붙였습니다.

"하지만 저에게는 외가 쪽의 선조들도 계시잖아요. 전 외가 쪽을 더 많이 닮은 것 같아요."

"그래, 맞는 이야기다."

레니는 나의 속마음을 이해하지 못하고 있는 것 같았습니다. 젊은이들을 이해시키기 위해서는 서두르지 않고 때를 기다리는 수밖에 없을 것입니다.

"엄마, 저에게 중국 사람의 피가 흐른다는 것 때문에 여자들이 저를 싫어하지는 않을까요?"

잠시 후 레니가 다시 말을 꺼냈습니다.

"미국 아가씨니?"

"네, 물론이에요."

레니는 당연하게 생각하는 것 같았습니다.

"글쎄, 중국 아가씨라면 너에게 미국인 피가 섞인 것을 싫어할지도 모르지."

"전 중국 아가씨들에게는 관심이 없어요."

"하지만 중국 아가씨들은 대부분 아름답단다."

"전 중국으로 돌아가지 않을 거예요."

"아버지가 이곳으로 돌아오시지 않으면 언젠가는 아버지를 찾아뵈어야 하지 않겠니?"

"아버지께서 이리로 오실 거라고 생각하세요?"

나는 바로 이 순간이 레니에게 비밀 서랍 속에 들어 있는 편지 이야기를 해 줘야 할 때라고 생각했습니다. 언젠가는 레니도 알게 될 일이지만, 사실을 알리기가 두려웠습니다. 레니는 그 사실을 이해하기에는 아직 어려서 받아들일 만한 포용력이 있는 나이가 아니었습니다.

"나는 돌아오시길 바래. 우리 모두 같은 마음으로 빌자. 그런데 오늘 네가 이야기하는 아가씨는 누구냐, 레니야?"

그때 우리들이 나눈 대화는 결국 레니가 사랑하는 아가씨가 누구인가 하는 이야기로 끝나고 말았습니다. 갑자기 피곤함을 느꼈습니다. 레니는 깜짝 놀라며 벌떡 일어나 앉았습니다.

"엄마, 그걸 어떻게 아셨죠?"

"난 다 알고 있었단다. 나는 네가 짐작하는 것보다 실은 더 잘 알고 있었지."

나는 애써 미소를 지으며 말했습니다. 레니는 다시 의자에 등을 기대며 달을 바라보고 있었습니다.

"아직은 말씀드릴 것이 아무것도 없어요. 저 아래 하얀 집으로 피서를 온 소녀예요."

나는 그 집에 사람들이 이사 온 것을 알고 있었지만, 너무 바빠서 그들을 아직 만나 보지 못하고 있었습니다. 나는 여름 한철의 이웃인 그들을 만나 볼 때도 있지만, 어느 해는 만나지 않고 지나 버릴 때도 있습니다. 이번에는 물론 가 봐야겠습니다.

"그 애 이름은 뭐니?"

"알레그라에요."

"재미있는 이름이구나."

"예쁜 이름이죠, 어머니?"

"그렇구나. 그런데 성은 뭐니?"

"우즈에요."

"아버지는 무엇을 하시는 분이고?"

"뉴욕에서 사업을 하신대요. 아버지는 이곳에 잘 안 오시고, 알레그라는 어머니하고 있어요."

"너희들은 어떻게 만나게 됐니?"

"언젠가 폭포 근처에 있는데, 산책 나왔던 그 애가 제게 길을 물어 와서 알게 됐어요."

"그 애를 진심으로 좋아하게 되면 내게 소개시켜야 한다."

이렇게 말하고 있는 내 가슴은 여러 가지 생각으로 떨리고 있었습니다. 내 아들은 지금 위험한 상태에 있는 것입니다. 레니가 어릴 때 내 팔에 안겨 젖 먹던 시절 이후 내가 두려워해 온 시기가 다가온 것입니다. 한 아가씨가 레니를 바라보는 것이 보입니다. 레니도 그 아가씨를 바라봅니다. 그 아가씨는 어떤 여자일까요?

"추워지는구나. 우리 이제 들어갈까?"


나는 레니와 그 여자 친구와의 우정이 너무 빨리 다른 것으로 변하지 않기를 바랍니다. 레니는 오늘 알레그라를 집으로 데리고 왔습니다. 내가 보기에 그들은 매일 만나는 것 같았습니다. 이 골짜기에서는 그런 일은 쉬운 일일 것입니다. 낮이 긴 요즘 레니는 매트와 함께 사탕단풍 덩굴을 손질하고 사탕을 만들고 단풍 시럽을 병에 담은 일들을 아주 열심히 합니다. 그 동안 나는 정원과 집안의 이곳저곳과 헛간을 살핍니다. 여름에는 해가 진 뒤에도 잠자리에 들 때까지 많은 시간이 있게 마련입니다. 나는 레니가 외출할 때 어디에 가는지 언제 돌아올 건지 따위를 물어 볼 수 없습니다. 레니는 지금 간섭을 싫어하고 자유롭기를 바랄 나이이기 때문입니다. 오늘 저녁에는 내가 설거지를 할 때 레니는 외출했습니다. 나는 레니가 길을 내려가는 것을 보았습니다. 그로부터 한 시간도 채 안돼서 레니는 그 아가씨와 함께 돌아왔습니다.

"어머니."

레니는 의젓하게 어머니라고 불렀습니다.

"이 아가씨가 알레그라 우즈에요."

나는 거실의 램프 아래에서 바느질을 하고 있었고, 바바는 빌로도로 만든 중국 신을 신고 빨간 중국 가운을 걸치고 갈색 가죽의 안락의자에 앉아 항상 그렇듯 침묵 속에 잠겨 계셨습니다. 오늘 바바의 머리와 수염을 감겨드렸기 때문에 그것은 눈처럼 희었습니다.

"만나서 기쁘군요. 알레그라."

나는 앉은 채 말했으나 습관적으로 안경을 벗었습니다. 안경을 낀 채로 손님이나 친구를 맞는 것은 중국 예절에 어긋나기 때문에 몸에 밴 버릇인가 봅니다.

그 아가씨는 정중한 인사도 아니고 절도 아니었지만, 우아한 몸짓을 했습니다. 그리고 가냘픈 손을 내게 내밀었습니다.

"안녕하세요, 멕레오드 부인."

"이분은 레니의 할아버지에요."

나는 바바를 가리키며 말했습니다. 바바는 엄한 표정을 짓고 계셨습니다. 바바는 알레그라에게 인사도 하지 않고 또렷한 중국말로 말했습니다.

"이 여자는 누구냐?"

레니의 얼굴이 상기되었습니다. 그 애는 중국말을 잊어버린 척했지만, 필요한 경우에는 충분히 기억해 낼 수 있었기 때문입니다. 레니는 영어로 정확히 말했습니다.

"할아버지, 이 아가씨는 제 친구인 알레그라 우즈에요. 어머니가 만나 보길 원하셔서 함께 왔어요."

바바는 마치 중국 관리들처럼 머리를 끄떡거리기만 하더니, 알레그라에겐 한 마디도 않고 레니만 노려보듯 바라보고 계셨습니다.

"여자는 집에서 부모님 곁에 있어야지, 나돌아 다니면 안 되는 거야."

바바는 여전히 중국말로 말씀하셨습니다.

나는 그녀가 놀라는 것 같아 웃으며 얘기했습니다.

"알라그라, 저 분 말씀에 신경 쓰지 말아요. 중국에서 오래 사셔서 미국인이라는 것을 잊어 버리셨어요."

"중국에서요? 레니는 그런 말을 안 하던데요?"

레니는 그녀에게 모든 이야기를 하지 않은 것 같았기 때문에 나는 말하는데 신경을 써가며 조심스럽게 말했습니다.

"그래요. 우리 가족은 중국에서 살았어요. 레니의 아버지도 아직도 그곳에 계시며, 레니도 북경에서 태어났어요."

나는 일부러 명랑하게 말했습니다.

"정말 이세요?"

"그럼, 정말이고말고요."

"제가 알기로는 중국은 공산국가라고 알고 있는데요."

"지금은 그렇게 됐죠."

"그런데, 레니의 아버님은 왜……."

"그분은 큰 대학의 총장이신데, 제자들 곁에 남는 것이 자신의 의무라고 생각했기 때문에 안 오신 거죠."

"아, 그렇군요."

그러나 나는 그녀가 정확히 이해하지 못하고 있다는 것을 알수 있었습니다. 그녀는 푸른 눈을 크게 뜨고 레니를 바라보며 생각에 잠겨 있었습니다.

"레니야, 아이스크림을 가져오너라. 냉장고에 많이 들어 있을게다."

"알레그리, 저쪽으로 함께 가요."

레니는 그녀의 손을 잡았습니다.

나는 이것을 결과를 예측할 수 없는 시작에 불과할 뿐이라고 생각하고 있습니다. 이곳은 좁은 산골짜기입니다. 공산주의라든지 중국이라는 말 한 마디가 산불처럼 크게 퍼지는 곳입니다.

그날 밤 레니는 집에 돌아오자마자 화를 냈습니다.

"어머니, 왜 그 애에게 모든 걸 이야기하셨어요?"

"다 얘기한 건 아니다."

바바는 잠자리에 드셨고, 나는 레니를 기다리고 있었습니다.

"그 애는 내 생김새가 좀 이상하게 보였던 이유를 다 알겠다고 하더군요."

레니가 볼멘소리로 말했습니다.

나는 레니를 안아 주고 싶었지만 그 애는 그것을 틀림없이 거부할 것입니다. 진실을 말하고 모든 것을 털어놓는 것이 차라리 나을 것 같았습니다.

"레니야, 운명을 받아들여라. 너의 몸속에 중국인의 피가 4분의 1이나 흐르고, 또 취미나 기호도 어쩌면 중국인에 더 가까울지도 몰라. 너도 언젠가 그걸 알게 될 때가 올 거야. 너의 일부분이 아닌 모든 것을 자랑스럽게 생각하기 전에는 행복을 못 느끼게 될 거다. 난 확실히 말할 수 있다. 넌 지구 양쪽의 고귀한 유산을 물려받았단다, 레니야."

레니는 나를 바라보지 않고 있었습니다. 나는 레니의 볼에 키스를 하고 그 자리를 떠났습니다. 우리 레니에게 알레그라와 같은 아가씨는 적당하지 않습니다. 그러나 레니는 자기에게 어울리는 상대를 찾아낼 수 있을 것입니다. 고통을 극복한 후에야 레니는 자신을 이해하고 받아 줄 수 있는 여자를 발견해 낼 것입니다. 그 여자가 중국인이든 미국인이든 무슨 상관이 있겠습니까?

제럴드가 내 사람이라고 믿게 해 준 것은 무엇이었던가? 지금 생각해 보니 나는 아주 평범한 소녀였던 것 같습니다. 소녀 시절 나의 견문을 넓히는 데 도움을 준 것은 아무것도 없었습니다. 어머니는 풍부한 정서도 일상사의 감정도 없는 분이어서 나에게 별 영향을 주지 못했습니다. 또 내가 다니던 교회에서의 가르침도 똑같은 이야기들이었습니다. 아버지는 회의주의자였으나 자기 생각을 굳이 고집하지는 않았습니다.

래드클리프 대학 4학년 때의 어느 봄날이 잊혀지지 않습니다. 양쪽 팔에 책을 잔뜩 안고 부지런히 철학 강의실로 가고 있었습니다. 나는 공부밖에 모르는 학생이었고 그 당시의 우리들은 그것을 부끄럽게 생각하지 않았습니다. 레니의 말을 기준으로 판단하는 것은 아니지만, 요즘은 공부를 열심히 하는 여학생은 남학생들 사이에서 인기가 없는 것 같았습니다. 알레그라의 경우만 해도 총명스럽다거나 지성미가 있어 보이지는 않고, 귀엽게는 보이지만 아둔한 것 같습니다. 그러나 그 시절 나는 그런 것에 조금도 신경 쓰지 않고 있었습니다. 바로 그날 나는 아름다운 계절의 화창한 날씨에 정신이 팔려 강의시간에 늦었지만 나의 생각은 칸트의 지상명령의 심오한 의미를 찾아 헤매고 있었습니다.

강의실로 통하는 계단으로 막 올라서는 순간 나는 홀에서 걸어오는 인상적이고 기품 있어 보이는 제럴드를 본 것입니다. 나는 늙어 어두워진다 해도 그날 보았던 햇빛에 반짝이던 검은 머리와 정기어린 검은 눈, 그리고 노르스름하고 부드러운 그이의 피부를 잊지 못할 것입니다. 중국인들은 그들의 피가 조금만 섞여도 순결하게 하는 마술을 부리는 것 같습니다. 레니도 그이와 똑같이 나무랄 데 없는 피부를 가졌습니다. 나는 지난 토요일 밤에 우리 마을 공회당에서 레니와 알레그라가 뺨을 맞대고 춤추는 것을 보았는데, 이상하게 생각하지는 않았습니다. 나와 제럴드도 뺨을 맞대고 춤추기를 즐겼습니다. 그이를 처음 본 층계에서 우리는 아무 말도 하지 않았으나 눈으로 서로의 마음을 읽고 있었으며 나는 곧 나의 마음을 영원히 결정지었습니다. 나는 그이의 이름을 알아내기로 했고 그이에게 당신을 내 것이라고 말하기로 했습니다.

그것은 하루나 1주일 안에 일어난 것이 아니라 한 달 후에야 그 일이 있었습니다. 그이는 내가 지금껏 보아온 어느 사람보다도 잘생기고 멋있게 보였기 때문에 나의 눈은 항상 그이를 향하고 있었습니다. 어느 날 강의가 끝나 그이가 문을 나서고 있을 때, 나는 얼른 그이의 옆으로 다가가 말을 건넸습니다. 그이가 무척 수줍어했으므로 나는 그이를 놓치지 않으려고 그이의 옆에 바싹 붙어 걸으며 학교를 빠져나와 거리로 나섰습니다. 그이는 나를 떨쳐 버리지 못하고 있었습니다.

그 후 어느 날, 나는 그이에게 우리 어머니를 만나보러 가자고 했습니다. 이렇게 해서 모든 일이 시작되었습니다. 나는 그이와의 사랑에 빠진 것이었습니다. 그러나 그이가 마음의 문을 열기까지는 그 후에도 많은 시간이 흘러야 했습니다. 나는 그이가 나에게 말을 해주지 않을 것이라는 생각도 했었습니다. 막상 이야기를 시작했을 때까지도 그이는 자꾸만 망설이며 주저하는 것 같았습니다.

"이야기해 주세요, 네?"

나는 즐거움으로 미소 지으며 재촉했습니다.

"당신이 나를 진정한 친구로 생각하고 있는지 모르겠어요."

그이는 긴장으로 바싹 마른 입술을 축이며 물었습니다.

"그런 염려는 마세요."

결혼한 후 언젠가 그이에게 그날, 그러니깐 찰스 강변에서 발밑에 책을 쌓아 놓고 벤치에 앉아 이야기하던 그때 왜 그렇게 더듬었느냐고 물어본 적이 있었습니다. 그때 우리는 북경 집의 동쪽 정원이 보이는 침실에 누워 잠들기 전에 이야기를 나누고 있었습니다. 그러자 그이는 그 옛날처럼 더듬거리기 시작했습니다.

"사실… 사실, 나… 나는 미국 여인과 사… 랑하게 될 줄은 상상도 못했거든."

"지금은 사랑하고 있잖아요."

나는 장난기어리게 말했습니다.

"제가 아니었다면 어떤 여자와 결혼하려고 했나요?"

"나는 어머니의 소원대로 중국 여인과 결혼하리라고 항상 생각하고 있었어."

그이의 어머니는 단지 고인에 불과하며, 뭐라고 말했건 내게는 관심 밖의 일이라 생각하고 있던 나에게 그이는 이렇게 말했었습니다. 나는 이제껏 그날 밤의 일은 까맣게 잊고 있었습니다. 알레그라가 잊었던 추억을 일깨워 줄 때까지 잊고 있었던 것입니다. 나는 가끔 제럴드 어머니의 사진을 꺼내 보지만, 이내 집어

넣어 버립니다. 그럴 때마다 나는 레니에게 그 사진을 보여 줘야 할 때까지 절대로 안 보겠다고 다짐했지만, 곧 그분의 모습이 떠올라 사진을 보아야만 마음이 안정되곤 했습니다.

그래서 오늘 밤에도 나는 잠가 놓은 책상 서랍에서 그분 사진을 꺼냈습니다. 사진 속의 그분 얼굴은 변함없이 조용했고, 냉정한 얼굴은 아니었지만 차가운 느낌이 들어 보였습니다. 그러나 나는 조용하고 정숙한 중국 여인의 눈을 바라보며 한없는 정을 느낄 수 있었습니다. 그분이 나에게 사상적으로 적대감을 갖지 않는다면 우리는 친해질 수 있었을 것 같은 생각도 들었고, 만약 적대감을 갖는다 해도 내가 이니고 그분이었을 것 같았습니다.

나는 중국 여인들에게는 꽃처럼 아름다운 아가씨에게도 속아본 일이 없습니다. 그들은 세계에서 가장 강한 여성들입니다. 중국에서는 남자들이 여자 앞에서 무력해집니다. 이렇게 강한 여성들의 힘의 근본은 무엇일까요? 그것은 몇 천 년 동안 전해 내려온 역사의 힘일 것입니다. 태어날 때부터 남자에 밀려 환영받지 못한 데서 오는 저항일 것입니다. 특권과 부귀와 귀여움은 항상 남자들의 것이었습니다. 그런 반면 여자로 태어나면 이런 모순을 받아들이고 순종해왔습니다. 여자들은 무엇보다도 자기 자신을 위하는 것을 배웠습니다. 은연중에 자신을 보호하고 자신들에게 부여되지 않은 것을 훔치고 자신들에게 불리한 진실을 거부하고 자신의 목적을 위한 방패로서 기만을 이용하는 것을 배우게 됐습니다. 그런 것들이 평범한 여자들의 경우에는 자신의 안락을 위한 것이지만, 제럴드의 어머니처럼 큰 뜻을 품은 여성일 때에는 희생한다는 것이 얼마나 위대한 일인지 모릅니다.

나는 사진을 서랍 속에 다시 넣고 얼른 열쇠를 잠갔습니다. 그러나 그분의 환영은 하루 종일 나를 따라다녔습니다. 토요일인 오늘 레니는 낚시를 하러 갔기 때문에 바바와 나는 단둘이서 점심을 먹었는데 나는 식탁에서 그분의 이야기를 다시 꺼내지 않을 수 없었습니다.

"바바, 전번에 제럴드 어머니에 대해 이야기했던 것 생각나세요?"

"우리가 그랬던가?"

바바는 식욕이 없을 때라도 쌀밥을 지어 드리면 맛있게 드시기 때문에 나는 자주 밥을 해 드리는데, 그때마다 바바는 젓가락으로 깔끔하게 식사를 하십니다.

"네, 그랬어요. 그런데 저는 그분의 이야기를 더 듣고 싶어요."

바바는 젓가락을 놓으며 물었습니다.

"무엇이 알고 싶으냐?"

"이층에 그분의 사진이 있어요."

순간 바바의 얼굴이 창백해졌습니다.

"그걸 어떻게 갖게 되었니?"

"잡지에서요."

나는 제럴드가 보내 주었다는 말은 차마 할 수가 없었습니다.

"그 사진을 가져오너라."

나는 2층으로 뛰어 올라가 사진을 가져와 바바 앞에 놓았습니다. 바바는 안경을 끼고 조심스럽게 그것을 들여다보았습니다.

"그래, 알아보겠다. 그런데 옛날 모습이 아니구나."

"전에는 어떠셨는데요?"

바바는 생각을 되살리려는 듯 흰 눈썹을 찌푸렸습니다.

"결혼식에서 내가 그녀의 면사포를 걷어 올렸을 때는 참 아름답다고 생각했어."

"그런데요, 바바?"

바바가 한동안 말이 없었으므로 나는 재촉하듯 물었습니다.

"그 이후는 생각이 잘 안 나. 그녀는 나에게 아주 낯선 얼굴처럼 보이게 했어."

"그분이 왜 그러셨죠?"

"난 물어 보지 않았어. 우리는 궁금증을 가질 정도로 다정하지 못했거든……"

나는 충동을 억누를 수가 없었습니다.

"하지만 두 분은 아기를 가지셨잖아요?"

바바는 얼굴이 빨갛게 상기되셨습니다.

"그래, 그렇긴 해."

"제럴드를 모른다고는 안 하시겠죠?"

나는 가볍게 웃으며 말했습니다.

"아니, 그럴 리가 있나. 그러나 너도 짐작하듯이……"

"전 도무지 모르겠어요, 바바."

"자식은 어른들의 일과는 관계없이 태어날 수도 있는 거야. 알겠니?"

"남자에겐 그럴 수도 있겠지만, 여자에게는 있을 수 없는 일이에요."

"그렇겠지."

바바는 목청을 가다듬었습니다.

"어쨌든 제럴드가 태어난 후로는 사랑의 행위는 한번도 없었다."

"바바의 뜻이었나요?"

"아니야, 그녀의……"

"어떻게 그렇게 자세히 기억하세요, 바바?"

"많이 잊어 버렸어."

바바는 힘없이 말하고는 다시 젓가락을 들고 음식을 먹기 시작했습니다. 바바는 기억은 하고 있었지만 그때의 느낌을 갖고 있지는 않았습니다. 바바는 사랑하는 중국 여인은 우연한 기회에 남편이 자기를 사랑하지 않는다는 것을 깨닫고 태어난 아기를 자신의 분신으로 만들었던 것이 아니었을까 하는 생각이 듭니다. 성인이 된 지금 누가 나에게 그 이야기를 들려 줄 수 있을까요? 그 아기가 바로 제럴드이니 말입니다.

오늘 밤에는 환한 보름달이 골짜기에 짙은 산 그림자를 드리우고 있었습니다. 이 골짜기는 넓고 우리 집 테라스에서는 서쪽 계곡이 잘 보입니다. 나는 숲 속으로 들어가는 하얀 자갈 길의 끝 쪽 길 위를 팔짱을 낀 채 천천히 걷고 있는 두 사람을 보았습니다. 나는 곧 그들이 레니와 알레그라라는 것을 알았습니다.

그들이 봄에 만난 것은 불행한 일입니다. 겨울에 사랑에 빠지기도 쉬운 일은 아닙니다. 눈이 쌓이는 겨울은 결혼한 사람들이 집 안에 따뜻하게 불을 피우고 사랑을 즐기는 계절입니다. 북경은 겨울이면 눈이 너무 많이 와서 문이 막혀 버릴 정도입니다. 중국 사람들은 곧잘 진분홍의 복사꽃 봉오리와 인도 대나무의 빨간 열매 위에 쌓인 철늦은 눈을 즐겨 그리며 눈의 아름다움을 찬양하지만, 그 사람들은 눈 속을 다니기를 좋아하지 않는데 그것은 그들의 신발이 헝겊이나 빌로도이기 때문입니다. 우리 집에는 눈 오는 밤에는 찾아오는 사람이 없었습니다. 문지기 영감마저 문 옆의 조그만 방으로 들어가 앉아 있으면 우리는 촛불을 켜고 화로에 석탄을 넣고는 불 옆에 앉아 사랑을 속삭였습니다. 긴 겨울밤은 끝없는 행복을 안고 펼쳐져 있었습니다.

이곳 버몬트에 내리는 눈도 나의 발을 묶어 놓지만 사랑 때문에 아니었습니다. 레니는 자기 방에서 공부를 하고 있었고 나는 불 앞에 쓸쓸히 혼자 앉아 생각에 잠겨 있었습니다. 이제 여름이 되었어도 레니는 알레그라와 함께 지내기 때문에 나는 고독한 것입니다.

그들은 자갈길이 끝나는 곳에 이어진 단풍나무숲의 달그림자 속으로 들어갔습니다. 나는 이제 그들을 볼 수 없습니다. 이것은 처음 있는 일은 아닙니다. 이 달의 초순경부터 레니에게 변화가 있다는 것을 느낄 수 있었습니다. 레니는 말이 적어지고 매사를 시들렀으며 나의 허락 없이 외출을 하였고 내가 레니의 변화를 눈치 채고 있다는 사실을 알고는 나의 시선을 피했습니다.

어젯밤 레니가 돌아왔을 때 나는 더 이상 참을 수 없었습니다. 레니가 내 곁을 떠나면 난 누구를 의지하고 살아갈까. 나는 밤이 깊도록 테라스에 앉아 있다가 밤공기가 차가워서 빨간 털목도리를 가져다 몸에 두르고 있었습니다. 얼마 후 레니가 언덕을 뛰어 올라오는 것이 보였습니다. 무엇인가 레니를 어른으로 만든 것이 있을 겁니다. 레니는 내가 있는 테라스 근처까지 와서 나를 보더니 얼른 부엌으로 가 버리는 것이었습니다.

"레니야!"

레니는 내가 부르는 소리를 듣고 문고리를 쥔 채 가만히 서 있었습니다.

"네, 어머니."

"이리 좀 오너라."

레니는 겁먹은 표정도 없이 태연하게 다가왔습니다.

"늦게까지 안 주무셨군요."

"널 기다리고 있었단다."

레니의 목소리는 제법 어른스럽게 들렸습니다.

"이렇게 늦게까지 저를 기다리실 필요 없어요. 이제부터는 그러지 마세요."

"네가 집에 오기 전에는 잠이 안 오더구나."

"앞으로는 제가 어디 있는지 모르더라도 주무실 수 있는 것을 배우셔야 해요."

레니가 당연하다는 듯이 이렇게 냉정하게 말했으므로 나는 갑자기 화가 치밀었습니다. 나는 화가 나서, 내가 알고 있는 사실을 말하지 않을 수 없었습니다.

"네가 매일 밤 알레그라와 함께 있다가 오는 것을 난 알고 있는데 난 그 아가씨가 싫다."

레니가 사랑하기 시작한 알레그라에 대해서 내가 싫어한다고 이야기한 것은 이번이 처음입니다. 레니가 그 아가씨를 얼마나 살아하는지 나는 모릅니다. 만약 제럴드가 내 곁에 있다면 — 마땅히 있어야 하지만 — 우리 아들에게 많은 도움이 될 것입니다. 나는 그이와 의논도 하고 조언을 받을 수도 있을 것입니다. 그러나 그이가 직접 레니에게 말을 할 수 있을까? 우리 이웃에 사시는 랜디스 할머니는 자기 남편은 이제껏 아이들 앞에서는 애정에 대한 이야기는 하지 않았다고 합니다. 그 할머니 자신이 남편에게 못하게 했다고 합니다. 아이들은 이제 성인이 되어 결혼을 했지만, 그녀의 남편이나 그녀 역시 말을 할 수가 없었다고 합니다.

"왜 그렇죠?"

나는 렌디스 할머니에게 물었습니다.

"아이들 앞에서 벌거벗은 것 같은 느낌이 들 것 같아서였지요."

그녀는 솔직하게 이야기하는 것 같았습니다.

그녀의 아이들은 평범하고 단순한 생활을 하는 그들에게는 조언을 하지 않는 것이 잘한 일인지도 모릅니다. 육체적 결합이라는 단순한 행위에 있어서 말이란 하지 않는 편이 나을 것 같습니다만 나는 알지 못합니다. 그러나 나는 사랑의 풍요로움과 깊고 순수한 사랑의 성취를 알고 있는데 내 아들도 그런 즐거움을 알았으면 합니다.

"앉거라, 레니야. 밤이 늦었지만 내가 해야 할 말은 해야겠다."

레니는 테라스의 낮은 벽에 걸터앉아 떠오르는 달을 등지고 있었으므로 얼굴이 잘 안 보였으나, 내 얼굴은 달빛을 환하게 받고 있었습니다.

"내가 알레그라를 안 좋게 생각하는 것은 그 아가씨가 나빠서 그런 것은 아니다. 그 애는 예쁘고 애교 있고, 생각이 깊지 못한 평범한 아가씨야. 평범한 남자를 행복하게 해 줄 수는 있을 거다. 별로 바라는 것도 없는 그저 평범한 남자 주위 사람들에게 별 피해도 주지 않고 무슨 클럽의 회원이고 너절한 친구들과 어울리는 그런 남자, 책을 읽지도 않고 경음악이나 즐기고 토요일 밤이면 서부활극을 보기 좋아하는 부류의 남자라면 알레그라와 행복을 느끼며 살 수 있을 것이고 그 애도 마찬가지일 게다. 그런 사람들의 마음은 컵 하나 정도의 크기밖에 안돼서 서로가 그것을 쉽게 채울 수 있기 때문이다. 그러나 넌 그런 사랑으로 만족하지 못할 것이다. 넌 영원한 샘물 같은 마음이 깊은 여자를 찾아내야 한다. 네가 그런 여자를 찾아내면 난 앞으로 네가 아무리 늦게 들어와도 잠 못 이루며 기다리지 않을 게다. 레니야, 내 말을 새겨듣기 바란다. 그러면 내 마음이 편안해지겠구나."

"어머니께서는 알레그라를 모르시는 거예요."

"어머니라면 누구나 다 자기 아들이 사랑하는 여자를 정확히 볼 줄 안단다."

나는 평소에 이런 생각을 하지도 않았고 말을 해 본 일도 없었지만, 여러 세대를 거쳐 내려온 진리가 여인들의 후예인 내 마음과 내입을 거쳐 그것이 하나의 생명을 지닌 것처럼 솟아오르고 있었습니다.

"알레그라는 어머니께서 질투하시는 것 같다고 했어요."

레니가 볼멘소리로 대꾸했습니다.

"그렇다면 그 애는 자신이 너에게 어울리지 않는다는 것과 내가 그런 사실을 알고 있다는 걸 느끼고 있기 때문일 게다."

나와 레니 사이는 절벽 위에 서 있는 듯한 위태로운 지경에 이르고 있었습니다. 그 지점에서 물러선 것은 물론 나였습니다. 아들의 입에서 극단적인 소리, 즉 내가 자기를 이해하지 못하기 때문에 집을 나가겠다는 말이 나오는 것을 피하기 위해서였습니다. 그래서 나는 마음속으로 제럴드에게 도와 줄 것을 빌며 조심스럽게 입을 열었습니다.

"너에게 너를 진실로 사랑할 수 있는 여자를 찾으라고 하는 건 나와 네 아버지가 서로 진실로 사랑했고 그래서 그 누구보다도 행복했기 때문이다. 네 아버지를 처음 본 순간부터 나는 네 아버지가 나에게 특별한 의미를 지닌 분이라는 걸 알 수 있었단다. 그때까지 나는 다른 남자를 사랑해 본 경험이 없었고 네 아버지 역시 그런 일이 없으셨단다. 이제 그런 일은 구식이고 옛날이야기에 지나지 않는다는 것은 나도 알고 있다. 요즘 젊은이들은 자기의 마음에 드는 사람을 만날 때까지 많은 사랑을 경험한다 해도 아무렇지도 않게 생각한다며? 생각이 깊지 못한 사람에게는 당연한 이야기일지 모르지만, 생각이 깊은 사람에게는 있을 수 없는 일이다. 그렇게 생각하는 사람은 많지 않지만, 아버지와 나는 그런 사람들 중의 하나였다. 서로가 상대방에게 주는 마음이 새롭고 전에는 누구에게서도 느끼지 못했던 사랑을 느꼈을 때 우리의 사랑은 더욱 단단해졌단다. 나는 자신 있게 말할 수 있단다."

2층 서랍에 넣어 둔 편지를 그때까지 레니에게 보이지 않은 것이 다행스럽게 생각되었습니다. 나는 그 편지의 의미를 알고 있지만 레니는 아무것도 이해하지 못할 것이기 때문입니다. 오랜 시간이 지나야 레니는 그 의미를 알게 될 것입니다. 영원한 동반자를 찾지 못한다면 아마 레니는 끝내 모르고 말 것입니다.

"그러면 아버지가 편지를 안 하시는 게 이상하잖아요?"

레니는 냉정하게 말했습니다.

"이상할 것 하나도 없다. 네 아버지는 우리가 서로 변함없이 사랑하고 있다는 것을 믿고 계실 테니까. 네 아버지가 편지를 못하시는 데는 이유가 있을 게다. 그 이유는 너와 나와는 상관없는 것일 수도 있겠지. 지금 이 세상에서 헤어져 살고 있는 사람들에게는 그런 이유가 얼마든지 있단다. 우리는 변함없이 사랑하면서 기다려야 한단다."

나는 레니에게 우리의 도리를 일러 주면서 나 자신에게도 타이르고 있었습니다. 그러나 나는 레니가 그것을 이해했는지는 확실히 모르겠습니다. 사람들은 젊을 적에는 경험이 적기 때문인지는 몰라도 아는 것이 별로 없습니다. 나 자신을 생각해 봐도 예외가 아니었던 것 같습니다. 제럴드를 처음 보았을 때 그이가 사랑해야 할 상대라는 걸 나 자신이 분명히 느꼈는지 확실치 않습니다. 지금도 나는 슬기롭지 못하지만, 그 당시 그랬던 걸 생각하면 사랑은 지혜로 이루어지는 것은 아닌 것 같습니다.

레니가 일어나서 내게로 다가와 내 볼에 키스를 했습니다.

"너무 걱정하지 마세요, 어머니. 지금 엄마는 알레그라를 모르셔서 오해하고 계신 거예요. 괜찮은 여자에요. 그리고 제가 아버지가 아닌 것처럼 알레그라도 어머니와 똑같을 수 없잖아요. 우린 나름대로의 인생을 살아갈 거예요."

레니는 이렇게 말을 마치고 2층으로 올라갔습니다. 물론 레니의 말에 어떤 대답도 할 수 없었습니다. 하루에도 수십 번씩이나 내게 레니는 〈아버지와 같을 수 없고, 자신의 인생으로 살아갈 것이라는 사실〉을 무의식중에 느끼게 해 주었습니다. 나는 레니의 방에 불이 꺼지는 것을 보고 2층으로 올라갔으며 그날 밤 으레 잠을 설쳤습니다. 나는 꿈속에서 북경의 집을 샅샅이 찾아봤는데도 제럴드를 찾아내지 못했습니다. 그이는 아주 가 버렸던 것 같습니다. 깜짝 놀라 눈을 떴을 때 나는 이곳 버몬트의 집에서 평소처럼 자고 있다는 것을 깨달을 수 있었지만, 전신을 휩싸는 허전함은 정말 견디기 어려웠습니다.


오늘 밤에도 숲 속에서 나오는 레니의 팔에 알레그라가 안겨 있는 것을 볼 수 있었습니다. 이곳 골짜기 사람들은 일찍 잠드는 것을 아는 그들은 늦은 밤이라선지 조심성이 없었습니다. 키가 큰 내 아들의 팔에 안긴 날씬한 아가씨의 얼굴은 여간 정겹지 않았습니다. 그들은 첫사랑답게 정열적이고 오랜 키스를 했습니다. 그리고 그들은 팔짱을 끼고 그 아가씨 집 쪽을 향해 달 밝은 길을 천천히 걸어가고 있었습니다. 문 앞에 이르자 그들은 함께 집안으로 들어가 버려, 레니의 모습을 더 이상 볼 수 없었습니다. 15분 쯤 지나자 레니는 혼자 문밖으로 걸어 나왔습니다. 레니는 손을 주머에 넣고 천천히 걸어서 돌아오고 있었습니다. 오늘도 테라스에 앉아 있던 나는 레니에게 아직도 나의 염려가 사라지지 않았으며, 마음에 위안을 받지도 못했다는 것을 이야기하려고 마음먹었습니다. 나는 오늘 밤에도 알레그라에 대한 인상이 좋지 않았습니다. 레니는 긴 의자에 앉아 있는 나를 보자 부엌문을 열며 말했습니다.

"안녕히 주무세요, 엄마."

"그래, 잘 자거라, 레니야."

나는 레니가 부엌 뒷 계단으로 삐걱거리며 올라가 자기 방으로 사라지는 소리를 들었습니다. 아버지가 고용인을 위해 만드신 계단이었습니다. 올 여름에 레니는 이곳에 온 후로 계속 사용해 오던 나의 옆방 대신 부엌의 맞은편 방을 쓰겠다고 했습니다. 그 방은 넓고 천장은 낮았지만, 목욕탕이 붙어 있어 편리한 방이었습니다. 아버지는 깔끔한 성격이었기 때문에 이렇게 말씀하셨습니다.

"토요일 밤에나 겨우 목욕을 하는 사람에게는 목욕탕이 붙어 있어야해."

레니기 이 방을 쓰겠다는 이유가 내 방을 통과하지 않고도 출입을 할 수 있기 때문이라는 것을 나는 알고 있습니다. 나는 레니가 내 허락을 받지 않아도 외출할 만큼 컸다는 것을 새삼 느껴야 했습니다. 알레그라가 만약 내가 레니를 위해 늘 생각해 오던 여자라면 나는 절대로 참견하지 않았을 것입니다. 그러나 알레그라 같은 아가씨라니! 하지만 어떤 어머니든지 사랑에 빠진 자기 아들의 마음을 돌려놓지는 못할 것입니다. 어머니는 묵묵히 바라보며 기다리다가 여자의 손에 반지를 끼워 줄 뿐입니다. 내가 진실한 사랑을 이야기했을 때, 레니는 그것을 이해했을까요? 아마 이해하지 못했을 것입니다.

레니와의 관계는 알레그라에게도 바람직하지 못한 일이 될 것입니다. 앞으로 레니는 알레그라가 줄 수 있는 것 이상의 것을 요구하게 될 것이고 또한 그 정열은 여자를 훨씬 앞질러 여자가 남자를 따라 갈 수 없다는 것을 깨닫고 비참해질 것이기 때문입니다. 이런 생각이 들자 나는 가엾은 알레그라를 레니로부터 지켜주어야겠다는 것을 깨달았습니다. 아가씨는 마음이 넓든 좁든 여자이고, 또 불행해진다는 것은 가슴 아픈 일이기 때문입니다. 나는 내 아들의 고집을 꺾더라도 여자 편에 서야 한다는 생각이 들었습니다. 모성보다도 깊은 것이 여성의 정신이라는 것은 이전에는 생각하지 못했던 일이었습니다.

지금 이 글을 쓰면서 깨달은 '이 사실' 은 나를 당황하게 했지만, 마음은 편안해졌습니다. 요사이 나는 레니와의 문제 이외에도 남자와 여자의 사랑 문제를 생각하게 되었습니다. 제럴드와 내가 축복 속에서 결혼하게 된 것은 우연이었습니다. 만약 아버지가 하버드 대학에 보낼 아들이 없으셨기 때문에 래드클리프 대학을 지적하여 나를 그곳에 보내도록 유언을 하지 않으셨다면 나는 제럴드가 아닌 다른 남자를 택했을지도 모릅니다. 자기가 선택한 것은 무조건 옳다고 생각하는 나이였습니다. 아버지가 나를 구원한 것처럼 나도 레니를 구해야 한다는 생각이 들었습니다. 그러나 알레그라 역시 구함을 받아야 합니다.

자정이 지난 지도 오래 되었습니다. 나는 너무 피곤해서 새로운 책임감에 대하여 명확하게 생각할 수가 없었습니다. 아침은 밝게 빛날 것입니다.

오늘 아침 레니는 기분이 아주 좋은 듯 생기에 찬 표정으로 아래층으로 내려왔습니다. 레니는 이제 나와의 관계를 자유롭게 행동해도 된다고 결정한 것 같았습니다. 잘 생긴 레니의 얼굴에는 사랑이 불타는 것 같았으며, 눈은 반짝이고 있었습니다. 내 뺨에 살짝 키스할 때에도 내 입술에 자기 입술이 닿을까 봐 조심하는 눈치였습니다. 그리고는 아침을 먹기 위해 식탁에 앉으며 말했습니다.

"오늘 저는 큰 사탕단풍부터 잔가지를 쳐 주겠어요."

레니의 목소리는 활기에 차 있었습니다.

"매트는 곳간 일이 끝나야만 저를 도울 수 있을 거예요. 멀리 있는 목초에도 비료를 주어야 겠고요."

"그렇게 하도록 하자."

식사가 끝나자 레니는 바삐 나가 버렸습니다.

나는 접시를 닦고 청소를 했습니다. 레니는 접시 닦는 사람을 고용하자고 했으나 나는 응하지 않았습니다. 식사가 끝난 후 뜨거운 비눗물로 그릇을 닦으면서 눈앞에 있는 부엌 창문으로 보이는 풍경을 바라보며 회상에 잠기는 것을 즐기기 때문입니다. 접시들도 아껴야만 합니다. 그 중 몇 개는 북경에서 내가 쓰던 것이고 나머지는 어릴 적부터 보아온 어머니가 쓰시던 것입니다. 나는 자식이나 남편 집 등에 대해 불평하는 여자들을 도대체 이해할 수가 없습니다. 우리는 그런 것들에 애정을 느끼며 살아야 합니다. 나는 새것을 좋아하지 않습니다. 자기의 소유물에 정을 들이는 데는 많은 시간이 걸리므로 정들인 것에 싫증을 느껴서는 안 됩니다. 아끼는 접시를 잃거나 깨뜨릴 때마다 생활의 일부분이 사라져 버리는 것입니다. 오늘 아침에 나는 노란 선을 두른 파란 색 중국산 그릇을 사용했습니다. 아, 그런데 그릇을 씻을 때 그것이 손에서 미끄러져 나가 설거지통에 떨어지면서 산산조각이 나는 것이 아니겠습니까? 흐르는 눈물을 주체할 수가 없었습니다. 나는 아끼던 그 그릇 조각들을 쓰레기통에 던져 버릴 수가 없었습니다. 그것들을 주워 모아 문 앞에 있는 사과나무 아래에 고이 묻었습니다.

부엌으로 돌아와 보니 바바는 식사를 기다리며 식탁에 앉아 계셨습니다. 바바는 이제 너무 노쇠하여 어린 아이 같으십니다. 나는 냅킨을 바바의 칼라 속으로 끼워 드리고 스푼을 들 기력조차 없었으므로 식사를 떠 넣어 드렸습니다. 바바는 참을성 있게 받아 드셨으며 희미하게 뜬눈으로 창밖을 보고 계셨습니다. 바바는 요즘 중국옷만 입으셨고 말을 할 때에도 중국말로만 하셨습니다.

"이제 자러 가야겠다."

접시가 비자 바바가 말씀하셨습니다.

"잠시 햇볕을 쬐며 테라스에 앉아 계셔요. 북경의 노인들이 햇볕이 따뜻한 담벼락에 기대 앉아 있던 모습이 생각나지 않으세요? 그 사람들은 아침에 일어나면 식사를 하고 해가 질 때까지 다시 잠자리로 돌아가지 않아요. 그들은 햇볕을 좋아하지요. 오늘은 바람도 없고 날씨도 따뜻해서 좋군요."

내가 이렇게 말하자 바바는 슬며시 일어나셨습니다. 목도리를 찾아서 목에 감아 드리고, 테라스로 모시고 가서 벽에 기대 놓은 긴 의자에 앉혀 드렸습니다. 눈을 감고 움직이지 않고 계신 것이 마치 잠든 사람 같았습니다. 오후가 될 때까지 나는 바바를 깜빡 잊고 있었습니다. 오후에 생각이 나서 급히 달려가 보니 바바는 거기 그대로 앉아 계셨습니다. 햇볕에 뺨이 발그레해진 바바는 꾸짖듯이 파란 눈을 크게 뜨고 계셨습니다.

"이제 자러 가도 괜찮겠니?"

바바의 목소리는 힘이 없었습니다.

"죄송해요, 바바. 안으로 들어가셔서 차와 삶은 계란을 드시고 주무세요."

아무 말 없이 식사를 하신 바바는 중국 차 맛을 즐기는 것 같았습니다. 나는 바바를 침실로 모시고 가서 발을 쳐 드리고, 잠자리를 보살펴 드렸습니다. 나는 한나절 동안 바바를 까맣게 잊어버렸던 것을 생각하니 가슴이 아팠습니다. 어떻게 한나절을 잊을 수 있었을까? 마음속으로는 내 아들만 생각하고 있었다니 얼마나 이기적인 행동인가? 그러나 집안을 청소하는 동안 내 마음은 안정을 되찾았습니다. 여자는 먼지를 털고 쓰고 침대를 정리하는 동안에 생각하고 궁리하는 것 같습니다. 육체적인 활동은 신진대사를 활발하게 함으로써 머리를 맑게 하는 것이 아닐까요? 그렇습니다. 알레그라의 어머니를 만나러 가야겠습니다. 그러나 그녀가 내 마음을 얼마나 이해해 줄지는 모를 일입니다. 나는 집에 와서 레니에게 내가 한 일을 말해 줄 것입니다. 비밀로 할 필요는 없기 때문입니다. 레니에게 권리가 있다면 나에게도 내 뜻대로 행동할 권리가 있는 것이라고 말해 줄 것입니다.

내가 하얀 칠을 한 아담한 알레그라네 집을 방문했을 때 우즈 부인은 현관에 앉아 뜨개질을 하고 있었습니다. 잘 가꿔진 정원 사이로 길이 나 있는 전형적인 시골집이었습니다. 그녀는 레이스 뜨개질을 하고 있었는데, 그 기술은 예전에 어머니께서 나에게 가르쳐 주려고 애쓰던 것이었지만 나는 전혀 관심을 갖지 않았으므로 무엇을 배웠는지 잊어버리고 말았습니다.

내가 계단까지 갔을 때에야 우즈 부인은 일어섰습니다. 그녀는 적당히 살찐 몸매로 둥글고 부드러워 보이는 얼굴에 곱슬머리였고 어느 가정에서나 흔히 볼 수 있는 중년부인의 모습이었습니다. 미국 여인들이 그렇듯이 다소 겁먹은 표정의 선량한 여인이었습니다. 나는 그녀들이 왜 그렇게 겁먹은 표정을 짓는지 그 까닭을 모르겠습니다. 중국 여인들은 부끄러워하든지 아니면 그런 척합니다. 그녀들의 대부분은 여자는 부끄러워해야 하며 또 남자들도 부끄러움을 타는 여자를 좋아한다고 생각하고 있기 때문입니다. 그러나 그녀들은 겁내지는 않았던 것입니다.

"안녕하세요."

우즈 부인은 당황한 듯 말했습니다.

"저는 제럴드 멕레오드에요. 저 골짜기 위에 살고 있어요."

나는 인사하며 말했습니다.

"댁의 아드님인 레니를 알고 있어요. 자, 안으로 들어오세요. 진드기 때문에 지금 막 안으로 들어가려던 참이었어요."

우리는 빨간 색 양탄자가 깔린 좁은 복도로 들어갔습니다. 앞에는 2층으로 올라가는 곧은 계단이 있었습니다. 오른쪽엔 잘 정돈된 식당이 있었고, 왼쪽에는 넓은 거실이 있었으며 바깥과 마찬가지로 실내도 산뜻하고 편안한 느낌을 주는 보통 가정과 같은 구조였습니다. 거실의 의자 옆 테이블에는 잡지 몇 권이 널려 있을 뿐 다른 책은 없었습니다. 이렇게 책이 없는 집에서 레니는 어떻게 시간을 보낼 수 있을까?

"저쪽에 앉으세요, 멕레오드 부인. 그 의자는 남편 것인데, 우리 집에서 가장 편안한 의자에요."

그녀는 친절하게 말했습니다. 그녀의 눈동자가 반짝이고 있었는데 호감이 갔습니다. 이렇게 해서 나는 의자에 앉자마자 이야기를 꺼냈습니다.

"레니와 알레그라가 사귀고 있는 것을 알고 계시겠죠. 그들이 만나는 것을 어떻게 생각하시는지 궁금해서 왔어요. 그들은 아직 어리고 이 마을에는 젊은이들이 별로 없어요."

내 말에 그녀는 긴장하는 것 같았습니다. 조그마한 입과 동그란 눈과 약간 치켜 올라간 코가 어린애 같은 얼굴이었습니다. 알레그라는 그녀보다 훨씬 예뻤습니다. 어쩌면 그녀는 아버지를 닮아 윤곽이 더 뚜렷할지도 모를 일입니다. 그녀는 어머니로부터 풍만한 앞가슴과 동그란 입술을 물려받아 영원히 간직할 수는 없겠지만 지금은 매혹적이었습니다. 우즈 부인은 코르셋을 입고 있어 몸이 꼭 조여 있었습니다. 우즈부인의 말을 기다리는 동안 나는 이런 잡다한 생각을 하고 있었습니다.

"아이들이 어리기 때문에 처음엔 저와 남편도 걱정을 좀 했어요. 물론 우리는 알레그라가 젊은이답게 자유롭게 판단하기를 원해요. 그러나 그 애는 내년에 고등학교 최고 학년이 된답니다. 우리는 뉴저지 주에 있는 파사익에서 살고 있는데, 그 애는 거기에서 명문 학교에 다니고 있어요. 알레그라가 학교를 마치지 않겠다고 한다면 정말 큰일이에요."

"물론 안 되죠."

나는 걱정이 되어 말했습니다.

"레니도 하버드 대학에 진학해야 돼요. 그 애 할아버지도 아버지도 그 대학엘 다니셨거든요. 학교를 졸업한 후에도 유럽이나 그 애의 아버지가 계신 중국에 가 있어야 할 거예요."

우즈 부인의 표정이 놀라움으로 일그러졌습니다.

"중국이라고요? 거기는 아무나 갈 수 없잖아요?"

"지금은 물론 안 되지만 앞으로 세계정세가 호전되면 레니는 얼마 동안 중국에 가서 제 아버지와 함께 있을 수 있을 거예요."

"레니의 아버지는 중국인이신가요?"

우즈 부인이 머뭇거리며 어색한 표정으로 물었습니다.

"아니에요. 완전히 그렇다고 할 수는 없지만, 어떻든 아니에요.

그렇지 않고서야 저의 성이 멕레오드가 될 수 있겠어요? 그 애 아버지, 그러니까 레니의 할아버지는 미국인이에요. 그분은 지금 우리와 같이 살고 계신대, 나이가 많이 드시고 편찮으셔서 바깥출입을 못하고 계셔요."

그녀는 나에게 말을 계속하라는 듯 잠자코 있었습니다.

"레니의 아버지는 북경의 큰 대학의 총장이십니다. 우리는 그이에게 함께 이곳으로 오자고 했지만, 그이는 그곳에 남는 것이 자신의 의무라고 생각했던 거예요."

"중국은 공산주의 국가잖아요?"

그녀는 책망하는 투로 말했습니다.

"그래요. 하지만 제 남편은 공산주의자가 아니에요. 다만 그이는 직책상 또는 교육자로서 그곳에 남는 것이 최선의 방법이라고 생각하고 계신 것 같아요."

그때 나는 진실을 밝히지 않을 수 없었습니다.

"부인도 아실지 모르지만, 그이의 어머니는 중국인이었어요. 그래서……."

"그래요? 그래서 레니의 생김새가… 우린 그 애에게 인디언 피가 섞였으리라고 짐작했었죠."

"레니가 알레그라에게 말하지 않았나요?"

"아니에요. 분명히 알레그라는 모르고 있을 거예요. 그 애는 무슨 이야기든 다 나에게 하는데, 전 못 들었거든요."

"그렇다면 제가 이야기하기를 참 잘했군요. 그 애들이 깊이 정들기 전에 부인도 알아 두시는 게 좋을 거예요."

"저도 그렇게 생각해요."

그녀는 얼굴이 상기된 채 생각에 잠겨 나의 존재는 잊어버린 것 같았으며, 마음의 갈등이 얼굴 표정에 그대로 드러나고 있었습니다. 조그맣고 야무진 입술을 꼭 다물고 작고 통통한 손을 무릎 위에서 꼭 쥐더니 갑자기 얼굴을 들어 나를 바라보았습니다.

"정말 생각하기도 어려운 일이군요. 무서운 일이에요. 그렇지 않으세요?"

"뭐가요? 레니가요?"

"모든 것이 다 그래요. 그 먼 곳으로 시집을 가시다니요. 더구나 중국인에게 말이에요."

"남편은 미국인이었어요. 그이의 아버지가 북경의 미국 대사관에 출생 신고를 하였으니까요. 레니도 거기에 등록이 되었어요."

"그렇지만… 어쨌든 다르지요."

"아니, 저는 아주 행복했어요. 제가 행복했던 것만큼 레니도 행복하게 해 주려고 해요. 저는 그 애에게 중국인 피가 섞였다고 싫어하는 여자와 결혼시킬 수 없어요. 그것을 기뻐하고 자랑스럽게 생각해야만 해요. 레니는 그것 때문에 한 남자로서, 한 인간으로서, 또 한 사람의 미국인으로 더욱 풍부해진다는 것을 이해해야 될 거에요."

우즈 부인은 나를 이해하려고 노력하는 것 같았지만, 이해하지 못하는 것 같았습니다. 나는 그런 우즈 부인이 점점 좋아졌습니다. 그녀는 단순하지만 솔직한 성격 같았습니다. 나는 앞으로 일이 어떻게 진전되든 그녀가 내 친구가 되어 주길 바랍니다. 나는 그런 사람과 친하게 사귀고 싶습니다. 대화를 주고받을 수 있는 부담 안 가는 친구가 필요한 것입니다.

매트의 아내는 착하지만 무지한 편입니다. 그들 부부는 곧잘 지나간 잘못을 들추며 싸우기도 합니다. 그의 아이들은 이제 다 커서 집을 떠났으므로 그들은 우리 집 건너편 산등성이에서 쓸쓸하게 살고 있습니다. 그렇게 다투고 난 다음날 아침이면 매트는 이렇게 중얼거렸습니다.

"에이, 지겨운 마누라! 40년 동안 계속 나를 들볶아!"

어느 날 내가 매트 부인에게 무를 주기 위해 갔을 때 그녀는 그녀대로 남편에 대한 불만을 털어놓으면서 40년 동안 남편은 자기 속을 썩이고 있다고 험담을 했습니다. 그녀에게는 나와 친구가 될만한 이유가 없는 것 같았습니다.

그러나 우즈 부인은 행복한 아내이고 어머니인 것을 느낄 수 있었습니다. 그녀의 마음은 컵 하나의 크기밖에 안 될지 모르지만 그것은 그녀의 잘못은 아닐 것입니다. 더구나 그녀의 남편이 그 이상의 것을 요구하지 않는 것은 그녀의 큰 복이라고 생각합니다. 잠시 후에 돌아온 그녀의 남편에게서 나는 그것을 알 수 있었습니다. 파사익의 계리사 사무실에서 일하고 있는데, 1년에 2주일밖에 없는 휴가를 즐기기 위해 이곳에 왔다고 했습니다. 1년에 2주뿐이라니! 나는 갑자기 그가 가엾게 느껴졌습니다.

우리는 서로 인사를 나누고 그가 하는 일에 대한 이야기를 했는데, 그가 놀면서도 살 수 있다면 얼마나 좋을까 하기에 내가 물었습니다.

"일하기에 재미를 느끼나요, 우즈 씨?"

"재미있어요. 하지만 일하지 않고도 먹고 살 수 있다면 얼마나 좋을까요?"

"직장에서 너무 바쁘기 때문에 그렇게 느끼시는 게 아닐까요?"

그의 아내가 나무라듯이 말했으나 그 목소리는 애정이 담긴 부드러운 것이었고 우즈 씨는 부인을 쳐다보며 미소를 지었습니다. 그는 아내를 두려워하지 않았으며 아내도 남편에게 버릇없게 구는 것 같지 않았습니다. 그들은 비슷한 사람끼리 행복한 결혼생활을 하고 있었으며, 그런 모습은 옆에서 보기에도 **좋았습니다.** 그들은 내가 생각하는 행복에 대해 이야기하자 겨우 이해하는 듯했습니다.

"저는 댁의 이웃에 살고 있어요, 우즈 씨. 솔직히 말씀드리면 우리아들과 댁의 따님에 관한 일로 두 분을 만나 뵈러 왔어요. 그 애들은 둘 다 너무 어려요."

나의 말에 그는 금방 당황해 했습니다.

어머니나 부인, 또는 중년부인 앞에서 누군가가 사랑이야기를 꺼내면 대부분의 착하고 평범한 미국 남자들은 당황하며 성문제에 대해 놀랍도록 단순하고 흥미 있어 합니다. 오늘날의 미국인들은 유럽과 아시아에 봄철의 숫고양이들처럼 무지하고 무책임하게 자식을 낳아 씨를 뿌리고 있습니다.

"메레오드 부인 말씀을 들으니 남편이 중국인이시라는군요."

우즈 부인이 남편에게 의미 있는 말을 건넸습니다.

"아니, 그런 게 아니에요."

나는 참을 수 없어 목소리가 커져 있었습니다.

"저는 그이가 미국 시민이라고 말씀드렸어요. 그이의 어머니는 북경의 상류계급 출신인 중국 여인인데, 이미 돌아가셨어요."

"그러십니까? 그런데 나는 레니에게 그런 피가 섞였다는 말은 들은 적이 없군요."

그는 충격을 받은 것 같았습니다. 그러나 그것을 겉으로 나타내지 않을 만큼 그는 착한 것 같았습니다. 그는 내 감정을 상하게 할까 봐 조심하는 듯했고, 또한 그는 나를 딱하게 여기는 것 같았으나 말로 표현하지는 않았습니다. 그는 도움을 청하듯 아내를 바라보고 있었습니다. 그들은 착한 사람들이었으므로 나는 그들이 점점 좋아지기 시작했으나, 그들은 내 말을 이해하지 못했고 앞으로도 이해하지 못할 것 같았습니다. 제럴드가 북경에 남은 것은 이럴 때 생각하면 옳은 일인 것 같습니다. 나는 레니를 생각하며 자리에서 일어났습니다.

"두 분께 감사합니다."

나는 될 수 있는 한 명랑하게 말했습니다.

"너무 걱정 마세요. 레니는 곧 대학으로 떠날 거고, 젊은 애들이라 곧 잊어버리겠죠. 저는 그 애들의 관계가 너무 깊어졌다고는 생각지 않아요. 알레그라는 예쁘고 귀여우니까 남자 친구도 많을 거예요."

그들은 내 말뜻을 알아들은 것 같았습니다.

"네, 그 애는 인기가 좋아요."

우즈 부인은 딸이 자랑스러운 듯이 말했습니다.

"실은 작년 여름 고등학교에서 가장 인기 있는 학생으로 그 애가 선발되었죠."

우즈 씨가 말했습니다.

"우리 친구들은 그 애가 우리 주의 미의 여왕 콘테스트에 출전해야 한다고 야단들이지만 아버지는 그런 일을 좋아하지 않아요."

하고, 우즈 부인이 말하자,

"정말 그런 일은 반대야."

우즈 씨가 단호하게 말했습니다.

"저도 동감이에요, 우즈 씨. 그건 좋은 일이라고 할 수 없을 것 같아요."

바로 그때 알레그라가 들어왔습니다. 잠을 자다가 나온 아가씨의 뺨은 상기되어 있었습니다. 아가씨는 소매 없는 짧고 몸에 꼭 끼는 흰 옷을 입고 있었습니다. 그런 간단한 옷차림은 젊고 예쁜

아가씨를 더욱 아름답게 보이게 하였습니다. 나는 아가씨가 아름답다는 것을 다시 한번 인정해야 했고 키가 크고 검은 머리의 내 아들이 이 아가씨와 사랑에 빠진 것을 이해할 수 있었습니다. 아아! 그러나 나는 그들의 관계가 너무 깊어지지 않길 바랄 뿐입니다.

"손님께 인사드려라, 귀여운 아가야."

우즈 부인이 딸에게 말했습니다.

알레그라의 부모들이 외동딸인 아가씨를 지나치게 귀여워하는 것은 보기에 민망할 정도였습니다.

"안녕하세요, 멕레오드 부인?"

알레그라가 재빨리 미소를 지으며 인사했습니다.

"어젯밤 레니가 늦게까지 붙들고 있었던 모양이지? 그래서 내가 야단을 쳤어요."

"저는 아무 때나 자도 괜찮아요."

알레그라는 이렇게 말하고는 아버지 옆 의자에 앉았습니다. 그러자 우즈 씨는 딸의 어깨를 팔로 꼭 안았습니다.

"얘야, 기분은 어떠냐?"

"좋아요."

알레그라는 머리를 아버지 어깨에 기댔습니다.

"멕레오드 부인 말씀대로 너무 밤늦게까지 잠을 자지 않으면 건강에 안 좋단다."

아가씨는 입을 삐죽하며 대답을 하지 않았으나 아버지는 다시 딸을 껴안았으며, 우즈 부인은 흐뭇한 표정으로 그들을 바라보고 있었습니다.

"늘 저렇게 다정하답니다."

그러면서도 그들은 내가 빨리 가 주기를 원하는 눈치였습니다.

내 앞에서 딸에게 이야기하지 않으려는 것 같았습니다. 나는 일어서서 아무 일도 없었던 듯 아무런 망설임 없이 인사를 했습니다.

세 사람은 문까지 나와 배웅했습니다. 우리는 통로를 따라 피어 있는 패랭이꽃의 아름다움을 이야기했습니다. 그 집에서는 전망이 별로 좋지 않았고, 정원 길과 꽃과 담으로 둘러싸인 하얀 문이 보일 뿐이었습니다.

나는 집으로 돌아왔습니다. 레니가 저녁을 먹으러 들어왔을 때, 나는 낮에 있었던 일을 말하지 않았습니다. 레니는 작업복을 입은 채 서둘러 식사를 하고 옷을 갈아입으려는 듯 자기 방으로 올라갔습니다. 잠시 후 레니는 파란색 바지와 깨끗한 샤쓰로 갈아입고는 단정한 걸음걸이로 부엌문으로 나왔습니다.

"안녕히 주무세요, 어머니."

레니가 걸어 나가며 소리쳤습니다.

"잘 다녀오너라."

아들이 연인을 만나러 나간 후 나는 설거지를 하고 바바가 주무시도록 준비해 드린 다음 내 방으로 올라가 문을 잠갔습니다. 오늘밤엔 앉아서 뜬눈으로 보내지 않을 것입니다. 오늘 밤엔 잠을 잘 수 있을 것입니다. 무슨 일이 일어난다 해도 내일 아침에 맞이할 것입니다.

나는 아침 일찍 잠에서 깨어났습니다. 눈을 뜨자마자 나를 기다리고 있을 문제가 생각이 나서 얼른 아래층으로 내려간 나는 부엌 식탁에 앉아 커피를 마시고 있는 레니와 마주쳤습니다. 레니는 커피를 한 주전자 끓여 설탕도 넣지 않고 진지하게 마시고 있었습니다.

"그 애가 떠나 버렸어요."

레니가 시무룩하게 말했습니다.

"너 밤새 잠을 못 잤구나, 레니야."

레니는 내 말에 버럭 화를 내며 말했습니다.

"어떻게 잠을 잘 수 있겠어요?"

나는 식탁에 앉아 커피를 한 잔 따랐습니다.

"내게 말하고 싶은 것이 있으면 무엇이든 말해 봐. 우리 해결책을 찾아보자, 레니야."

레니의 얼굴은 바로 보지 못할 정도로 엉망이었습니다. 안색은 창백하고 입술은 부르트고 눈은 이글거리고 있었습니다.

"어머닌 알레그라 부모님을 만나러 가셨었죠? 그리고 모든 이야기를 다 하셨죠?"

"나는 사실만을 이야기했을 뿐이다."

나는 레니와 대조적으로 차분하게 말했습니다.

"그들이 나를 인정할 때까지 기다리실 수는 없으셨어요?"

미칠 듯이 괴로워하는 아들의 목소리를 듣는 것은 정말 견디기 어려운 일이었습니다.

"그런 부류의 사람들에게는 사실을 먼저 알려 주는 것이 좋단다. 만일 알레그라가 부모의 간섭에도 흔들리지 않고 너를 사랑할 아이였다면 나는 그들에게 사실을 말하지 않았을 것이다."

"어머니, 그래도 저에게는 미리 말씀해 주셨어야 했어요."

레니는 안타까운 듯 소리치고 있었습니다. 나는 이때 물러서서는 안 된다고 생각했습니다.

"나는 그 애의 부모들이 너희들을 어떻게 생각하고 있는지 알고 싶었단다. 너와 그 애의 사랑이 똑같은 것이 아니라면 그 애 부모들의 반대를 극복할 수 없다고 생각했기 때문이야. 나는 알 수 있단다. 알고말고."

"그 애는 진실로 나를 사랑한다고 분명히 말했어요."

"그렇게 말했겠지만 그것으로는 부족해. 충분치 못하단 말이다. 그 애는 어리고 그릇이 작게 태어났어. 천성은 어쩔 수 없는 거란다. 내가 그 애를 나무라는 것은 아니다. 그러나 넌 그릇이 크게 태어났어. 이 세계만큼 말이다."

"빌어먹을!"

레니가 작은 소리로 내뱉었습니다.

"지금 여기에 네 아버지가 안 계신 것을 다행스럽게 생각지 않는다."

레니와 나는 마주 노려보고 있었습니다.

"먼 훗날, 언젠가 나를 고맙게 생각할 것이다."

그러나 나는 내가 한 말을 금방 후회했습니다. 그런 말은 어느 부모나 하는 상투적인 말이었기 때문입니다. 우리 어머니도 내가 제럴드와 결혼을 하겠다고 했을 때 내 생각을 돌리려고 똑같은 말을 하셨습니다. 그러나 그때 그 무슨 말도 우리 둘을 갈라놓을 수는 없었습니다. 나는 그것을 믿고 있었으므로 '어머니께서 우리 사이를 갈라놓으신다 해도 절대로 어머니께 감사하지는 않을 거예요.'라며 어머니께 반발했었습니다.

나는 지금도 내 주장이 옳았다고 믿습니다. 비록 제럴드의 편지가 내 서랍에 감춰져 있고 그이를 다시는 볼 수 없게 되었어도 우리 어머니의 판단은 옳지 못했다고 생각하는 데는 변함이 없습니다.

내가 계속 바라보자 레니의 시선은 흩어져 갔습니다.

"어머니는 왜 나를 태어나게 하셨어요?"

레니는 이렇게 내뱉고 흐느껴 울며 방을 뛰어나갔습니다.

집안이 너무 조용했습니다.

아침에 눈을 뜨자마자 나는 레니가 집을 나간 것을 알 수 있었습니다. 우울한 아침이었습니다. 이슬비가 나무 위로 조용히 내리고 있었고 열어 놓은 창으로 안개가 밀려들었습니다. 커튼도 힘없이 축 늘어져 있었습니다. 나는 밖에서 나는 소리에 귀를 기울였습니다. 날이 밝은 지 오래된 것 같았고 지금쯤 우유를 짤 시간이었습니다. 아침 이 시간쯤에는 레니가 집안 어디선가 떠들고 다니는 소리가 들려야 했습니다. 나는 일어나 창문을 닫고 창가에 서서 비가 내리는 마을을 바라보며 레니의 방에 가 봐야겠다고 생각했지만 용기가 나지 않았습니다. 제럴드를 생각하며 힘을 얻으려 했으나 마음이 그이를 부르지 않았고 그이 역시 대답하지 않았습니다. 그이의 얼굴이 떠오르지 않아 마음의 눈을 억지로 그이에게 돌리려고 해 보았지만 보이는 것은 끝없이 펼쳐져 있는 땅과 우리 사이에 있는 막막한 회색 바다뿐이었습니다.

나는 용기를 내어 레니의 방으로 갔습니다. 예상 했던 대로 방안은 깨끗이 정돈된 채 텅 비어 있었습니다. 나는 그 방이 그렇게 깔끔하게 정리되어 있는 것을 보고 놀랐습니다. 평소에 레니의 방은 의자 위에 옷이 수북했고 구두는 여기저기 제멋대로 놓여 있고 책상 위에는 책이 펼쳐진 채로 있는 게 예사였습니다. 레니가 지금처럼 방을 정돈한 것은 처음 있는 일입니다. 나는 두려운 마음으로 옷장 앞으로 가서 문을 열었습니다. 레니의 옷은 거기 그대로 걸려 있었습니다. 나는 얼른 옷가지를 세어 보았습니다. 레니의 옷 중에서 가장 좋은 감청색 양복을 제외한 갈색 양복, 작업복, 자켓, 바지들이 모두 그대로 있었습니다. 나는 얼른 다른 곳을 살펴보았지만 아무것도 달라진 것은 없었습니다. 그런데 바로 그 때 내 눈에 책 사이에 봉투가 꽂혀 있는 것이 발견되었습니다. 그것은 나에게 남긴 편지였습니다.

어머니!
'엄마'가 아닌 '어머니'라고 시작된 아들의 편지를 보자, 나는 가슴이 뭉클해졌습니다. 서 있기에는 너무 기운이 없어 나는 의자에 앉아 편지를 읽기 시작했습니다.

사랑하는 어머니께.
저는 알레그라를 찾아가 단둘이 이야기해 보려고 합니다. 만약 그 애 마음이 변했다면 왜 갑자기 변했는지 제 눈으로 확인해 보려고 해요. 저를 찾으려고 애쓰지 마세요. 전화나 편지도 하지 마세요. 다시 집에 돌아와 뵙겠습니다.

레니 올림.

내가 알레그라의 부모를 만난 다음날 그들이 알레그라를 데리고 떠났기 때문에 이런 일들이 일어난 것이었습니다. 레니는 그 후 말이 없어졌습니다. 이제 나는 조용히 기다리는 수밖에 별도리가 없게 되었습니다. 바바에게 은총이 내리길 빌 뿐입니다. 그것만이 내게 남겨진 모든 것이 된 셈입니다. 나는 내 방으로 돌아와 몸을 씻고 옷을 갈아입고 부엌으로 내려가 아침식사 준비를 했습니다. 내 인생은 왜 이렇게 평범하지 못할까요? 이곳 내 나라에서도 외로움과 고독만을 느낄 뿐입니다. 모든 사람들이 외로운 인생길을 가면서도 서로 믿지도 사랑하지도 않으며 살아가고 있습니다. 각자가 차지하고 있는 땅이 우리 사이를 떼어 놓고 있습니다.
2층에서 신음하는 것 같은 바바의 목소리가 들려 나는 2층으로 달려갔습니다. 바바는 이불을 목에까지 올려 덮고 침대에서 누워 계셨습니다. 그리고 어두운 눈은 당황한 빛을 나타내고 있었습니다.

"어쩐 일인지 일어날 수가 없구나."

바바가 중얼거리듯 말씀하셨습니다.

"어디가 아프세요, 바바?"

"아프진 않은데……."

바바는 뚜렷하지 않게 말했습니다.

"그냥 누워 계셔요. 의사를 불러 올게요."

나는 곧 의사에게 전화를 걸었습니다. 이른 아침이어서 마침 브루스 스폴든은 집에 있었습니다.

"여보세요."

밝고 명랑한 음성이 들려왔습니다.

"브루스, 우리 바바가 또 병환이 나셨나 봐요."

"곧 가겠습니다."

"그 동안 어떻게 해 드려야 할까요?"

"그냥 조용히 누워 계시게 하세요."

나는 전화를 끊고 바바에게 다가가 브루스가 곧 올 거라고 말하고 방을 정리하기 시작했습니다. 바바는 아주 깔끔한 분이셨습니다. 노령인데도 몸에서 아무 냄새도 나지 않았습니다. 나는 바바의 얼굴이 점점 왼쪽으로 돌아가는 것을 보았고 바바도 그것을 느끼는지 무슨 말을 하려고 애쓰는 것 같았습니다.

"바바, 너무 염려하지 마세요. 의사가 곧 올 거예요."

나는 바바가 안심하도록 위로해 드렸습니다. 나는 밤에는 이 방의 창문을 거의 열어 두지 않았습니다. 바바의 몸은 약간 온기가 있을 뿐 힘없이 숨을 쉬고 계셨습니다. 나는 창문을 열어 환기를 한 다음 닫았습니다. 그때 아래층 거실에서 2층으로 올라오는 브루스의 발소리가 들려왔습니다.

"안녕하세요, 엘리자베드?"

방으로 들어선 브루스가 내 이름을 부른 것은 그때가 처음이라 나는 깜짝 놀랐습니다.

"아, 안녕하세요? 우리 바바가 매우 고통스러우신가 봐요."

의사를 바라보는 바바의 눈은 괴로움을 호소하는 것 같았습니다.

브루스는 곧 침대 옆에 앉아 진찰을 시작했습니다. 성실한 의사가 환자를 진찰하는 진지한 태도는 정말 믿음직스럽게 보였습니다. 나는 존경하는 마음으로 옆에 서 있었습니다. 그는 정말 미국인다웠습니다. 아직까지 결혼하지 않은 것이 이상하게 생각되었습니다. 그는 성실하고 이해심이 많은 지적인 여자에게 좋은 남편이 될 것 같았습니다. 이곳 버몬트 사람들이 대부분 그렇듯이 그도 키가 크고 마른체격에 태도가 아주 신중했습니다. 그의 눈빛은 회색이알까, 아무튼 기억하기 어렵지만 푸른색으로 변한 것 같았습니다. 그의 머리는 갈색으로 뻣뻣해 보였고 오뚝한 코에 입을 굳게 다물고 있었습니다. 그래도 웃을 때는 아주 익살스럽고 쾌활해 보였으며 온화한 성품에 생각이 깊은 것 같았습니다. 그는 남편으로서 훌륭한 성격의 사람 같았습니다.

내 마음 속에 잠재해 있는 중국인다운 호기심에 끌려 나는 그가 왜 결혼하지 않았는지 묻고 싶었습니다. 중국 사람들은 친구 사이에는 무엇이든 궁금한 것은 다 묻는 것이 버릇이었습니다.

그가 조심스럽게 바바에게 이불을 덮어 주었습니다.

"걱정하시는 것만큼 중병은 아닙니다. 이런 작은 발작은 앞으로도 몇 번 있을 것 같군요. 편하게 해 드리세요. 아마 오래 주무실 테니 그대로 두십시오."

정말 바바는 크게 숨을 쉬면서 잠들고 계셨습니다. 우리는 바바의 방에서 나와 아래층 거실로 내려왔습니다.

"아침식사는 하셨는지요?"

내가 그에게 물었습니다.

"아니, 아직 못했습니다."

"저도 아직 안 했어요. 같이 식사하고 가세요. 레니가 집을 나가서 무척 쓸쓸하군요."

"나갔다고요?"

"단지 며칠 동안이기를 바라지만 모르겠어요."

나는 그에게 알레그라의 일에 대해 이야기했습니다. 브루스는 내 이야기를 듣고 약간 씁쓸한 미소를 지었습니다.

"레니는 꼭 돌아올 거예요. 자식은 항상 어머니에게로 돌아오게 마련입니다. 만약 그 아가씨에게서 당신과 같은 것을 느끼지 못한다면 말입니다."

"알레그라는 확실히 나하고는 달라요."

식탁에 음식을 차리느라 나는 분주했습니다. 그의 그릇에는 달걀 두개를, 내 그릇에는 달걀 한 개를 놓았습니다. 암탉이 알을 잘 낳는 것은 기쁜 일입니다. 나는 암탉을 별로 좋아하지 않지만, 신선한 달걀은 좋아합니다. 커피, 토스트, 과일 등 나는 언제나처럼 아침식사를 준비했으며 그 사이에 레니가 마음이 돌아설 때까지 내버려두자는 생각이 들었습니다.

나는 식탁에 앉을 때 주인의 자리인 끝에 앉았고 브루스는 옆에 앉았습니다. 나는 궁금증을 참을 수가 없었습니다.

"전 아주 행복한 결혼생활을 했기 때문에 결혼을 안 하시는 분을 보면 궁금해요. 당신은 왜 결혼을 안 하시죠?"

"매우 바빠서……."

그는 빵에 버터를 바르며 말했습니다.

"제가 그 문제에 대해 관여할 일은 아니지만… 그러나."

"말씀해 보세요."

그가 말했습니다.

"저는 지금까지 비밀 같은 것이 없는 단순한 생활을 해왔어요."

"결혼을 해서 부인이 계시면 생활이 편리해지고 시간적으로도 여유가 있지 않을까요?"

"아니에요, 아내란 친구와 같다고 저는 생각하고 있어요."

"지금 당신은 행복하신가요?"

"글쎄요, 그런 문제는 생각해 본 일이 없지만 그렇다고 생각해요."

나는 그에게 두 잔째의 커피를 따라 주었습니다. 그는 말하고 싶지 않다면 내가 아무리 물어도 이야기하지 않을 것입니다. 그런 점이 바로 버몬트 사람의 특징입니다.

그가 가고 난 뒤 나는 갑자기 제럴드 생각이 나서 한없이 울었습니다. 내가 마지막으로 눈물을 흘린 것은 몇 달 전의 일이었습니다. 아무리 울어 봐도 소용이 없다는 것은 잘 알고 있습니다. 북경의 우리 집 문은 나에게는 굳게 닫혀 있는 것입니다. 2층으로 올라갔습니다. 바바는 깊이 잠들어 있었습니다. 지금은 바바마저도 나를 필요로 하지 않는 것 같았습니다.


바바는 오늘 아침 어린 아이들처럼 우유와 빵, 그리고 쌀밥과 과일을 조금씩 드실 뿐 다른 것은 입에도 대지 않았습니다. 이제 1주일에 한번씩 하던 장보기도 간단한 일이 되어 버렸습니다. 사야 할 것은 내가 필요로 하는 간단한 물건과 바바가 드시는 약간의 음식뿐이기 때문입니다. 지난 토요일에도 간단하게 장을 봐서 돌아오다가 길가에서 한가롭게 풀을 뜯고 있는 검은 어미 양과 흰 쌍둥이 새끼양의 모습을 발견하고 매료당하고 말았습니다. 그 광경은 내게 자그마하지만 형언할 수 없는 기쁨을 주는 것이어서 나는 가까이에서 지세히 보려고 차에서 내렸습니다. 햇살은 밝고 따사로웠습니다. 버몬트의 햇볕은 북경의 여름날처럼 부더위일 때는 없습니다. 나는 한적한 길가에 있는 둥근 회색 바위에 앉아 양들의 모습을 바라보고 있었습니다. 예기치 않은 나의 출현에 놀란 듯 어미양이 경고하듯이 가볍게 울음소리를 내자 새끼 양들은 재빨리 어미양 옆에 붙어 가느다란 다리를 떨며 나를 바라보았습니다.

"나를 두려워 하지 마."

너무 외로웠던 탓인지 나도 모르게 입 밖으로 큰소리를 내서 말하고 있었습니다. 외로움으로 인한 나의 다음 생각은 그 어미 양과 하얀 새끼 양들을 내가 소유해 함께 살고 싶다는 것이었습니다. 그것들은 우리 집 부근 언덕배기의 목초를 먹고 지낼 수 있을 것이며 잔디를 항상 고르게 깎아 놓는 구실을 할 수 있을 것 같았습니다.

이렇게 생각한 나는 그 양의 주인을 찾아 나섰습니다. 잠시 후 나는 농사를 약간 지으며 나머지 시간에는 닥치는 대로 일을 하는 것 같은 이 지방에서는 흔히 볼 수 있는 양의 주인을 만날 수 있었습니다. 일이 없을 때는 매우 어렵게 살아가지만 일거리가 생긴다 해도 열심히 하지 않는 그런 부류의 사람 같아 보였습니다. 하얀 바탕에 녹색 칠을 한 조그만 판자 집 뒤로 돌아가 보니 그는 부엌의 식탁을 고치고 있었습니다. 그는 나를 보자 하던 일을 멈추고 허리를 폈습니다.

"무슨 일이십니까?"

그는 인사치레도 없이 다짜고짜 말했습니다.

"당신의 검은 어미 양과 흰 새끼 양들은 파실 건가요?"

"팔수도 있지요."

"그것들을 얼마에 파시겠어요?"

그는 나를 모를 리 없었지만 아는 체하지 않았습니다. 아마 그는 나를 산 너머에 사는 과부나 아니면 남편이 중국에 있으니 과부나 마찬가지라는 것 정도는 알고 있는 모양이었습니다.

"팔고 싶은 생각이 생길지 모르겠군요."

그는 나무에 자를 대고 치수를 재며 말했습니다.

"글쎄, 저도 꼭 사려고 하는 건 아니지만 집 주위에서 풀을 뜯게 하고 싶군요."

"생각해 봅시다."

그는 망설이는 표정이었습니다.

"그렇게 하세요. 오늘 오후에 집에서 기다리겠어요."

그러나 그는 오후에 오지 않았습니다. 내가 시간을 정했기 때문일 것입니다. 그러나 이틀 뒤 아침에 그는 더러운 끈에 어미 양과 새끼 양들을 매어 끌고 왔습니다.

"값으로 현금 10달러와 단풍시럽을 주십시오."

우리는 시럽의 분량 때문에 반시간 이상이나 실랑이를 했지만 결국 내가 지고 말았습니다. 버몬트 사람인 그가 결코 양보하려 하지 않았기 때문입니다.

이제 내 소유가 된 양들은 언덕의 풀을 뜯고 있습니다. 어미양은 달라진 환경에 금방 적응하지 못하는지 목을 끈으로 묶어 사과나무에 매어 놓았더니 전보다 덜 놀라는 것 같았습니다. 며칠 후에는 끈을 풀어 주었습니다. 양들은 나에게 잔잔한 위안을 주고 있습니다. 그것은 사소한 위안일지라도 이 땅과 깊게 연결시켜 주는 매개체 역할을 하고 있습니다. 나는 이제 살아 있는 생명들을 소유하게 된 셈입니다. 나는 이런 작은 연관성에 매달리며 살아가려고 합니다. 커다란 뿌리가 사라진 지금 — 아니, 사라진 게 아니라 다만 이곳에 없을 뿐이지만 — 그리고 그것은 지난날 제럴드와의 생활 속에 우리의 사랑 속에 묻혀 있는 지금 나는 그렇게 살고 싶을 뿐입니다. 어쨌든 나는 다시 이 땅에 무엇인가를 심어야 할 입장입니다. 과연 나 혼자서 그 일을 해낼 수 있을까요? 아직도 레니에게는 아무런 연락조차 없습니다.


어느 날 저녁 무렵이었습니다. 제럴드가 불쑥 종교적인 화제를 꺼냈었습니다. 그때 나는 이렇게 말한 적이 있습니다.

"저는 신앙을 가지고 있지 않아요."

"그렇다고 당신이 중국 신을 믿을 수 있겠어?"

"당신은요?"

"난 어느 신도 믿지 않았을 때와 모든 신을 다 믿었던 때가 있었지. 나는 두 가지 방법으로 사는 것을 배웠어."

"두 가지 중에서 선택하려면 나는 아마 모든 신을 믿을 거예요."

나는 이렇게 말했었습니다.

여자가 사랑에 빠지면 자기 자신을 잃어버린다더니 나도 그런 것 같았습니다. 나는 제럴드가 믿는 것을 믿고 싶었고 그이가 숭배하는 것을 숭배하려고 했습니다. 그러나 그이가 아무것도 숭배하지 않고 그이의 믿음은 마음과 의지의 문제일 뿐 영혼의 깊은 감동이 아니라는 것을 알았을 때, 나는 종교에 대해 더 이상 논하지 않았습니다.

가끔 중국 도시의 교외를 거니노라면 길가의 조그만 신당(神堂) 앞에 아주 경건한 태도로 서 있는 농부가 보이곤 했습니다. 그 신당 안에는 결혼한 남녀의 상이 있었는데, 그것은 농부들이 상상해 낸 그들의 신의 모습이었습니다. 그들에게는 남녀 한 쌍이 아닌 남자 또는 여자 혼자만의 신은 생명의 원리에 위배되는 것이며 상상도 할 수 없는 것으로 되어 있었습니다. 농부들은 이 부부상 앞에 향불을 피워 놓고 마음속으로 자신들의 소원을 비는 것이었습니다. 그것은 소박하고 아름다운 모습이었습니다.

"우리도 저 사람들처럼 믿음을 가질 수 있을까요?"

"불가능한 일은 아니지. 하지만 믿음이란 필요해서 생기는 것인데 우리에게는 필요한 것이 없잖소? 나는 지금으로 만족하고 더 이상 원하는 것이 없소."

옳은 말입니다. 나는 지금 필요하기 때문에 기도를 합니다. 사랑하는 아들이 걱정되어 적적한 그 애의 방으로 가서 매일 밤마다 뼈에 스미도록 간절하게 기도를 합니다. 하느님이 계신 그곳까지는 얼마나 먼 거리인지 추측도 안 되고 들어 주는 사람이 있을지 없을지도 모르지만 기도를 드리면 내 고통도 사라지고 마음이 가라앉습니다. 그 후로 나는 마음의 짐이 다소 가벼워졌다고 믿고 있습니다.

나는 알레그라의 집으로 전화를 하고 싶은 충동심과 오랫동안 싸워야 했습니다. "지금 레니가 그곳에 가 있죠? 그 애와 이야기

하고 싶은데요." 하고. 하지만 하지 않았습니다. 전화를 거는 것
은 쉬운 일이지만 그래서는 안 될 것 같았습니다. 레니의 반발도
문제였지만 나 스스로 혼자 살아가는 방법을 배워야 한다고 생각
했기 때문입니다. 이런 생각을 하고 있을 때 바바의 부르는 소리
가 들려왔습니다. 얼른 달려가 보니 바바는 방바닥에 쓰러진 채
누워 계셨습니다. 바바는 그렇게 된 이유를 모르겠다는 듯 넋이
나간 표정을 짓고 계셨습니다.

바바는 눈앞에 닥친 욕망 이상의 것은 아랑곳하지 않고 그저
순간순간을 이어가고 있는 상태입니다. 잠에서 깨어나 일어나려
고 하시다가 미끄러져 떨어진 것 같았습니다. 내가 부축해 일으켜
드리자 바바는 나에게 비키라고 손짓을 했습니다. 거동이 불편하
면서도 목욕을 하고 옷을 갈아입을 때는 나를 가까이 오지 못하
게 했습니다. 중국옷을 입을 때만 나를 불러 단추를 끼워 달라고
했습니다. 그래서 나는 문밖에서 기다렸다가 부르는 소리에 들어
가 단추를 끼워 드렸더니, 바바는 아침을 먹을 준비가 다 되었다
고 말씀하셨습니다. 바바는 근심도 두려움도 없는 편안한 표정이
었습니다. 바바의 뇌 속에서 모세혈관이 터졌으나 점점 나아지고
있다고 브루스는 진찰 후에 말했습니다. 바바에게 하느님의 은혜
가 있기를…….

어젯밤 늦게 레니가 돌아왔습니다. 나는 어느 정도 고통을 이겨
안정되어 있어서 다시는 기도도 않고 체념하고 있었는데, 신은 나
에게 호의를 베풀어 주셨습니다. 잠결에 무슨 소리를 들은 것 같
아 잠이 깨었습니다. 그때 부엌문이 열리는 소리가 들려왔습니다.
나는 혼자 있기 때문에 그 문은 항상 잠가두고 있었으며, 그 문
열쇠를 레니만 갖고 있었기 때문에 레니가 온 것을 금방 알 수 있
었습니다. 조금 후에 냉장고 문을 여닫는 소리가 들리겠지…….

어떻게 할까? 나는 아래층으로 달려 내려가 레니를 안아 주고 싶었습니다. 그러나 외로운 생활을 하는 사이에 나는 무척 신중해져 있었습니다. 내가 아낌없이 주려고 해도 이제 레니는 받아들이지 않으려 할 것입니다. 한번 집을 떠난 경험이 있는 레니는 다시는 영원히 나가 버릴 가능성도 있습니다. 레니는 나의 보살핌이 없고 또 가정을 떠나 있어도 살아가는 방법을 배운 것입니다. 레니는 내가 잠들어 있는 줄 알고 있을 터이므로 나는 아래층으로 내려가서는 안 될 것입니다. 아침에 레니가 나를 놀라게 할 때 나는 놀라는 척해야 할 것입니다.

레니가 어릴 적의 애틋한 모자의 정은 이제 다 끝이 난 것입니다. 나는 침대에 그대로 누워 있었습니다. 밝은 달빛이 이불 위로 조용히 비치고 있었습니다. 레니가 부엌 식탁에서 식사를 하고 있는지 접시 부딪치는 소리가 들려왔습니다. 레니는 몹시 배가 고팠는지 식사시간이 30분 이상이나 걸렸습니다. 얼마 후 레니의 방으로 통하는 계단 문이 열리는 소리가 났습니다. 레니는 내가 깨지 않게 조심스럽게 목욕탕의 수도를 반만 틀어 놓고 씻는 것 같았습니다. 지금 나를 깨우고 싶지 않은 것입니다.

레니를 보러 가지 않은 것은 잘한 일이었습니다. 잠든 얼굴도 보러 가지 않기로 작정 했습니다. 레니가 집으로 돌아온 것만으로도 얼마나 감사하고 고마운 일입니까! 하늘을 향해 감사하는 마음으로 나의 심장은 고동치고 있었습니다. 하느님 감사합니다. 하느님 감사합니다!

모든 것이 조용해진 후에 나도 자려고 애써 보았으나 레니를 보지 않고는 잠이 올 것 같지 않았습니다. 그렇지만 보러 가지 말아야겠다는 생각이 나를 움직이지 못하게 하고 있었습니다. 비록 레니와 나는 방 하나를 사이에 두고 있지만 지금 내가 느끼는 거리는 북경에 있는 제럴드처럼 먼 것이었습니다. 레니는 이제 어른이 된 것입니다. 나와 아들 사이에는 벽이 가로막고 있다는 걸 비로소 느낄 수 있었습니다. 어쩌면 레니에게는 어머니라는 존재가 필요 없게 되었는지도 모릅니다. 레니는 오직 한 나이든 여자 친구를 어쩌다가 자신의 어머니가 된 여인을 친구자격으로 필요로 할지도 모를 일입니다. 나는 아들이 원하는 것을 말할 때까지 기다려야 합니다.

침대 옆의 시계를 바라보기 전까지 시간을 가늠해 보고 있었습니다. 시간은 기어가듯 느리게 가는 것 같았습니다. 알고 보니 겨우 1시간 10분이 지났을 뿐이었습니다. 그렇게 시간을 헤아리는데 문손잡이가 살며시 돌아가는 소리를 들을 수 있었습니다. 나는 그래도 불을 켜지 않았고, 움직이지도 않고 가만히 누워 있었습니다. 레니는 전부터 있던 빨간 색 모직 목욕 가운을 입고 방문 앞에 서 있었습니다. 나는 아주 자연스럽게 마치 레니가 집을 나갔던 일이 없었던 것처럼 말했습니다.

"레니로구나."

레니 말고 누구겠습니까? 그러나 이 스스럼없는 말이 어려운 순간을 잘 넘겨주었습니다. 레니도 자연스럽게 말했습니다.

"그간 안녕하셨어요, 어머니?"

"그래 잘 있었다. 지금 막 돌아왔니?"

"아래층에서 식사를 했어요."

레니는 다가와 침대 가에 앉았습니다. 환한 달빛 아래서 우리는 마주 바라보고 있었습니다.

"불을 켤까?"

"아뇨, 괜찮아요."

"졸리지 않으시면 이대로 앉아 있죠. 저 때문에 깨셨어요?"

"그래."

일부러 졸린 척하며 말했습니다.

"하지만 괜찮다. 나는 요즘 일찍 일어나지 않는다. 우유는 매트가 짠단다."

"집안엔 별일 없으셨지요?"

"며칠 전에 검은 어미 양하고 하얀 쌍둥이 새끼 양을 샀단다. 이젠 언덕 위의 풀을 베러 갈 필요가 없어졌어."

나는 일부러 태연하게 말했습니다.

"오다가 달빛 아래서 그 양들을 봤어요."

우리는 더 이상 할말이 없는 듯 서먹해졌습니다. 나는 마음속에 품고 있는 궁금한 이야기들을 물어서는 안 된다고 생각했습니다. 레니가 내게 무슨 말을 하든지 나는 대답만 해야 할 것입니다. 레니가 무슨 말을 꺼낼지 알 수 없기 때문입니다.

"제가 그 동안 어디 있었느냐고 묻지 않으세요, 어머니?"

"편지라도 하지 그랬니?"

나는 무관심한 듯 말했습니다.

"할 수가 없었어요. 제가 어디에 있다는 것은 문제가 아니라고 생각했어요. 어머니, 왜 저를 낳으셨어요? 전에도 물어 보았지만."

"넌 내 대답을 기다리지 않았잖니?"

"지금은 꼭 듣고 싶어요."

질문을 하는 것은 레니였습니다. 나는 솔직한 심정으로 대답했습니다.

"아버지와 나는 진정으로 사랑했단다. 그리고 젊고 건강하며 사랑하는 사람들 사이에서 아기의 탄생은 희망이며 행복이란다."

"태어날 나의 앞날을 생각해 보셨나요?"

아아! 이 얼마나 처절한 외침인가?

"네 아버지께서 그 문제를 깊이 염려하셨지만, 나는 그럴 필요가 없다고 주장했지. 나는 태어날 우리들의 아기는 잘 생기고 굳세고, 어떤 어려움도 자신만만하게 이겨나갈 수 있는 자기 인생의 주인공이 될 것이라고 말했었다."

창백해진 레니의 얼굴은 더욱 노래졌고, 까만 눈은 불타는 것 같았습니다.

"제가 중국에 살 때 그곳 사람들은 저를 외국인이라고 했어요. 그때의 저의 조국은 미국이라고 믿었기 때문에 아무렇지도 않았어요."

"이곳 사람들은 너에게 친절하게 대해 주잖니?"

나는 입안의 침이 마르는 것을 느꼈습니다.

"전 친절한 것을 원하는 것이 아니라 사랑을 원해요."

"넌 많은 사랑을 받으며 자랐다. 아버지는 너를 끔찍이 사랑하셨고, 나 역시 널 사랑한다. 또 다른 사람들도 그럴 게다. 언젠가는 한 여인의 사랑을 받게 되겠지."

"알레그라는 저를 사랑할 수 없게 됐어요. 그 애 부모가 말리기 때문이에요."

"그 애가 진정으로 너를 사랑한다면 부모의 뜻을 거역할 수도 있지 않겠니?"

나도 물러서지 않고 맞섰습니다.

"예전에 우리 어머니께서도 너의 아버지를 사랑하지 못하게 말리셨단다. 나는 복종하지 않았지만 지금까지 그 일을 후회해 본 일은 없다."

비록 2층 책상 서랍에 제럴드의 슬픈 마지막 편지가 와 있다

해도 나는 결코 후회하지 않습니다.

"모든 여자가 다 강하지는 않아요."

레니는 혐오하는 듯한 표정으로 나를 바라보았습니다.

"여자란 본래 의지가 굳지 못하니까요. 그렇다고 그 애의 사랑이 잘못된 것은 아니에요."

"알레그라가 두려워하는 것은 도대체 무엇이니?"

나는 비웃음이 나오는 것을 참으며 말했습니다.

"그 애는 나를 두려워하는 것이 아니에요. 내 핏속에 흐르는 어쩔 수 없는 유전인자(遺傳因子)를 두려워하는 거예요."

"너의 중국 피 말이냐?"

레니는 말없이 고개를 끄덕이고는 두 손을 깍지 끼었습니다. 레니의 손은 여느 미국 사람 손처럼 굵고 억세게 보였습니다. 제럴드의 손처럼 부드럽지도 연약해 보이지도 않았습니다.

"나도 그런 것일 줄 짐작은 하고 있었다. 나는 너의 아버지를 사랑하였기 때문에 바로 그걸 자랑스럽게 생각했는데, 알레그라는 그 핏줄을 저주한다니 안타까운 일이구나, 레니야."

"어머니는 절 이해하지 못하세요."

레니가 외치듯 말했습니다.

"어머니는 순수한 미국인이에요. 어머니의 조상 중에는⋯⋯."

"순수하다고?"

나도 레니의 말을 받아 외쳤습니다.

"유럽의 수많은 나라에서 물려온 온갖 인간들이 뒤엉켜 살면서 이 땅의 주인인 인디언들을 쫓아낸 조상들을 순수하다고 할 수 있겠니?"

"어쨌든 어머니는 완전한 백인이잖아요?"

나는 아들과 그런 문제로 다투고 있을 때가 아니라는 것을 깨달았습니다.

"네가 생각하고 있는 것을 말해 봐라."

나는 감정을 억제시키느라 애를 쓰고 있었습니다.

"전 캔사스로 가겠어요. 올 여름에 저는 바바를 돌봐 주던 샘의 농장에서 일하기로 했어요. 샘이 장학금을 얻어 주겠다고 했으니 가을에는 대학에 가려고 해요."

레니는 나의 허락도 양해도 구하지 않고 자기의 계획을 말하고 있었습니다. 그러나 역시 자존심이 강했으므로 아들의 도움을 청하고 싶지는 않았습니다.

"그 이야기를 하려고 집에 온 것 같구나."

"어머니께서 알고는 계셔야 할 거 아니에요?"

레니의 턱은 쇠처럼 굳어 있었습니다. 내 앞에 펼쳐진 운명을 나는 아무 불평 없이 받아들여야만 합니다.

"언제 갈거니?"

"바바를 잠깐 뵙고 가겠어요."

레니는 주저 없이 대답했습니다.

"조금만 더 있다 가거라."

아마 지금이 레니의 할머니 이야기를 들려 줄 때라는 생각이 들었습니다. 레니의 몸속에 잠재해 있는 반항의 기질은 어쩌면 할머니에게서 물려받은 것 같았습니다. 지금 나는 레니를 설득할 수 없어도 할머니 이야기는 레니에게 도움이 될지 모를 일이었습니다.

"레니야, 하루만 더 있다 가거라. 떠나기 전에 너에게 할말이 있다. 내가 지금까지 숨겨온 사실을……."

레니의 새까만 눈이 나를 재빨리 쳐다보았습니다.

"어머니께서 원하신다면 그러죠 뭐."

내 아들은 어느 곳에서 자신을 위한 가정이나 자신의 나라를 찾을 수 있을까요? 다음날 아침 바바가 잠이 깨셨을 때 우리는 2층으로 올라갔습니다. 바바는 누워 계셨는데, 흰 머리는 그다지 흩어져 있지 않았습니다. 그리고 눈은 반쯤 감겨 있었습니다.

"바바, 안녕히 주무셨어요? 여기 누가 와 있나 좀 보세요."

바바는 눈을 뜨고 우리를 바라보셨습니다.

"저게 누구야?"

"아시는 사람이잖아요?"

"제럴드냐?"

"아니에요, 레니에요."

바바는 레니를 알아보지 못했습니다. 손자를 알아보지 못하고 잊어버린 것입니다. 바바는 말을 하려고 애써 입술을 움직였습니다.

"내가 아는 사람이냐?"

"물론이에요. 저 애는 제럴드의 아들이에요. 또 제 아들이고요."

"제럴드의 아들이라고……."

바바는 한동안 생각에 잠겼다가 말을 이으셨습니다.

"제럴드에게 아들이 있었나?"

나는 얼른 레니를 바라보며 타일렀습니다.

"레니야, 너무 섭섭하게 생각하지 말거라. 할아버지가 너무 나이 드셔서 모든 것을 잊어 버리셨나 보구나."

나는 그때 레니의 얼굴에 어린 서글픈 표정을 잊을 수가 없을 것 같습니다.

"괜찮아요, 어머니. 저에게 신경 쓰지 마세요."

"바바, 더 주무세요. 제가 곧 돌아올게요."

우리가 무거운 기분으로 조용히 방을 나왔습니다. 그때 나는 그 무엇인가를 잃은 기분이었습니다. 바바는 무의식중에 나와 레니를 쓸쓸하게 만들고 계셨습니다. 어느새 바바는 우리에게서 떠난 먼 옛날로 돌아가 버린 것이었습니다. 나는 레니를 달래느라 애를 써야 했습니다.

"레니야, 내 방으로 가자. 네가 떠나기 전에 꼭 보여 줄 사진이 있다."

레니는 조용히 내 뒤를 따랐습니다. 방에 들어온 레니는 손님처럼 점잖게 앉아 기다렸습니다. 나는 나의 상자에서 제럴드 어머니의 사진을 찾아냈습니다.

"이 사진 속의 여자 분이 바로 바바의 부인이시다. 바로 너의 할머니, 우아하고 아름다우며 자랑할 만한 분이란다. 북경의 귀족 출신이시다. 참, 너의 한유렌 할아버지를 기억하겠지?"

"어떻게 해서 할아버지는 이분과 결혼하게 되셨나요?"

"할아버지는 자신의 일생을 다 바쳐 일해 온 나라의 국민이 되길 원하셨지. 할아버지는 자기가 정을 나누며 살아온 국민들과 좀 더 가까워지는 길이라 생각하셨던 거야. 중국에서 사시면서 외국인이 아니기를 바라신 거란다."

"그러나 할아버지는 모든 것을 잊어 버리셨어요. 저도 알아보지 못하시잖아요? 할아버지를 사랑하지 않으셨던가 봐요."

"왜 그런 소리를 하니? 그건 네가 잘 모르고 하는 소리야."

"만약 할아버지가 할머니를 사랑하셨다면 저를 기억하지 못할 리가 없어요."

나는 레니의 말을 부인할 수가 없었습니다. 내가 늙어 바바와 같이 된다 해도 나는 제럴드와 제럴드의 아들 또한 잊지 못할 것이기 때문입니다.

"할아버지는 자신이 옳다고 판단한 것을 실천에 옮기신 분이란다."

"그것만으로는 충분히 납득이 안 가요. 사랑이 있어야 해요."

사진을 내게 돌려주고 나서 레니는 일어나 큰 키를 굽혀 내 뺨에 키스를 했습니다.

"안녕히 계세요, 어머니."

레니는 말을 마치자 곧바로 방을 나갔습니다. 나는 레니의 낡은 차가 바싹 마른 여름 길을 먼지를 일으키며 달리는 소리를 들을 수 있었습니다. 이제 떠난 나의 아들은 다시는 안 돌아올지도 모릅니다. 아무것도 생각할 수 없는 슬픈 내 머리 속에 남은 것은, 레니는 제럴드가 가르쳐 준대로 품위 있는 영어로 말했다는 것뿐이었습니다. 레니는 미국의 젊은이들이 흔히 쓰는 속어를 완전히 버리고 있었습니다. 이 변화가 무슨 의미인지 그것은 아직도 모르겠습니다.

나는 집을 놔두고 레니를 따라갈 수는 없습니다. 설령 그렇게 하고 싶어도 나밖에 의지할 곳이 없는 바바가 계시기 때문입니다. 이곳은 매트와 그의 아내 외에는 모든 사람들과 뚝 떨어진 외진 곳입니다. 그들은 이 골짜기에 오래 살아서 말도 행동도 거칩니다. 그들은 대낮에도 싸움을 곧잘 하며, 밤에도 마찬가지일 것입니다. 부엌 북쪽에 있는 침실을 거의 다 차지한 낡은 침대 위에서 격렬한 싸움이 벌어질 것입니다. 7명이나 되는 아이들은 모두 싸움의 결실이라고 말할 수 있습니다. 그들에게는 사랑도 별다른 자극도 필요 없을 것입니다. 매트는 병적일 만큼 질투가 심했고 그의 부인은 그것이 자기를 사랑하는 증거라며 자랑으로 여기고 있었습니다.

"집안에 남자 모자가 걸려 있는 것만 봐도 매트는 미쳐요."

그녀가 항상 떠드는 내용입니다.

"그런 남편을 못살게 구는 난 벌을 받아야 마땅해요."

그럴 때의 그녀의 주름지고 동그란 얼굴은 기쁨으로 들떠 있었습니다.

오늘 아침 나는 너무 쓸쓸해서 그녀의 집에서 시간을 보내려고 흙먼지 이는 길을 걸어서 찾아갔습니다. 그녀는 나를 보자마자 오늘도 자랑하는 투의 푸념을 늘어놓기 시작했습니다. 나는 늘 그녀에게 말했듯이 매트는 아직도 당신을 그렇게 실투할 정도로 사랑하니 행복한 일이라고 대꾸를 해 주고 있었습니다. 이때 우편배달부가 지나가는 것이 보였으므로 나는 얼른 그녀에게 작별을 하고 배달부를 따라왔습니다. 문 앞에 있는 커다란 단풍나무 아래서 그는 발길을 쉬며 나에게 몇 통의 편지를 건네주었습니다. 회색의 얇은 봉투 이외에는 별다른 편지가 없었습니다. 나는 그 편지가 싱가폴에서 온 것이라는 것을 우표를 보고 알았으나 필체는 낯이 선 것이었습니다.

"남편에게서 왔나 보죠?"

"아니에요."

나는 편지의 내용이 두렵고 궁금해서 배달부가 아직 떠나지 않았음에도 샘가의 오래된 사과나무 그늘로 가서 봉투를 뜯었습니다.

존경하는 형님에게……

144

하고, 편지는 시작되었습니다.

편지는 그 여자에게서 온 것이었습니다.

지난 몇 달 동안 나는 제럴드의 편지에 답장을 보내지 않았습니다. 그이는 내가 자기의 제의를 허락해 주기를 원했지만 나는 허락할 수 없었습니다. 양심의 죄처럼 감추고 싶은 비밀이었기 때문에 답장을 보낼 수가 없었던 것입니다. 그러나 이제는 더 이상 숨길 수가 없게 되고 말았습니다.

그녀는 서투른 영어로 썼는데, 자기의 뜻을 전하느라 무척 애쓴 흔적이 보였습니다. 그녀는 내가 이해해 주기를 바라고 있었습니다. 내 허락이 있을 때까지는 제럴드 옆의 내 자리를 차지하지 않겠다는 내용이었습니다.

형님께서는 중국에 오래 사셨으니까 이곳의 사정을 잘 이해하시리라 믿습니다. 지금 이곳은 무척 긴박한 상황입니다. 당신의 남편이신 멕레오드 씨도 무척 곤란하십니다. 그분에게는 집안 살림을 해 줄 여자가 꼭 필요합니다. 그분께서 몇 달 전에 당신에게 제가 임시로 댁에 들어가 사는 것을 허락해 달라는 편지를 보내신 줄로 압니다. 이곳 중국에서는 이런 일은 보통 있는 일이라는 것을 아실 줄 압니다. 지금은 전근대적인 사고방식인 제2부인이나 첩 따위는 없습니다만, '임시아내'는 있을 수 있다고 생각합니다. 형님이 이곳에 다시 오실 수 있게 된다면 형님 뜻에 따라 저는 당연히 물러나겠습니다. 저는 동생이 형을 따르고 존경하듯 당신을 생각하고 있습니다. 아무쪼록 저를 이해해 주시고 내조를 하는 데 필요한 조언을 부탁드립니다. 저는 형님 말씀을 따라 그분을 행복하게 해 드리고 싶습니다. 그것이 저의 의무라고 생각합니다. 당신의 허락이 그분의 생활을 구원하는 것이라고 생각합니다. 이 편지는 싱가폴에 있는 친구를 통해 비밀로 보내는 것이오니 같은 주소로 답장하여 주십시오.

당신의 미천한 동생 매란 올림.

싱가폴의 주소는 '비단상회'로 되어 있었습니다. 누구인지는 몰라도 그곳에는 그녀의 친구가 있어 나를 내쫓은 새로운 체제의 중국과 연락할 수 있는 모양이었습니다. 나는 제럴드에게 솔직한 심정을 적어 보냈으면 합니다. 그러나 차마 어떻게 쓸 수 있겠습니까? 내 역할인 아내의 자리를 다른 여자에게 양보하겠다고 써 보낸다 할지라도 그 여자가 내 자리를 차지할 수 있을까요? 미국 여성 중에는 나 같은 처지에 빠져 본 사람이 아마 하나도 없을 것입니다. 이곳 버몬트의 바위투성이인 나의 농장은 제럴드라는 사람과는 아무 관계가 없었던 것처럼 그이에게서 너무 멀리 떨어져 있습니다. 나는 그이에게 필요하지도 않고 사랑을 받지도 못하면서 어째서 존재하고 있는 걸까요? 아니면 사랑받고 있는 걸까요? 편지에 답장을 쓸 수가 없습니다. 몸을 가눌 힘조차 없어졌습니다. 제럴드와 다시 연락이 될 때까지 나는 아무 말도 할 수 없을 것 같습니다. 목이 메어 내 방으로 돌아온 나는 다시는 그이의 편지를 보지 않으리라고 맹세를 했지만, 곧 잠가 둔 서랍을 열고 편지를 꺼냈습니다. 나는 힘없이 주저앉아 그이의 편지를 베껴 썼습니다. 그렇게 해서 그 내용을 모조리 외우고 싶었고 앞으로도 영원히 잊지 않기 위해서였습니다. 이것이 북경에서 온 제럴드의 마지막 편지입니다.

사랑하는 나의 아내에게.

나는 무엇보다도 먼저 당신만을 사랑한다는 말부터 하고 싶소. 지금 내가 어떻게 지내든 내가 사랑하는 사람은 오직 당신뿐이라는 것을 기억해 주오. 비록 내 편지를 다시는 못 받게 되더라도 나는 마음속으로 매일 당신에게 편지를 쓰고 있다는 사실을 알아 주오. 다음 내용을 읽으면 이 말을 이해할 수 있을 것이오.

나는 어쩔 수 없이 중국 여인을 우리 집에 맞아들여야 했소. 집안일을 해 줄 사람이 필요해서 그런 것만은 아니라오. 지금 나는 권력을 잡은 사람들에게 충성을 맹세하는 것만으로는 충분하게 인정받지 못하고, 지금까지의 나를 부정하고 새로운 나를 보여 주어야 할 입장이오. 나는 미국인의 피를 저주해야 하며 내 혈통에 반역하겠다고 선언해야만 하오.

당신에게는 언제나 숨김이 없었기에 이런 말을 하는 것이라오. 지금도 우리가 함께 지내온 생활을 잊을 수 없기에 이 편지를 보내는 것이오. 이제 나는 더 이상 편지를 보낼 수 없을 것이오. 그것은 나에게도 위험한 일이지만, 우리 레니에게도 위험한 것이기 때문이라오. 당신은 레니가 그곳에서 안전하게 살 수 있으리라 믿겠지만, 내가 당신을 버리지 않는다면 그 애는 어디서든 안전하지 못할 것이 분명하오. 앞으로 설령 내가 당신과 레니를 저버렸다는 말을 듣게 되더라도 당신만은 나의 진실을 믿어 주기 바라오. 이런 처참한 시대가 지나갈 때까지 오래오래 살아 있고 싶소. 어쩔 수 없이 내게 죽음이 가까이 다가온다 해도 나는 오로지 당신, 나의 사랑은 이브뿐이라고 생각했음을 꼭 기억해 주기 바라오.

제럴드로부터.


나는 왜 여러 달 동안 내가 결정해야 할 일을 미루어 왔는지 모르겠습니다. 그렇습니다. 나는 물론 그 일을 허락해야만 합니다.

그녀의 편지를 보면 아직 제럴드에게 가지 않은 것을 알 수 있습니다. 나는 지금 당장 내 뜻을 알려 주어야만 합니다. 그렇다고 전보를 칠 수는 없을 것입니다. 그녀의 친구에게 전보를 친다면 그곳이 영국이긴 하지만 중국인에게 어떤 영향이 있을지도 모를 일이기 때문입니다. 항공 우편으로 보내기로 마음먹은 나는 편지를 쓰기 시작했습니다. 편지를 다 쓴 후 베껴서 언제든지 내가 쓴 편지를 볼 수 있도록 보관했습니다. 나는 진심으로 제럴드를 위해 편지를 썼기 때문에 그이와 다시 만난다 해도 떳떳할 수 있을 것입니다.

만약 제럴드가 영원히 내게 올 수 없고 내가 그이에게로 갈 수 없다면 언젠가 나는 이 복사된 편지를 그이에게 보낼 것입니다. 그이와 헤어지던 마지막 날 그이에게도 사랑의 기록을 잘 간직하고 있으라고 말해둘 것을… 아, 그러나 제럴드가 있는 그곳은 안전하지 못합니다. 하인들은 그이가 주는 것보다 더 많은 보수를 그이의 감시자로부터 받을 것입니다. 여기 이 고요한 버몬트 골짜기에는 스파이는 없습니다. 나는 그렇게 생각하고 있습니다. 나는 매란에게 편지를 썼습니다. 매란이란 이름은 흔한 이름이고, 게다가 그녀의 성을 쓰지 않아서 찾기가 힘들 것 같지만 지금 그런 것은 문제가 되지 않습니다.

사랑하는 매란씨에게.

당신이 보낸 편지는 잘 받았어요. 나는 당신의 글을 읽고 허락하려고 해요. 그러나 제럴드의 마음속에 있는 나의 자리를 차지할 수는 없을 것 같군요. 여인마다 남자의 일생에 있어서 차지하는 위치가 모두 다르니까요. 하지만 우리 집으로 들어가서 당신의 위치를 굳게 만드세요. 나는 이런 사정을 이곳의 누구에게도 말하지 않으려 해요. 아무도 이런 일들을 이해하지 못할 것이기 때문이지요. 당신의 말처럼 나는 이해할 수 있지만, 내 가슴은 산산이 부서져 버리는 것 같아요. 부디 제럴드를 잘 돌봐 주길 빌겠어요. 내가 진심으로 그이를 사랑하기 때문이에요.

엘리자베드.


나는 우체국으로 가서 봉투에 우표를 붙인 후 창문 밑에 있는 편지함에 넣었습니다. 미라 양이 나를 보고 있었습니다. 그녀는 우리 마을에 사는 우체국 직원으로 통통한 체격의 친절한 아가씨입니다. 그녀는 결혼에 많은 관심을 갖고 있는 미혼녀인데 특히 나의 결혼생활에 호기심을 나타내곤 했습니다.

"남편에게 보내시는 편지인가요?"

그녀는 밝고 명랑한 어조로 물었습니다. 노란 곱슬머리에 둥글고 홍조 띤 뺨에 잔주름이 많고 붉은 입술과 속눈썹이 짧은 파란 눈의 아가씨입니다.

"아니에요, 남편에게 보내는 것이 아니에요."

그녀는 곧 편지함에서 편지를 꺼내 살펴봤습니다.

"외국 주소로군요. 중국이 아닌가요?"

"아니에요, 영국의 식민지 싱가폴이에요."

"이제는 식민지가 없는 줄 알았는데요."

"영국이 인도는 독립시켰지만, 홍콩과 싱가폴은 아직도 식민지로 갖고 있어요."

"아직도요?"

그녀는 믿기 어렵다는 듯한 표정을 지었으나 더 이상은 말하지 않았습니다. 나는 할일을 마친 기분으로 집으로 돌아왔습니다. 바바는 그때까지도 침대에 누워 계셨습니다. 바바의 하루는 정오쯤 시작해서 해질 무렵이면 끝이 납니다. 바바는 요즘 활기도 판단력도 없고 그저 우두커니 앉아 계십니다. 그래서 나는 가끔 바바를 일부러 깨우지 않습니다.

바바는 지금 일어나 옷을 갈아입고는 아래층으로 내려가지 않고 2층 안락의자에서 오트밀과 차 한 잔을 마셨습니다. 그러다가 갑자기 망각의 늪에서 깨어난 듯 정신이 드는 것 같았습니다. 레니가 바바의 잠자던 기억을 깨워 놓은 모양입니다.

"어제 여기 왔던 게 누구지?"

나는 깜짝 놀라지 않을 수 없었습니다.

"아, 바바. 레니가 왔었는데, 기억나세요?"

"레니라고, 레니가 누구지?"

바바는 어리둥절한 표정을 지으셨습니다.

바바는 아무 말 없이 생각을 정리하고 있는 것 같았습니다. 내가 바바의 방을 치우기 시작한 지 30분 정도 지났을 때 바바는 갑자기 큰소리로 말씀하셨습니다.

"난 그 사람이 애란인 줄 알았구나."

"어떻게 그렇게 보셨어요? 그분은 여자이고, 레니는 남자인데요. 그들이 아주 닮았나 보죠?"

나는 책상의 먼지를 털며 장난스럽게 물었습니다.

"그 여자는 항상 제복을 입고 있어서 남자처럼 보였지. 그 옷은 감청색의 무명베로 만든 것이었는데, 남자들처럼 바지를 입고 윗옷은 단추를 모두 잠그고 있어서 나도 이따금 놀랐지."

"정말 놀랄 일이군요. 여자 분이 그런 걸입으시다니."

나는 레니가 중국인 할머니와 닮았다는 말을 처음 들었습니다. 레니는 제럴드와 비슷한데, 그렇다면 제럴드는 어머니를 닮은 것입니다. 북경에 있을 때 사람들은 레니가 아버지를 닮았다고들 했습니다. 부모들은 자식을 보고 서로 자기를 닮았다고 우기게 마련입니다.

"애란은 살해되었어."

바바는 기억이 되살아나는 듯 늙어 주름진 얼굴에 눈물이 흐르고 있었습니다.

"옛날이야기예요, 바바."

"내 기억엔 그렇지 않아. 1, 2년 전의 일만 같이… 그녀의 무덤이 아직도 기억이 생생해."

이렇게 말씀하시던 바바는 잠시 말을 멈추셨습니다.

"그녀의 무덤이 어디에 있지?"

바바는 비참한 죽음을 당한 아내 생각에 울고 싶으신 것 같았습니다. 그러나 많은 세월이 지난 지금 왜 울고 싶어지셨을까요?

"그분을 사랑하셨나요, 바바?"

바바는 다시 생각에 잠긴 듯 가만히 계셨습니다. 그러나 말을 시작했을 때 바바는 보기 드문 맑은 표정을 지으셨습니다.

"나는 그녀를 사랑해 보려고 노력했지만, 진심으로 사랑할 수가 없었단다. 성경에는 남편은 자기 아내를 아끼고 사랑해야 한다는 것이 쓰여 있지만 어떻게 해야 한다고는 쓰여 있지 않거든. 그녀는 내가 성경대로 할 수 없다는 것을 알고 있었어."

"바바는 그분에게 아들을 낳게 하셨잖아요?"

나는 바바를 위로해 드리려는 마음으로 말했습니다.

"그녀는 태어날 아기가 아들일 거라는 것을 잘 알고 있었어. 그애는 어느 화창한 봄날 아침 10시쯤 태어났어. 내가 의사의 안내로 산실에 들어갔을 때 그녀는 팔에 아기를 안고 누워 있다가 나를 보자 '당신의 아기예요' 하더구나. 검은 머리를 갖고 갓 태어난 아기를 보자 말문이 막혔어. 내 아들이 중국인일 것이라고는 생각해 본 적이 한번도 없었기 때문에 그때의 충격에 대단히 놀랐지. 나는 준비가 돼 있지 않았던 거야."

"바바, 아기 어머니가 중국인이니까 당연한 일이 자나요."

바바는 아직도 불쾌하다는 듯 머리를 천천히 흔드셨습니다.

바바는 자기 자신만을 생각하며 제럴드의 어머니와 결혼을 했고 태어날 아들 생각은 전혀 하지 않았다고 고집하셨습니다. 바바는 아기를 원하지 않으셨던 것 같습니다. 제럴드는 아버지의 이런 마음을 알고 마음 속 깊이 상처를 입었던 것입니다. 제럴드가 나와 함께 우리나라로 오기를 거절한 것은 이 아물지 않은 상처 때문일지도 모릅니다. 나는 그것을 알 수 있고 또 느낄 수 있습니다. 레니는 그 상처를 가슴에 앉고 이곳에 있는 셈입니다. 사랑받지 못하는 상처란 얼마나 가슴 아픈 일입니까? 몇 세대가 지나도록 상처는 물려지며, 누구에게 선가 사랑을 찾을 수 있을 때까지 아물 줄 모를 것입니다.

바바는 또 울기 시작하셨습니다. 나는 바바의 기분을 바꾸어 드리려고 말을 걸었습니다.

"바바, 샘 브레인이라는 사람 기억나세요?"

바바는 곧 기분이 전환된 듯 의아한 표정을 지으셨습니다.

"내가 아는 사람이니?"

"바바께서 캔사스에 계실 때 그의 집에서 사셨잖아요?"

"내가 그랬었니?"

"네, 레니가 그의 농장에서 살며 일하려고 그곳으로 떠났어요. 샘 브레인은 전쟁 때 중국에 파견되어 있었기 때문에 중국을 알고 중국 사람들도 좋아한다고 말했어요. 그 사람은 레니에게 친절하게 잘 대해 줄 거예요. 샘 브레인에 대한 기억이 잘 안 나시겠지만 그는 바바의 친구였어요. 지금은 레니의 친구가 되었지만

요."

바바는 아무것도 기억해 내지 못했지만 다행히 기분이 많이 좋아진 듯 우는 것을 잊으셨습니다. 나는 바바가 앉아 계신 의자를 창가로 밀어 드렸습니다. 바바는 한가로운 골짜기를 바라보며 조용히 앉아 계셨습니다. 바바는 양을 무척 좋아해서 가끔 몸을 일으켜 양들이 풀을 뜯는 것을 즐겁게 바라보기도 하셨습니다. 나는 다른 일을 하기 위해 밖으로 나오며 말했습니다.

"바바, 곧 돌아오겠어요."

오늘 밤 잠자리에 든 바바는 샘 브레인에 대해 정확히 기억해 냈습니다. 내가 창문을 잠그고 바바에게 인사를 하려고 할 때 바바가 입을 여셨습니다.

"샘 브레인 말이다."

"네?"

"그는 마흔 두 살인데 결혼을 하지 않았지. 그의 아버지는 농토가 2천 에어커나 되었고 또한 목장 주인이었으며 네바다 주에 두 개의 광산을 가졌단다. 그의 하인 부인은 샘이 두 살 때 죽었대. 샘은 그의 외아들이야."

나는 너무 놀라 소리쳤습니다.

"어머, 바바! 어쩌면 그렇게 잘 기억하세요?"

나는 방을 나가려다 말고 들어와 바바 옆에 앉았습니다. 바바는 기차 여행을 하던 중병이 나서 고열에 시달릴 때, 승무원이 역에서 기다리라는 말을 해 캔사스에서 내렸다고 합니다. 마침 그때 화물을 가지러 역에 왔던 샘 브레인이 화물 대신 바바를 집으로 모시고 가서 자리에 눕혀 드렸다고 합니다.

"난 장티푸스에 걸렸었는데 꽤 증세가 심했어. 샘 브레인은 그

오두막집에서 내 곁에 있어 주었지."

바바는 천천히 그때 있었던 일을 들려 주셨습니다. 한밤중에 잠이 깨어 자신이 지금 어디에 있는지조차 모를 때 샘은 침대 곁에 앉아 있다가 중국 이야기를 해 주었답니다. 그는 중국의 농촌과 시골길, 그리고 여름철 해질 무렵이면 울어대던 나이팅게일의 울음소리 등을 눈에 그리듯 말했다고 합니다. 그는 전쟁 때 중국에 있었으나 전쟁이나 죽음 따위의 어휘는 일체 사용하지 않았고 여름 저녁이면 가족들이 밖에 나와 모여앉아 있던 일이며 남자들은 밭을 갈고 여자들은 냇가에서 빨래를 하던 모습 등 평화롭고 그림 같은 이야기만을 바비에게 들려주었답니다.

나에게 이런 이야기를 해 주던 바바는 갑자기 난처한 표정으로 나를 바라다보셨습니다. 바바의 얼굴은 이제 늙고 지친 노인의 얼굴이었습니다.

"우리가 옛날에 살았던 그 나라는 지금 어디에 있니?"

"지금도 바다 건너 그곳에 있어요. 제럴드도 그곳에 있고요."

"그럼, 우리는 왜 이곳에 왔지?"

정말 왜 나는 이곳에 있는 것일까요? 나의 가슴은 찢어지는 것 같았습니다. 나는 앙상한 바바의 가슴에 머리를 기대었습니다.

"아니, 네가 우는구나."

바바는 조용히 누워 내가 머리를 들 때까지 참을성 있게 기다리고 계셨습니다. 바바의 가슴에는 따스함은 없었으나 마지막 남은 참을성이 있었습니다. 나는 머리를 들고 눈물을 닦았습니다.

"이제 그만 주무세요."

"너도 자거라."

"네, 조금 더 있다 자겠어요."

나는 대답하고 어깨에까지 담요를 푹 덮어 드리고 방을 나왔습니다.

매일같이 밤마다 젖어드는 이 골짜기의 무서운 적막이 두렵습니다. 찾아오는 사람도 없고 마치 외로운 혹성에 홀로 있는 사람처럼 외롭습니다. 골짜기 저 멀리 이곳저곳에서 불빛이 반짝입니다. 저곳은 부부와 어쩌면 아이들도 있는 가정일 것입니다. 매트의 집에서도 노란 램프 불빛이 비쳐 나오고 있습니다. 골짜기 저 아래에 보이는 단 하나의 밝은 빛은 한번도 꺼져 본 일이 없는 브루스 스폴든네 병원 현관의 갓이 없는 전등 불빛입니다. 나는 피서객들의 집에서 꺼졌다 켜졌다 하는 불빛을 바라보고 있습니다. 아, 그러나 저 여러 개의 불빛 가운데 나를 위해 밝혀 주는 불빛은 하나도 없는 것입니다. 나는 가끔 텅 빈 우리 집에 램프 불을 모두 켜놓아 지나가는 사람들로 하여금 우리 집에 손님이 법석거리고 있는 것처럼 믿게 합니다. 그래도 나에게 찾아오는 손님은 한 사람도 없습니다.

외로움에 지친 오늘 밤, 나는 2층으로 올라가 제럴드의 편지들이 보관되어 있는 상자를 꺼내어 보내 온 순서대로 편지들을 책상 위에 펼쳐 보았습니다. 마지막 편지를 제외하면 12통밖에 안되었습니다. 첫 번째 편지는 우리가 상해에서 헤어진 직후에 보내온 것이었습니다. 이제 생각해 보면 그이와 헤어졌던 것이 잘못한 일인지도 모릅니다. 그이는 나에게 그곳을 떠나라고 말했는데 그당시 그이가 두려워서 그랬다고 생각되지 않습니다. 그이는 사태를 낙관하고 있었고 우리가 겪은 전쟁 때보다 더 나쁜 일은 없으리라고 믿고 있었습니다. 새 정부에 희망을 갖고 있는 것 같았습니다. 새 정부를 만든 혁명가들은 모두가 말을 잘했습니다. 우리가 투숙하고 있던 호텔의 지배인인 나이 많은 백계 러시아인 필로우스키씨의 말을 듣고도 아무런 예감을 느끼지 못했습니다.

"저들의 말은 믿을 만한 것이 못됩니다."

필로우스키씨는 까만 물을 들인 빳빳한 수염을 쓸어내리며 대담한 말을 하고 있었습니다. 그때 그는 70이 훨씬 넘었을 때이므로 두려움 같은 것은 없었을 것입니다.

"절대로 혁명가들의 말을 믿어서는 안 됩니다. 공산주의자들은 우리 러시아에서도 지금처럼 모든 것을 약속했지만 권력을 장악하자 달라졌어요. 프랑스에서도 마찬가지였어요. 혁명가들이 왕과 왕비를 죽이고는 더 나쁜 짓을 했지요."

제럴드는 그와 언쟁을 벌였습니다.

"현재의 상태로는 우리 모두 살아갈 수 없어요, 필로우스키씨. 전쟁 후에 국민들이 얼마나 비참한 생활을 하는지 아시죠? 인플레이션이 일어나도 아무 대책도 없으니까요."

"먼 훗날 당신은 아무 대책도 없었던 것이 더 좋았다는 것을 알게 될 거요."

필로우스키씨는 화가 나서 얼굴이 상기되어 있었으나 제럴드는 빙그레 웃기만 하고 더 이상 토론은 하지 않았습니다. 그러나 그는 자신의 생각이 옳다고 믿고 있었는데 그것은 중국인 특유의 오만이었습니다. 제럴드가 반(半) 중국인이라는 사실과 중국인들은 다른 사람들보다 명석하고 판단력이 빠르다는 것을 잊어서는 안 됩니다. 어떤 면으로 보면 그것은 사실이기 때문입니다. 제럴드의 첫 번째 편지는 그렇듯 희망적이고 밝은 내용이었습니다.

모든 일이 잘 되어 가고 있소. 당신도 중국에 있어도 괜찮을 것을 그랬나 보오. 레니도 이곳 북경에 있는 대학에서 공부할 수도 있는데, 우리가 왜 그리 쉽게 놀라고 동요했는지 모를 일이오. 나는 오랜 역사를 가진 내 조국에 좋은 때가 꼭 오리라는 것을 믿고 있소.

그 편지에는 '우리의 조국'이란 말 대신 '내 조국'이라고 썼습니다. 나는 지금 그것에서 그이와의 이별의 징조를 느낄 수 있습니다. 그이는 이미 필요하다면 혼자서라도 자기 나라를 선택하려고 하고 있었던 것입니다.

다섯 번째 온 편지까지는 비교적 희망적이었으나 그 후 나는 불안한 의문을 갖기 시작했습니다.

나의 사랑 이브!

라고 그는 쓰고,

지금 내 생각으로는 당신이 1년 혹은 그 이상이라도 여기를 떠나 있기로 한 것은 참 잘한 일인 것 같소. 새 정부를 성공시키기 위해서는 장애물이라고 생각되는 것은 모두 제거해야만 하오. 당신도 잘 아는 비단 장수 리우친은 온순하고 친절한 사람이었는데, 반역자로 몰려 처형되었다오. 그는 오늘 11명의 죄수들과 함께 마르코 폴로 다리에서 총살되었는데, 그 중에는 여자도 두 명이나 끼어 있었소. 국민들 중에서 일부는 새 정부의 질서를 좋아하지 않는 것 같소. 그러나 이곳에서는 새로운 질서가 생겼고, 우리는 그것을 참고 견디며 살아가야만 하오. 불행하게도 문교부 장관은 어쩜 교육을 많이 받지 못한 사람인 것 같소. 나는 자리를 옮겨가게……

로 끝맺고 있었습니다.

제럴드는 끝말을 지워 버렸습니다. 벌써 모든 일에 제한과 감시를 받고 있는 모양이었습니다. 그 후 제럴드의 편지에서 중요한 말은 볼 수 없었으며, 서쪽 정원에 있는 산동 장미가 꽃망울을 맺었다는 등의 내용이 고작이었습니다.

사랑하는 이브, 올해는 장미가 늦게 피었구려. 이곳은 내가 그 동안 겪은 것 중 가장 사나운 모래 바람이 휩쓸어 금붕어가 연못에서 모두 죽고 말았다오. 정원사는 한 달 전에 산서성에 있는 자기 부모에게로 가 버렸는데, 다른 사람을 구하기가 쉽지 않구려. 사람들은 이제 일을 하려 들지 않으니…….

이곳 역시 끝은 지워 버린 흔적이 있었습니다. 사람들이 왜 일하기를 원치 않는지 이해할 수 없습니다. 나는 매일같이 편지를 써서 1주일에 한 번씩 그에게 부쳤는데, 그이는 왜 내 편지를 받았다는 말은 하지 않았을까요? 여덟 번째의 편지는 아주 간단했습니다.

사랑하는 아내에게.

오늘도 여느 날과 다름없이 똑같이 하루를 지냈소. 나는 시간표를 짜서 다음 학기를 맞을 교수들에게 알려야 하오. 새로운 학장은 신중하고 영리한 젊은 사람이며, 나의 제자였던 야심 많은 여자라오. 레니에겐 교육학보다 공학공부를 하라고 이르시오. 오늘 밤은 무엇에 잔뜩 눌린 것처럼 덥고 조용하구려. 지루하고 쓸쓸한 여름이 왔나 보오.

아홉 번째 편지에서 나는 그이가 초조해 하는 것을 확실히 느낄 수 있었습니다. 졸업식이 끝난 후라 그이는 피곤하였을 것입니다. 나는 그 기분을 이해할 수 있었습니다. 졸업식이 끝나면 우리는 휴가를 내어 여행을 떠나곤 했습니다. 북해의 바다로 한국의 금강산으로 어느 해인지 기억은 잘 안 나지만 우리는 한 달 동안 태산에 있는 절에서 지낸 적도 있습니다. 노스님은 레니를 귀여워하셔서 그이에게 비단 끈을 가지고 고양이 실뜨기 놀이를 가르쳐 주셨는데 레니가 아직도 그것을 기억하고 있는지 모르겠습니다.

석 달이 지난 후에 그이에게서 열 번째의 편지가 왔습니다. 그것은 내용이 없는 편지였습니다. 그 글을 읽으며 나는 목이 메어 울었는데 지금도 그 편지만 보면 눈물이 납니다.

당신과 함께 미국으로 떠나지 않은 나의 판단이 과연 현명한 처사였는지 의심이 가는구려. 그러나 이제는 너무 늦었소. 당신을 다시는 보지 못하게 되더라도…….

여기서 그이는 또 글을 지워 버렸습니다. 열한 번째의 편지는 거의 마지막 것입니다.


사랑하는 당신에게.
우리는 이제 만날 날을 기약하지 말아야 할 것 같소. 우리는 지금처럼 각자의 길을 가야 하오. 레니는 미국시민이 되게 하시오. 그 애가 나를 잊더라도 책망하지 말고 자기 뜻대로 자신의 나라를 택하도록 도와주기 바라오.

마침내 이야기는 분명해졌습니다. 그이는 포로가 된 것입니다. 자신이 선택한 도시가 결국 감옥이 된 것입니다. 그이는 이제 자유를 잃었으며 나 또한 그이를 사랑하기 때문에 자유로울 수가 없게 되었습니다. 그이가 살아 있는 한 나는 자유스러울 수 없을 것입니다. 적어도 한 여인이 그이의 곁에 있다는 것은 다행스러운 일입니다. 내가 그 여인은 아니지만 그이는 누군가와 함께 있는 것입니다. 그런데 나는 왜 눈물을 흘리고 있는 것일까요? 나는 눈물을 걷잡을 수 없습니다.

바바는 오늘 아침 또다시 발작을 일으켜 나를 놀라게 했습니다. 요즘 바바는 아침식사로 미음 몇 숟가락과 오렌지 주스, 그리고 뜨거운 우유를 조금 드실 뿐입니다. 식사를 마친 바바는 언제나 하시듯 고맙다는 말을 마치자마자 의자에 앉으신 채 정신을 잃고 말았습니다. 나는 매트에게 브루스 스폴든을 빨리 불러오라고 병원으로 보냈습니다. 마침 그때 매트가 울타리 수목들을 다듬기 위해 가까이 있어서 다행이었습니다. 그 동안 나는 바바를 침대로 옮겨 놓을 엄두도 못 내고, 의자 옆에서 초조하게 기다릴 수밖에 없었습니다. 나는 브루스가 다른 곳에 왕진을 갔을까 봐 걱정을 하고 있었는데, 다행히도 그는 병원에 있었습니다. 그는 외투도 입지 않고 모자도 쓰지 못한 채 가방만을 들고 문 쪽의 자갈길을 뛰어 올라왔습니다. 집안으로 들어온 그는 계단을 허겁지겁 뛰어 올라와 방안으로 들어섰습니다. 버몬트 사람다운 그의 야윈 얼굴은 미소도 띠지 않고 오직 환자 이외에는 아무것도 보이지 않는 듯했습니다. 그가 입을 열기 전에는 나도 말을 걸 수 없을 정도로 급하고 긴장된 분위기였습니다. 나는 조용히 서서 그의 지시만을 기다리고 있었습니다.

"이분의 소매를 걷어 주세요."

나는 재빨리 바바의 소매를 걷어 올렸습니다. 그는 탄력이 없는 바바의 살 속으로 기술적으로 재빠르게 주사 바늘을 찔렀습니다. 주사를 놓은 다음 그는 바바를 안아서 침대에 눕혔습니다.

"따뜻하게 담요를 덮어 드리세요. 이젠 별다른 방법이 없군요. 며칠은 더 사시겠지만, 돌아가실 것 같습니다. 제가 이분 곁에 앉아 지켜보고 있다 해도 어쩔 도리가 없습니다. 물론 오늘 한 것처럼 주사는 놓겠지만 부질없는 짓일 것 같군요."

"바바가 깨어나실 때까지 제가 곁에 있겠어요."

"그럴 필요 없습니다. 가서 다른 일을 보십시오. 그리고 가끔 어떤 상태인지 살펴보기나 하세요."

내가 바바에게 담요를 덮어 드리고 침대를 정리하는 동안 그가 가방을 챙겼습니다. 오늘은 이곳 버몬트 골짜기의 아침 기온치고는 따뜻한 편이었으나, 바바의 체온은 지금 막 숨을 거둔 사람처럼 싸늘했습니다. 그러나 숨은 쉬고 있었습니다.

"아래층에서 드릴 말씀이 있는데요."

브루스가 말했습니다.

나는 그를 따라 아래층으로 내려갔습니다. 문 쪽으로 갈 것이라는 나의 생각과는 달리 그는 거실의 큰 괘종시계 옆에 있는 의자에 앉았습니다.

"이런 청을 드릴 때가 아닌 줄 압니다만… 남자가 마음속에 간직한 이야기를 어느 때 어떻게 말해야 하는지 전 모릅니다. 엘리자베드, 저와 결혼해 주시겠습니까?"

나는 처음엔 그가 농담을 하는 줄 알았는데, 그의 긴장된 눈을 보자 진실임을 알았습니다.

"저는 결혼한 사람이에요. 제 남편은 살아 있어요."

"아, 그러세요? 저는 전혀 몰랐습니다. 그런데 그분은 뵐 수가 없군요."

"볼 수는 없죠. 그이는 중국의 북경에 있으니까요."

"그렇다면 돌아가신 거나 마찬가지군요."

그가 중얼거렸습니다.

"제 마음 속에는 항상 같이 있어요."

브루스는 일어나 바닥에 놓았던 가방을 집어 들고 문 쪽으로 가서는 걸음을 멈추고 몸을 돌려 나를 바라보았습니다. 나는 계단 아래에서 난간을 잡고 서 있었습니다.

"어쨌든 상관없어요, 엘리자베드. 이 불안한 세계정세나 불확실한 시대에는 큰 변화가 없을 거예요. 제발 제 청을 들어 주세요."

그렇게 말하는 그의 까만 눈에는 회색빛이 가득했습니다.

"그 말씀은 하지 않으셨더라면 좋았을 걸 그랬어요. 앞으로 당신을 볼 때마다 그 말이 생각날 것 같군요."

"그것이 바로 제가 바라는 것입니다."

그는 갑자기 큰 소리로 웃더니 돌아갔습니다. 어두운 듯하면서도 어딘지 즐거운 것 같은 그의 얼굴을 생각하며 나는 묘한 기분에 사로잡혔습니다. 여성만이 느낄 수 있는 따뜻함으로 인한 묘한 기쁨이었지만, 사랑으로 인한 것은 아니었습니다. 내 생애에 두 번째로 남자가 청혼을 한 것입니다. 솔직히 말하자면 이번이 처음인 셈입니다. 제럴드는 나에게 청혼할 때 마치 무례한 짓을 하는 사람처럼 무척 주저하고 불안해했었습니다. 그이는 동서양 어느 쪽에도 속해 있지 않고, 이름도 없는 존재라는 말을 했으므로 나는 사랑으로 감싸며 그이의 생각을 바로잡아

주었습니다. 나는 지금 브루스의 청혼을 어떻게 받아들여야 할지 모르겠습니다. 브루스가 나를 사랑하고 있는 줄은 상상도 못했습니다. 그는 아이들을 좋아했으므로 아이들하고 있을 때만은 그의 무표정한 표정도 밝아졌습니다. 그는 언제나 말이 없는 사람입니다. 나는 혼자 살아가는 데 익숙해지려고 노력하고 있으며, 앞으로는 혼자 살 수 있습니다. 그러나 말이 없는 남자하고 함께 살 자신은 없습니다. 나는 생각에 잠겨 한참을 서 있다가 문도 닫지 않은 채 바바의 방으로 올라갔습니다. 바바는 여전히 혼수상태였습니다.


나는 오늘 중국 우표가 붙은 한 통의 편지를 받았습니다. 우편배달부는 마치 자신이 바다를 건너서 가져 온 것처럼 편지를 전해 주며 의기양양하게 말했습니다.

"남편에게서 왔죠?"

"고맙습니다."

편지를 받아 든 나는 그것이 제럴드의 편지가 아니라는 것을 알았으나 우선 배달부에게는 말하지 않았습니다. 그이의 곁에 있는 여인 매란에게서 온 편지였습니다. 나는 그녀를 어떻게 불러야 할지 모르겠습니다. 제럴드의 아내인 나는 첩이라는 단어를 쓰고 싶지 않으나, 그녀는 자신을 첩이라고 생각하는 모양입니다. 북경에 있는 내 이웃들은 그녀를 '중국 부인', 나를 '미국 부인' 이라고 부를 것입니다.

그런데 그녀는 나에게 편지를 보낼 수 있는데 제럴드는 왜 보내지 못하는지 가슴을 찌르는 듯한 의문이 떠올랐습니다. 우리가 서로 아끼고 진실하게 사랑했기 때문에 그이는 나에게 차마 글을 쓸 수 없는 것일까? 나는 봉투를 뜯어 단순한 필적으로 쓴 그녀의 편지를 읽기 시작했습니다.

친애하는 형님에게.

보내 주신 편지 잘 받았습니다. 저를 허락하신다는 답장을 보내 주셔서 정말 고맙습니다. 우리들의 남편에 관한 소식을 형님께 알려 드리는 일이 저의 의무라 생각하고 이 편지를 씁니다만, 형님이 받으시게 될지 의문입니다. 저는 의무를 다하려고 이 편지를 비밀리에 보내지만, 만일 다른 사람에게 발견되면 형님께서 못 받겠지요. 그러나 앞으로도 계속 노력해 보겠습니다. 남편은 잘 지내고 계시지만 슬픔에 빠져 있어요. 그분은 저에게 말을 잘 안 하십니다. 그분은 매일 학교에 나가시고 밤늦게 들어오십니다. 집은 형님이 떠나실 때의 상태 그대로 두고 아무것도 손대지 않았답니다. 저는 형님처럼 집을 깨끗이 하지 못한다고 남편에게 책망을 듣는답니다. 그러나 저는 그분이 좋아하는 음식을 해 드립니다.

그분은 말은 하지 않아도 형님과의 이별을 마음 깊이 간직한 채 형님을 항상 생각하고 계십니다. 달빛이 환한 밤이면 정원을 거닐면서 달을 바라보며 생각에 잠기시곤 합니다. 제가 알기로는 달은 어디서나 똑같이 보인다는데, 그곳도 밝은 달이겠죠? 그분은 달에게 형님을 생각하는 마음을 전하시는가 봅니다. 그분의 건강은 좋은 편이나 불면증으로 고생을 하고 계십니다.

우리는 아기가 아직 없는데 그분은 아기를 원치 않는다고 하십니다. 아기가 태어나면 피가 섞이니까 저에게도 좋을 것이 없다고 하지만 저는 아기를 갖기를 원하기 때문에 절에 가서 산신에게 불공을 드립니다. 이곳은 지금 신을 믿어서는 안 되기 때문에 저는 몰래 절에 간답니다. 건강하십시오. 형님이 지금 여기에 계신

164

다면 이토록 쓸쓸하지는 않을 텐데 말입니다. 형님과 저는 다정한 사이가 될 줄 믿습니다.

당신의 동생 올림.

그녀는 안전을 기하기 위해서였는지 이름은 쓰지 않았습니다. 그리고 이번 편지는 싱가폴이 아니고 홍콩에서 부친 것이었습니다. 간단하면서도 다정한 그녀의 편지를 보자 나는 이상하게 질투심 같은 것은 생기지 않고 오히려 흐뭇한 기분이 들었습니다. 이 버몬트 산위로 달이 떠오르면 불과 몇 시간 전에 제럴드가 그 달을 보고 있는 것처럼 나도 달빛 아래 서 있으려고 합니다. 매란, 편지를 보내줘서 고마워요.

나는 이렇게 기묘한 내면적인 생활을 하고 있습니다. 내가 이 골짜기의 누구에게 이런 말을 한다 해도 아무도 나를 이해하지 못할 것입니다. 그리고 나 역시 이런 말을 누구에게도 할 수 없습니다. 지금 나는 무엇보다도 제럴드와의 추억을 말끔히 지워 버리고 싶습니다. 그러나 해가 지고 다시 달이 떠올라 지금 산위의 나뭇가지에 걸려 있는 것처럼 나는 어쩔 수 없이 그이와 함께 했던 세계로 들어가고 싶어집니다. 그러나 현실적으로 이루어질 수 없는 그 세계에 젖어 살수도 없고, 현재의 나의 세계에 만족할 수도 없습니다. 다만 여기 이 공간에 나는 존재할 뿐입니다. 이대로 잊을 수만 있다면 나는 잊어버리고 싶습니다. 왜냐하면 제럴드가 우리 사이를 맺고 있는 끈을 하나씩 끊고 있다는 것을 느끼기 때문입니다. 그이는 다시는 나에게 편지를 하지 않을 것이고 자기 스스로 내 생각을 하지 않으려고 노력할 것입니다. 우리가 다시 만날 확신이나 희망이 있을 때에는 나는 그이와의 결합을 느낄 수 있었습니다.

언젠가 나는 중경에 있고 그이는 학생들과 교수들을 데리고 걸어오느라고 헤어져 있었던 때가 있었습니다. 그때 나는 석양 무렵에 거친 사천성 언덕 위에 서서 떠오르는 달을 바라보고 있었는데, 그이의 영혼과 마음이 멀리 있는 내 가슴에 생생하게 전해지는 것을 느낄 수 있었으며 우리가 또 다시 만나게 된다는 것을 알 수 있었습니다.

그러나 지금의 내 마음은 육지와 바다를 건너 그이를 찾아 헤매지만 찾을 수가 없습니다. 그이의 영혼은 내 곁을 떠나 버렸습니다. 그이는 우리가 다시 만날 수 있다는 희망을 버린 것 같았습니다. 그이가 지금 나를 사랑하지 않기 때문이라고는 생각하지 않습니다. 그것은 도저히 있을 수 없는 일이기 때문입니다. 단지 지상에서의 우리의 생활이 끝났다는 것뿐입니다. 나는 아직도 과거에서 헤어나지 못해 현재도 미래도 갖지 못하고 허공에 떠 있습니다. 브루스가 나에게 청혼을 했을 대 그 말은 내 귀를 스쳤을 뿐 가슴에 와 닿지는 않았습니다. 그 소리는 공허하게 들릴 뿐이었습니다. 그리고 내가 바바의 방으로 들어갔을 때에야 비로소 그 말뜻이 북경의 우리 집에 대한 나의 느낌처럼 현실적이고 생생하지는 않지만 조용하고 또렷하게 떠올랐습니다. 나는 마치 생명도 없고 필요도 없는 황폐한 궁전 속의 조용한 정원에 우울하게 서 있는 것처럼 생각되었습니다. 바바는 푸른 수를 놓은 중국옷을 입고 창가에 앉아 계시는데 나는 바바를 살펴보기 위해 가끔 방에 들어가 봅니다. 나는 중국에서 올 때 족자 한 쌍과 조그만 청자 화병 한개 그리고 강서성의 도기 사발과 북부 중국의 하늘처럼 파란 양탄자 등을 가져왔는데, 바바의 방을 이런 물건들로 꾸며 드렸습니다. 나는 바바의 방에 들어가서 문을 닫고 말했습니다.

"바바, 괜찮으세요?"

"응, 괜찮아."

바바는 조그맣게 말했습니다.

바바는 자신의 육체가 지금 어디에 있는지 모르고 계십니다. 그러나 그건 상관없는 일입니다. 바바는 이제 그 자신 이외에는 아무도 알지 못하는 옛날의 추억 속에 살고 계십니다. 그리고 가끔 어렴풋이 떠오르는 하인들에 대해 물어 보십니다.

"너는 왜 어멈에게 내 옷을 빨라고 시키지 않니?"

"어멈은 이곳에 없어요, 바바."

"참, 그렇지."

바바는 그녀가 어디에 있느냐고 묻지 않습니다. 감당하기 힘든 아픔을 느낀다는 것을 아시기 때문입니다. 바바는 거의 침묵과 망각 속에 빠져 계십니다. 곱게 늙은 제럴드의 아버지는 꿋꿋하게 보이며, 고행하는 성인처럼 여위셨고 머리는 산위보다 희고 하얀 수염은 다듬지 않아 많이 자랐으나 아름다운 노인 같습니다. 바바는 생각하지 못하십니다. 또 레니가 없는 것도 생각지 못하고 그냥 존재할 뿐입니다. 그저 갓난아기처럼 아무것도 생각지 않고 의식하지도 않는 단순한 한 존재물일 뿐입니다. 나는 바바를 볼 때마다 북경을 생각하지 않을 수 없습니다.

나에게 북경은 꿈같은 도시입니다. 내가 생각하는 제럴드는 오래된 왕도에 있는 모습입니다. 웅장하고 금빛 찬란한 궁전 하나하나에 마다 역사가 간직되어 있는 선조들의 생활이 전해 내려오고 있으며, 그곳에 왕족들이 살고 있습니다. 대부분의 시민들이 위대한 조상들이 남겨 준 왕도에 산다는 긍지 때문에 자신들의 신분도 잊고 마치 왕자처럼 행세합니다. 거지들까지도 거리에서 손은 내밀지언정 머리는 숙이지 않았습니다.

나는 도시의 곳곳을 다 기억할 수는 없습니다. 빈민촌 같은 곳까지 속속들이 알기에는 그 도시는 너무 삶으로 넘쳐 있었기 때문입니다. 나는 봄철이면 꼭 일어나는 황사를 뚫고 비치는 햇빛 아래 드러나는 도시에는 그것을 보았습니다. 넓고 시원한 여름 정원과 푸른 삼목이 늘어진 사이로 보이는 청기와 지붕과 금빛 장식에서도 그것을 볼 수 있었으며, 거리에 눈이 수북이 쌓이면 남자들과 아이들이 털모자를 귀밑까지 깊숙이 눌러 쓰고 조심스럽게 그러나 즐겁게 길을 다니는 모습에서도 볼 수 있었습니다. 밤이 되면 거리는 잔칫날 흥청거리다가 무사히 하루를 끝낸 것처럼 정적이 깃들었습니다. 가족들은 램프나 촛불 아래 모여 앉아 식사를 하고 식사를 마친 후 여자들은 아이들을 보살피고 남자들은 수연통으로 담배를 피우며 이야기들을 나누었습니다. 이 버몬트의 골짜기는 조용하기는 하지만 사람이 살기에는 너무 적막합니다. 가끔 햇빛이 양치나무 숲 위를 비추면 부드럽고 아름답게 보이지만, 그러나 해는 곧 지나가 버려 골짜기는 산 그림자로 덮입니다. 밤이 오면 숲은 어둠 속에서 더욱 우중충하게 보입니다.

이제 가을이 다시 찾아와 나뭇잎들을 물들이고 있습니다. 메마른 산골에도 봄이면 단풍나무에서 수액이 흐르게 하고 가을이면 이렇게도 밝고 아름다운 색깔을 창조해 내는 생명은 무엇일까요?

3월이면 단풍나무들은 마치 피를 흘리는 것처럼 수액을 쏟아 냅니다. 나는 어제 몸은 수척하지만 사명감이 강한 우리 주의 산림 관리인인 청년과 이야기를 했습니다. 그는 단풍나무 수액이 위로 흐르는 이유를 아는 사람이 아무도 없어 유감이지만, 아마 그 힘을 이용하면 엔진도 움직일 수 있을 것이라고 했습니다. 그것은 세포의 힘이며 뿌리로부터 솟아 나오는 힘은 아닙니다. 사탕나무를 잘라 버려도 잘린 표면 위로 수액이 솟아오르는 것을 보면 알 수 있습니다. 나무에는 사람의 몸처럼 정확히 움직이고 운동하는 심장은 없어도 순수한 생명력이 뿌리에 박혀 있습니다.

이제 낙엽은 다 떨어지고 파란 하늘 아래 산은 시원스럽게 모습을 드러내 보이고 있습니다. 올해의 농장일은 다 끝났기 때문에 이제부터는 하루 두 번씩 우유를 짜 주는 일이라든지 송아지를 낳을 때 돌봐 주는 일이나 닭에게 모이와 물을 주고 달걀을 거둬들이는 일만 하면 됩니다. 매트는 나에게 일을 도와주지 않아도 된다고 하지만 나는 하루 종일 바쁘게 일함으로써 걱정을 잊어버립니다.

나는 겨울철의 사료를 아끼기 위해 지난달에 세 마리의 소를 이미 팔아 버렸습니다. 어제 매트는 거센 겨울바람에 대비해서 창에 덧문을 달았는데 중국의 날씨가 항상 그랬듯이 오늘은 갑자기 변덕을 부려 따뜻해졌습니다. 이런 때 중국 농부들은 밖에 나와 하늘을 향해 주먹을 흔들며 외치는데 나는 그럴 줄을 모릅니다. 그들은 계절의 변화와 비와 햇빛을 모두 신의 보살핌이라고 생각하고 있습니다. 추수 후의 첫 번째 고사를 지낸 뒤에 기후가 따뜻해지면 겨울 보리가 많이 자라서 날씨가 다시 추워질 때 얼어 죽을 염려가 있으므로 농부들은 마음속으로 신에게 빕니다.

'하늘에 계신 신이시여, 어찌하여 우리에게 겨울에 추위 대신 더위를 주십니까? 당신이 취하셨습니까, 미치셨습니까, 잘 생각해 보시기 바랍니다. 이제 다시는 향불도 피우지 않을 것이며 절에서 불공도 드리지 않겠습니다!'

나는 그 당시 신의 존재를 믿지 않았지만, 다음날 북쪽에서 눈보라가 불어 닥친 데는 뭐라고 설명해야 했을까요? 제럴드와 나는 얼마나 웃었던지! 아, 우리는 결혼생활 중 얼마나 즐거운 웃음을 많이 웃었던가! 나는 그이에게 웃음을 가르쳐 주었습니다.

그이는 중국 사람다울 때 가장 명랑했기 때문에 나는 그이에게 중국적인 익살을 부리곤 했었습니다. 그이의 중국인 아내도 그런 방법으로 그이를 즐겁게 해줄 수 있을지 모르겠습니다. 지금 내가 꺼내서 읽고 있는 편지는 그이의 편지가 아니고 그녀의 편지입니다. 나는 이제 제럴드의 편지를 마음의 동요 없이 읽을 수 있습니다. 그이의 편지는 아주 오래 전에 있었던 이야기 같고, 나와는 전혀 관계없는 시대에 살고 있는 사람의 이야기 같습니다. 그이가 지금 어떤 사람이든 내가 아는 그이외는 상관없습니다. 나는 그이의 중국인 부인이 보낸 편지 속에서 그이의 모습을 찾으려 애쓰지만 그이의 그림자만이 보일 뿐입니다.


오늘 밤 버몬트의 좁은 골짜기를 향한 창문을 열었더니 눈보라가 몰아쳤습니다. 차고 하얀 눈송이가 얼굴에 부딪치며 찬바람이 잠옷 속으로 파고드는 것을 느꼈습니다. 나는 재빨리 침대로 가서 담요로 어깨 위를 둘러쌌습니다. 나는 나의 외로움을 생각해서는 안 될 것 같습니다. 나는 포근한 담요를 갖고 있다는 것만으로도 고맙게 생각해야겠습니다. 6월에 내가 키우던 양의 털을 깎아 이 담요를 장만했던 것입니다. 양은 나를 따뜻하게 해 주고, 암소는 우유와 버터, 그리고 치즈를 만들어 주고, 또 내 소유의 땅은 양식과 아름다운 경치를 나에게 제공해 줍니다. 나는 양털을 공장에 보낼 때 진분홍색의 두 겹짜리 담요로 만들어 달라고 부탁했었는데, 그들은 진한 장미 빛으로 염색해 왔었습니다. 나는 담요의 따스함과 빛깔을 흡족하게 생각하며 그것을 덮고 편안하게 누웠습니다. 나는 이런 작은 것에서 기쁨과 위안을 받습니다. 영원한 것은 언제나 이런 작은 것들에 있는가 봅니다.

오늘은 눈이 와서 온 천지가 하얗고 앞산은 두 배로 커 보입니다. 우편배달부는 오늘 레니가 보낸 첫 번째 편지를 우편함에 넣고 갔습니다. 나는 부엌 청소를 하고 있었는데, 비와 먼지떨이를 옆에 그대로 놔둔 채 봉투를 뜯었습니다.

사랑하는 어머니께.

나는 그 글씨 위에 키스를 하고나서 계속 읽어나갔습니다. 레니는 집을 떠난 지 몇 달만의 처음 편지인데도 마치 어제 집을 떠난 것처럼 썼습니다. 그 편지는 중서부 어느 대학에서 보낸 것이었습니다. 그 애는 아버지의 모교인 하버드 대학에는 가고 싶지 않고, 자신의 장래는 자기 힘으로 개척하고 싶다고 했습니다. 결국 샘의 조언대로 자기의 길을 걷고 있는 것입니다. 편지 또는 자신의 감정 표현은 없이 있었던 말만 형식적으로 써서 보냈습니다.

레니는 아주 열심히 공부하고 있으며 특히 물리학을 좋아한다고 썼습니다. 레니는 조지 보웬이란 청년과 한방을 쓰고 있는데 그에게는 누이동생이 있다고 합니다. 그 아가씨는 예쁘지는 않지만, 키가 크고 지성적으로 생겼으며 영리한 것 같다고 썼습니다.

어머니, 어머니께서는 상상도 못하시겠지만 저는 이제 여자는 생각지 않기로 했습니다.

이 대목에서 나는 읽기를 멈추고 새삼스럽게 19살 난 우리 아들 레니를 생각했습니다. 알레그라는 레니에게 너무 큰 충격을 주었습니다. 제럴드와 나처럼 첫사랑에 성공한 소수의 사람을 제외하고는 대부분의 사람들은 첫사랑에 상처를 받는 경우가 많습니다.

크리스마스 때 집에 돌아가, 어머니와 함께 보내겠어요.

그것은 나를 기쁘게 하는 반가운 소식이었습니다. 레니는 크리스마스를 집에서 지내게 될 것입니다. 바바와 둘이 보내는 크리스마스는 얼마나 우울하겠습니까?

바바는 틀림없이 그날을 기억도 못하실 것이고, 나 혼자 그날을 즐겁게 보낼 수는 없을 것입니다. 레니가 이 편지를 보내지 않았더라면 나는 오늘도 보통 날처럼 보냈을 것입니다. 그러나 이제부터는 나를 바쁘고 생기 차게 그날의 준비를 해야 합니다. 살구 푸딩을 만들고 칠면조 요리를 하고 싱싱한 굴도 사 오고 호두과자도 만들어야겠습니다. 또 지난 몇 달 동안 신경 쓰지 않았던 레니의 옷도 손질하고, 빨간 스웨터도 짜기 시작해야겠습니다. 레니는 나에게 그 동안 있었던 이야기를 전부 들려 줘야 합니다. 집안이 침울한 분위기에서 갑자기 밝고 생기가 가득 차게 바뀌는 것 같았습니다. 나는 아까부터 창가에 그대로 앉아 계신 바바에게로 달려갔습니다.

"웬일인지 무릎이 시리구나."

나를 본 바바는 중국어로 말했습니다.

"담요가 바닥에 떨어졌는데 모르셨어요, 바바?"

나는 나무라듯 중국어로 대답했습니다.

바바는 영어가 생각이 안 날 때는 중국어로 말하십니다. 나는 바바에게 반가운 소식을 영어로 이야기해 드렸습니다.

"크리스마스 때 레니가 집에 온대요. 바바, 제 말이 들리세요? 아시겠어요? 자, 저를 따라 해보세요. 레니는 내 손자다."

"레니는 내 손자다."

"그 애가 크리스마스 때 집에 온다."

"크리스마스 때 집에 온다."

나는 바바가 그 말뜻을 이해하고 따라 하는지 궁금했으나, 레니가 돌아오면 알 수 있을 것입니다.

나는 바바의 이마에 키스를 하고 레니 방을 정리하러 갔습니다. 매트가 벽을 칠하는 것을 도와주었으면 좋겠습니다. 크림색으로 깨끗하게 칠할 생각입니다.


세월은 너무 빠르게 흘러서 크리스마스가 나흘 앞으로 다가왔고 오늘은 레니가 집에 오는 날입니다. 그 동안 나는 북경의 매란으로부터 2통의 편지를 받았습니다. 그 조그만 여인은 수단이 보통이 아니어서 한 통은 마닐라를 통해, 다른 한 통은 방콕을 통해서 보내왔습니다. 나는 점점 그녀에게 흥미를 느끼고 있습니다. 그녀는 제랄드의 신변을 생각해 멀리 있는 친구를 통해 보내는 것이 분명합니다. 제럴드의 편지는 분명히 검열을 당하지만, 그녀는 소맷자락에 편지를 감추어 가지고 친한 친구에게 직접 가져감으로써 당의 의심을 받지 않을 것입니다. 나는 그녀가 어떻게 생겼는지 궁금해 작은 사진을 하나 보내 달라고 하고 싶지만 자존심이 허락하지 않습니다. 내가 그런 부탁을 한다면 그녀는 어떤 방법으로든지 꼭 보내 줄 것입니다. 그녀는 말하길 좋아하고 쾌활

하고 다정한 성격으로 사진이나 기념품 같은 것을 차곡차곡 모아 두는 여자일 것 같습니다. 그녀의 편지에는 제럴드와 집안의 이야기 그리고 제럴드가 요즘 하는 일 등을 썼습니다. 그녀는 제럴드의 이름을 적지 않았으나 우리는 둘 다 그이가 누구인지를 잘 알고 있습니다.

그분은 오늘 감기에 걸리셨어요. 강의 도중에 목 속으로 모래가 들어갔다고 하시 길래 뜨거운 생강차에 꿀을 타서 드렸더니 좀 낫는 것 같다고 하시더군요.

그이는 해마다 가을에 부는 모래 바람 때문에 기침을 하며 밤에 잠도 못 자고 고생을 했었습니다. 우리는 가끔 양자강 유역의 큰 도시로든지 북서 황무지에서 떨어진 내륙지방으로 이사하자고 의논하였으나 마지막 결정의 순간에 가면 제럴드는 절대로 북경을 떠날 수 없다고 고집했습니다.

"나는 이 나라뿐 아니라 이 도시에도 속해 있는 것이오. 이런 도시는 어느 곳에도 없고, 난 다른 곳에 가면 정이 들지 않아 못 살 거요."

그래서 우리는 북경을 떠나지 못했습니다. 그런데 나는 왜 꿀을 탄 따뜻한 생강차를 생각하지 못했을까요? 그녀가 나보다 남편 공경을 잘한다고 내 사랑보다 더 극진하다고 할 수 있을까요? 그녀는 정성을 다해 그이를 사랑한다고 생각하겠지만 내가 보기에는 그것은 조그만 그릇에는 가득 차지만 별로 크지 않을 것이라 믿습니다. 그것으로 제럴드가 만족해하는지 나는 알 방법이 없습니다. 그녀는 일상의 잡다한 이야기들을 써 놓았습니다.

큰 정원 북쪽 담 밑에 예쁘고 싱싱한 국화가 올 가을에도 만발했습니다.

그곳에는 해마다 국화꽃이 만발합니다. 나는 우리 침실 밖에 있는 작은 정원 담 밑에 분홍과 흰 국화를 심었는데, 그녀는 그 이야기는 쓰지 않았습니다.

그분은 지금 아주 열심히 일을 하십니다. 학급 수가 늘어 학생들도 많아졌습니다. 밤에도 잠을 못 이루곤 하십니다. 또한 그분은 주무실 때 가끔 제가 알아들을 수 없는 말을 중얼거립니다.

그이가 잠결에 내 이름을 불렀을까? 만약 그랬다 하더라도 그녀가 그 이야기를 해 주기 바라는 것은 지나친 나의 욕심일 것입니다. 그이는 지금 내게서 너무 멀리 떨어져 있습니다. 만약 우리가 만날 수 있다 해도 우리가 함께 하지 못한 오랜 세월이 우리를 서로 멀어지게 할 것입니다. 나는 헤어져 있을 때의 이야기를 물어볼 수 없을 것이고, 그이도 이야기할 수 없을 것입니다. 우리가 다시 만났을 때 우리 사이는 긴 침묵이 흐를 것 같습니다.

나는 이런 생각에 잠겨 있을 시간이 없어 편지를 다시 접었습니다. 오늘 밤 레니가 돌아옵니다. 나는 레니의 방을 크림색으로 칠했으며, 깨끗하게 정리해 놓았습니다. 가구들도 반짝반짝 빛나게 닦았으며 침대도 새로 꾸며 놓았습니다. 벽난로 위에는 빨간 딸기를 한 바구니 담아 올려놓고 넓은 구석 난로에는 장작을 쌓아 놓았습니다.

또다시 눈이 내리기 시작했습니다. 나는 스키를 즐기는 레니를 위해 스키에 왁스를 칠하고는 부엌문 앞에 세워 놓았습니다. 나는 이런 일들을 부지런히 해서 일찍 끝냈으므로 레니가 올 때까지 남은 시간을 기다리기가 무척 지루했습니다. 크리스마스트리를 장식할 생각이 나서 즐거웠으나 곧 나 혼자 해서는 안 된다는 것을 느꼈습니다. 아버지와 나는 크리스마스이브 저녁에 사탕단풍 숲 건너편 언덕에서 나무를 잘라다 장식을 했는데, 이 가풍을 레니와 나는 지켜야 하기 때문입니다. 한 가정의 가풍을 지킨다는 것은 현재와 과거 그리고 미래에까지도 중요한 일입니다.

만약 제럴드의 어머니가 바바를 자기 가족의 일원으로 만들어서 제럴드를 그 가족의 족보에 올렸더라면 그이는 어린 시절을 그렇게 쓸쓸하게 보내지는 않았을 것입니다. 바바가 그것을 받아들이지 않았든지 아니면 시어머니가 자신의 색다른 결혼생활을 잘못 이해해 마치 자신만이 소외된 것처럼 판단하고 혁명가가 되었을 것입니다. 혁명이란 고독하고 희망이 없는 사람들이 하는 것입니다. 나는 어떻게 해서든지 레니가 그렇게 되지 않게 해야 합니다. 레니는 나의 조상이 묻혀 있는 이 골짜기에 뿌리를 내려야 합니다. 어쨌든 레니는 이 나라 국민으로서 살아가게 해야 하며 그렇게 되지 않으면 레니는 어디에 가든지 이단자가 될 것입니다.

나는 아들 생각을 하자 다시 불안해지기 시작했습니다. 그것은 모성애의 약점이며 힘일 것입니다. 만약 나에게 딸이 있다면 내 곁에 있을 것이고 내 말에 순종할 것입니다. 레니는 이미 멀리 떠났다가 새 사람이 되어 내게 오는 것입니다. 우리는 새롭게 친밀해져야 하며 나에겐 지혜가 필요합니다.

오랫동안 기다리던 저녁이 왔습니다. 해는 산을 넘어갔으나 눈 위의 하늘은 붉게 물들어 있습니다. 바바는 집안의 흥분을 느끼고는 잠자리에 일찍 들려고 하지 않으셨습니다. 바바는 짙은 밤색의 중국비단 가운을 찾아 달라고 하시더니,

그것을 입고 용머리가 장식된 지팡이를 들고 침실 창가에 있는 의자에 말없이 앉아 계셨습니다. 오늘 저녁 바바는 평소에 불편해서 잘 사용하지도 않으시던 용머리 지팡이가 생각나셨는지 찾아 달라고 하셔서 나는 장속을 다 뒤져 찾아 드렸습니다. 바바의 회고 긴 머리와 수염이 곧 중국 노인처럼 보이게 했고 늙어 검어진 피부와 늘어진 주름들이 더욱 그렇게 보이게 했습니다. 다만 바바의 얼굴에 우뚝 솟은 코만은 중국인이 아닌 스코틀랜드 사람임을 증명하는 것 같았습니다.

저녁식사를 준비해 놓고 나서 나는 현관에서 레니를 맞으려고 아래층으로 내려갔습니다. 그리고 구리로 만든 문고리에 소나무 가지와 진홍색 노루발풀 덩굴을 매어 놓았습니다. 레니가 현관으로 들어오기를 바랐으므로 그곳에서 기다리고 있었습니다. 어둠이 깔리기 시작한 길에 드디어 두 줄기의 자동차 불빛이 보였습니다. 틀림없이 레니가 오고 있을 것입니다. 레니는 맨체스터 역에서 내려 자동차를 빌어 타고 오는 모양입니다. 레니는 나에게 도착시간을 알려 주지 않았으므로 나는 마중 나갈 수가 없었습니다. 차가 점점 가까이 다가오자 나는 갑자기 현기증이 나서 머리를 문에 기대었습니다. 곧이어 밖에서 문고리를 잡고 두드리는 소리가 들려왔습니다. 어쩌면 레니가 아니고 드물게 지나가는 나그네일지도 모릅니다. 나는 잠그지 않고 있던 문을 안으로 잡아당겼습니다. 순간 밖에서도 밀었는지 문이 내 쪽으로 확 밀렸는데 거기엔 커다란 남자들이 서 있는 것이 보였습니다. 그들은 레니와 샘이었습니다.

"안녕하셨습니까, 맥레오드 부인? 내 노인 친구 분이 보고 싶어 레니와 함께 왔는데, 크리스마스에 어울리지 않는 손님이라면 지금 내쫓으세요."

말을 마친 샘이 내 손을 꼭 잡고 흔들었습니다. 그는 파란 눈을
빛내며 두 팔로 내 어깨를 안고 볼에 키스했습니다. 나는 반갑다
는 망르 더듬더듬하고, 거무스름한 피부에 이제는 키가 훌쩍 자란
젊은이가 되어 말없이 미소 짓고 서 있는 레니를 바라보았습니다.

"죄송합니다, 부인."

샘은 자기가 너무 수선을 떨었다고 생각했는지 뒤로 물러
섰습니다. 이번에는 레니가 내 앞으로 다가와 두 손을 잡고
머리를 숙여 내 뺨에 키스를 했습니다. 레니는 내게 차가운
입술을 겨우 느낄 정도로 살짝 입술을 갖다 댔습니다.

"안녕하셨어요, 어머니?"

레니의 키가 많이 컸기 때문에 나는 아들을 올려다보아야 했습
니다.

"어서 들어오세요. 오늘 밤은 굉장히 추운데요."

나는 샘에게 말했습니다.

"내일은 스키 타기에 좋은 날씨겠구나, 레니야."

그들은 안으로 들어왔습니다. 레니는 거실을 이곳저곳 둘
러보더니 식당으로 들어왔습니다. 나는 램프마다 불을 켠
후 식탁 위에도 촛불을 켜놓았습니다. 식탁 위에는 내가 가
장 아끼는 린네르 식탁보를 깔고, 어머니가 쓰시던 은그릇
들을 갖다 놓았습니다. 또 시내 꽃가게에서 비싼 값을 주고
사온 동백꽃으로 장식을 해 놓았습니다.

"예전하고 똑 같으니, 레니야?"

레니는 대답 대신 머리를 흔들었습니다. 레니의 눈에는 집은 예
전과 똑같지가 않을 것입니다. 레니 자신이 전과 같지 않기 때문
입니다. 나는 레니가 가슴 깊이 나를 두려워하고 있다는 것을 느

졌습니다. 레니는 자기를 어린 아이로 취급할까봐 두려워하고 있는 것 같았습니다. 레니는 아마 자기를 어린 아이로 대한다면 모자간의 정을 끊어 버리겠다고 말할 각오까지 한 것 같아 보였습니다. 나는 그런 것들을 무의식중에 느낄 수 있었습니다.

"네 방에 올라가 보겠니?"

나는 다정하게 물었습니다.

"레니야, 네 방을 깨끗이 치워 놓았다. 샘, 당신을 위해선 객실에 타월 몇 개만 갖다 놓으면 돼요. 와 주서서 정말 기뻐요."

그렇습니다. 나는 매우 기쁩니다. 처음 그를 봤을 때는 아들과 함께 온 것이 무척 불쾌했으나 나는 그가 온 이유를 충분히 이해할 수 있습니다. 레니는 나와 단둘이 마주 대하기가 두려워 그와 함께 오길 바랐을 것입니다. 레니는 나로부터 자기를 안전하게 지켜줄 사람이 필요했던 것입니다. 이제부터 나는 냉정하고 침착해져야 합니다. 키가 크고 말이 없는 나의 아들에게 부담을 줘서는 안 됩니다. 그런 면에서 샘이 함께 와 준 것이 고마웠습니다. 그 두 사람을 낯선 사람처럼 대하는 편이 더 쉬울 것 같으니까 말입니다.

"레니야, 네 방을 잊지는 않았겠지?"

나는 명랑하게 말했습니다.

"그리고 샘, 여기서 오른쪽으로 돌아가면……."

"노인께서는 어디 계신가요?"

샘은 내가 미처 생각지 못한 말을 했습니다.

"바바가 당신을 보시면 매우 기뻐하실 거예요."

나는 바바가 그를 기억해 주길 바라며 말했습니다. 나는 그를 바바가 계신 방으로 안내했습니다.

"이 방이에요."

샘은 바바 방으로 들어갔으나, 레니는 그냥 지나쳐서 제 방으로 들어가더니 문을 닫아 버렸습니다.

"아이고, 참 오랜만에 뵙는군요."

샘이 몸을 굽혀 바바의 손을 잡아 흔들었으나 바바는 어리둥절한 표정으로 그를 바라보고 있었습니다.

"마치 옛날 중국 황제 같은 모습으로 앉아 계시는군요."

샘이 반갑게 말했습니다.

"안녕하셨어요, 멕레오드 박사님?"

그는 나무의자를 바바 앞으로 끌어당기더니 등받이를 앞쪽으로 오게 해서 앉았습니다. 거친 머리와 웃을 때마다 보이는 이빨이 인상적인 남자입니다.

"난 잘 있네."

바바는 조심스럽게 이야기하셨습니다. 바바는 도와 달라고 호소하는 눈으로 나를 바라보다가 샘을 향해 부드럽게 물었습니다.

"네가 내 손자야?"

샘이 호탕하게 웃었습니다.

"아니에요, 원 별 말씀을 다 하십니다. 레니가 이렇게 달라질 수 있겠어요? 절 기억 못하시겠어요? 영감님께서 제 농장의 오두막에서 지내셨던 것은 기억나세요? 영감님과 저는 아주 가깝게 지냈었는데요."

바바는 조금씩 생각이 나는지 머리를 끄덕이셨습니다. 바바는 용머리 지팡이로 양탄자를 가볍게 두세 번 두드리셨습니다.

"샘이군."

바바가 조심스럽게 말했습니다.

"네, 맞아요. 샘이에요."

샘은 기뻐서 소리쳤습니다.

"영감님은 건강이 괜찮으신가 보군요. 부인께서 잘 보살펴 드렸나보죠?"

나는 살그머니 레니 방에 가 보고 싶은 생각이 들었습니다. 내 아들과 단둘이 있게 되면 한번 꼭 안아 줄 기회가 있을 것 같았습니다. 나는 그 이상의 것은 바라지도 않습니다. 한번이면 족할 것 같았습니다. 내가 슬며시 문 쪽으로 가려 하자 샘이 감시하고 있었던 것처럼 나를 불렀습니다.

"멕레오드 부인, 제 말은 오해하지는 마십시오. 레니를 잠시 혼자 있게 내버려 두세요. 그 애는 잠시 후 부인께 돌아올 거예요. 혼자 생각할 수 있는 시간을 주십시오."

"저도 알고 있어요."

나는 이렇게 말하고 의자에 다시 앉았습니다.

잠시 후 방문이 열리며 레니가 들어왔습니다. 레니는 처음 보는 갈색 바지에 털 자켓으로 갈아입고 붉은 넥타이까지 매고 있었습니다. 검은 머리를 빗어 올린 레니는 젊고 잘 생겼으며 아직 어리지만 어딘가 힘을 간직한 낯선 남자처럼 보였습니다.

나와 레니는 다시 가까워질 수 있을까? 그것이 가능하다면 어떤 방법으로일까?

"할아버지, 안녕하세요?"

레니는 중국인 손자들이 하는 것처럼 바바 앞으로 가더니 무릎을 꿇고 바바의 손을 잡았습니다.

바바도 반사적으로 레니의 손을 꼭 잡으셨습니다.

"네가 내 아들 제럴드냐?"

"아니, 손자예요."

그들은 한동안 말없이 서로 바라보았습니다. 두 사람의 얼굴은 비슷해 보였습니다. 레니의 옆얼굴은 윤곽이 잡혀가며 중국인이 아닌 스코틀랜드인처럼 보였습니다.

"내 손자라구."

바바는 되뇌시더니 갑자기 몸을 숙여 레니의 이마에 키스했습니다. 바바가 다른 사람에게 키스하는 것을 나는 처음 보았습니다. 레니는 감격하여 바바의 손을 자기 뺨에 갖다 대었습니다.

"집에 돌아오니까 기뻐요."

레니가 내 쪽으로 몸을 돌렸을 때 나는 아들의 눈에 이슬이 맺힌 것을 보았습니다. 우리는 즐거운 저녁시간을 보냈습니다. 두 젊은이는 자기들 손을 맞잡아 의자 모양을 만들어서는 바바를 태우고 아래층으로 내려왔습니다. 그래서 우리는 바바를 모시고 식탁에 모두 둘러앉을 수 있었습니다.

나는 너무 기뻐 2층으로 올라가 진분홍 빌로도 드레스를 입었습니다. 나는 제럴드와 헤어진 후 한번도 그 옷을 입지 않았습니다. 상해에서 보낸 중국에서의 마지막 날 밤, 우리는 단둘이 애스터 호텔에 가서 저녁식사를 하고 춤을 추었습니다. 그날 나는 전쟁 중에도 잘 간직해 두었던 이 파티용 드레스를 입었습니다. 우리는 밖의 소란스러움에는 신경 쓰지 않고 볼을 맞대고 춤을 추었습니다. 우리는 호텔에 모여든 유럽 사람들과도 잠시 어울렸습니다. 그들은 사랑하지만 운명을 함께 할 수 없는 이 나라와 영원히 작별하려 하고 있습니다. 우리는 서로 말은 하지 않았지만 제럴드는 남아야 하고, 나는 떠나야 한다는 것을 알고 있었습니다.

오늘 밤 나는 이 드레스를 입어서는 안 될 것 같은 생각이 잠시 들었습니다. 그러나 나와 내 소유물 모두가 이 골짜기 이 집의 일

182

부분이 되어야 할 것이며 나에게는 다른 나라는 없다는 생각이 들어 드레스를 그대로 입고 아래층으로 내려갔습니다. 두 젊은이는 놀란 표정으로 우뚝 서서 나를 바라보았습니다. 그들은 전에는 보지 못했던 나의 우아한 옷차림에 놀라는 것 같았습니다. 그렇습니다. 레니가 나를 어머니라는 관념으로서 뿐 아니라 한 여자로 인식한다는 것은 어느 면에선 다행스런 일입니다. 샘이야 나를 어떻게 생각하든 상관없지만 레니가 나를 다른 눈으로 본다는 것은 두려움을 없애 주는 데 도움이 될 것입니다.

나는 레니를 식탁 머리에 앉게 하고 나는 그 맞은편에 앉았습니다. 바바는 내가 고기를 잘라 드려야 했으므로 내 오른쪽에 앉혀 드렸습니다. 나는 중국에 있을 때 쓰던 것과 비슷하여 뉴욕에서 사온 중국 그릇에 스프를 따끈하게 담아냈으나 그릇은 좋은 상품 같지는 않았습니다.

우리는 오붓하고 즐겁게 저녁식사를 마쳤습니다. 레니는 갑자기 기분이 나아졌는지 말을 하기 시작했고 샘은 잠자코 앉아 있기만 해서 수줍어하는 사람 같아 보였습니다.

"샘 아저씨에게 스키를 가르쳐 드리려고 해요. 평지에서만 살아서 산속을 스키로 달리는 기분을 모르실 거예요."

"다락방에 스키의 여분이 있다."

나는 아들에게 일러 주었습니다.

"산을 미끄러져 내려갈 수 있을지 모르겠군요. 내겐 그럴 만한 운동신경이 없을 것 같습니다."

샘이 걱정스러운 듯 말했습니다.

"아저씨는 운동신경이 발달되어 있으니까 조금만 신경을 쓰면 될 거예요. 아저씨가 단발 엔진 비행기로 에베레스트 산에서 내려오는 스키와 같은 속도로 하늘에서 급강하하는 걸 본 적이 있어

요."

레니가 그를 안심시키려는 듯 말했습니다.

"난 엔진을 발에 달고 다니지는 않아."

그들은 배가 고팠던지 맛있게 많이 먹는 것을 보자 나는 흐뭇했습니다. 식탁에 손님을 맞이하는 것은 항상 흐뭇한 일입니다. 나는 너무 오랫동안 혼자 식사를 해왔습니다. 나는 구운 양고기와 콩 요리 그리고 노릇노릇하게 졸이는 조그만 감자와 무 샐러드 요리에 자신이 있습니다. 나는 레니가 애플파이와 치즈와 뜨거운 커피를 좋아했다는 걸 기억해 낼 수 있었습니다.

"어머니가 이렇게 멋진 요리사이신 줄은 미처 몰랐어요."

레니가 나를 보고 미소를 지으며 말했습니다.

"오늘은 특별 메뉴란다."

"저는 매일 이런 푸짐한 식사를 바라지는 않아요."

레니는 이제 서먹서먹해 하지 않고 예전의 레니로 돌아온 것 같았습니다. 나는 레니가 살그머니 벨트를 늦추는 것을 보았습니다. 레니의 좋은 점은 사람이 숨쉬는 것처럼 자연스럽게 행동하는 것입니다. 레니는 이 세상에서 가장 예의바르고 점잖은 태도로 사는 북경에서 예의를 배운 것입니다. 레니는 북경을 떠난 뒤로는 의식적으로 거칠고 버릇없게 행동했으나 이제는 그런 것들을 판단할 만큼 성장했습니다. 그러나 아직은 나를 경계하는 태도가 전혀 없지는 않았습니다.

저녁식사가 끝났을 때 문고리를 두드리는 소리가 들렸습니다. 설거지를 돕겠다는 그들의 제안을 거절하고 나는 식탁을 정리했습니다. 나는 씻을 접시들을 모으고 있는 샘에게 설거지할 시간이 넉넉하니 수고할 것 없다고 말했습니다. 바바를 거실로 모시고 가서 난로가의 의자에 앉혀 드리고 나는 바바 맞은편에 앉았습니다.

레니와 샘은 벽난로 앞에 있는 노란 비단 소파를 끌어다 앉았습니다. 바로 그때 문 두드리는 소리가 들린 것입니다.

레니가 나를 돌아보며 물었습니다.

"누가 오시기로 했나요?"

"아니, 이 시간에 누군지 모르겠구나."

레니가 일어나 문을 열자 문밖에는 브루스 스폴든이 셀로판지에 싼 분홍색 장미를 한 아름 안고 서 있었습니다. 전에 레니가 편도선이 아팠을 때 브루스가 치료를 해 준 일이 있어 그들은 서로 안면이 있었지만, 처음 보는 사람들처럼 바라보고 있었습니다.

"지금 우리 집엔 아픈 사람이 없는데요."

레니가 말했습니다.

"레니야! 어떻게 그런 말을……."

나는 레니를 나무랐습니다.

나는 문으로 가서 브루스가 내미는 장미꽃을 받았습니다.

"어서 들어오세요. 우린 난로 가에 앉아 이야기하고 있던 중이에요."

브루스가 안으로 들어오는 것을 레니는 말없이 바라보고 서 있었습니다. 나는 어릴 때부터 가지고 있던 오래된 회색 도자기 화병에 장미를 꽂았습니다. 의자에 앉으려다 얼핏 바바를 보니 머리를 뒤로 젖힌 채 조용히 잠들어 계셨습니다.

"2층으로 모셔 가야 할까요?"

나는 브루스에게 물었습니다.

"편안하신 것 같은데요. 아주 곤히 주무시는데 그냥 두세요."

우리는 모두 의자에 앉았고 레니는 두 남자 사이에 말없이 앉아 있었습니다. 나는 브루스가 가끔 이상한 눈으로 나를 바라보는 것을 느꼈습니다. 나는 오랜만에 묘한 충족감을 느꼈습니다. 우리는 곧 이야기꽃을 피웠습니다. 그러나 레니는 여전히 아무 말도 하지 않았습니다.

나는 정말 내가 태어난 이곳에 속해 있다는 생각이 들었습니다. 그리고 내가 외롭지만 않다면 북경을 잊을 수 있을 것 같았고 어쩌면 제럴드까지 잊게 될지 모른다는 생각이 들었습니다. 나는 세 사람과 어울려 오랜만에 실컷 웃었습니다. 그들은 모두 제각기 나의 관심을 끌려고 하는 것 같았습니다. 샘은 무뚝뚝한 서부의 남성다웠고, 브루스는 신중하고 침울했습니다. 그리고 젊은 청년 레니는 이 두 연장자들이 줄다리기를 모른 척하면서도 주의를 기울여가며 줄을 조정하고 있었습니다. 그들의 이야기는 내 가슴에 와닿지 않았습니다. 두 남자는 내 눈앞에서 보기 좋게 꾸민 자신들의 모습을 과시하고 있는 듯했습니다. 나는 즐거워하면서도 무엇인지 알 수 없는 허전함을 느끼고 있었습니다.

"혁명이란 피할 수 없는 과정이지요. 사람이란 조개삿갓처럼 쌓이기만 한다면 성장할 수 없거든요. 뱀이 허물을 벗듯이 낡은 것은 벗어 버리고 새살이 나와야 하니까요."

나는 샘의 서부의 거친 사투리를 쓰지 않고 말하는 것을 듣고 놀랐습니다. 그는 카우보이의 느린 말투를 숨기고 있었습니다. 나는 예전에는 그처럼 남자다운 사람을 본 일이 없습니다. 브루스는 파이프담배를 깊숙이 들이마셨다가 연기를 천천히 코로 뿜어내고 있었습니다.

"역사상 혁명을 해서 바르게 된 일은 없어요. 결과는 항상 혼란 중에 싸우다 패배하면 독재자들이 권력을 잡고 자리에 앉게 되니까요."

"그렇더라도 혁명은 없어서는 안 된다고 생각해요."

샘이 주장했습니다.

186

"참는 데도 한계가 있는 법이니까요. 불가피할 때가 있어요. 중국을 보세요."

샘이 나를 돌아보았습니다. 아시아의 거센 바람이 이 따뜻한 방 안으로 몰아닥친 것 같았습니다. 나의 마음에는 또 다시 중국 생각이 엄습했습니다. 나는 격해지는 감정을 의지로 억제하고 있었습니다.

"중국 이야기는 하지 마세요. 절대로 하지 마세요. 지금 그곳에서 무슨 일이 벌어지는지 우리들 중 누가 알고 있습니까?"

나는 그들의 말을 가로막았습니다.

난로 가에 불을 조절하던 레니가 나를 쳐다보자 부젓가락을 떨어뜨렸습니다. 아들의 눈과 내 눈이 마주쳤습니다. 나는 아들에게 모든 것을 이야기해 주어야 한다는 것을 알았습니다. 그것으로 그때까지의 분위기는 끝이 났습니다. 남자들은 내 눈치를 봐 가며 이야기를 계속했지만 나는 그들의 토론을 더 이상 듣지 않았습니다. 그들은 내가 이야기에 끼어들기를 원하는 것 같았지만 나는 그럴 수 없었습니다. 레니에게 제럴드 이야기를 어떻게 해야 할까요?


"레니야, 할 이야기가 있으니 내 방으로 들어오렴."

나는 잠자리에 들기 전에 말했습니다. 나는 어느 것에도 구애받지 않는 것처럼 밝은 목소리로 말했습니다.

"너와 단둘이 이야기할 기회가 없었구나. 불을 피우고 우리 둘만의 시간을 갖고 싶구나."

우리는 브루스를 현관에서 배웅하고 샘과는 계단의 맨 위에서 밤 인사를 하고 헤어졌습니다. 브루스가 잠깐 내 손을 잡았으나 나는 다정하게 대할 기분이 아니었습니다.

"분홍 장미를 선물해 주셔서 정말 고마워요."

나는 어색하게 말했습니다.

"장미를 생각할 때마다 당신을 생각하겠어요."

브루스가 숨을 죽이며 말했습니다. 그는 그 말을 많은 생각을 한 뒤에 어렵게 했지만 나는 대답으로 미소조차 지을 수 없었습니다. 나의 심장은 이미 마구 뛰고 있었습니다. 어떻게 레니에게 제 아버지를 증오하지 않도록 말을 해 줘야 할까요?

"자 앉자, 레니야."

나는 보스턴 할머니가 쓰시던 오래된 붉은 빌로도 안락의자에 앉았습니다. 레니는 내 맞은편에 있는 등이 높은 의자에 앉았습니다. 레니가 내 방에 불을 지펴 두었는데 장작이 잘 마른 것이라 벌써 불꽃을 내고 있었습니다.

"너의 행동과 모습이 굉장히 낯설구나."

정말이었습니다. 레니의 얼굴은 어릴 때처럼 동그스름하지 않았습니다. 광대뼈가 튀어나오고 턱도 단단해 보였습니다. 말을 해 보기 전엔 고향을 알아맞히기 어려울 정도로 낯선 사람 같았습니다. 스페인, 이탈리아? 브라질, 북인도? 그러나 아무리 변했다 해도 내 아들인 것만은 분명한 일이었습니다.

"대학에서 가장 좋아하는 과목은 무엇이니?"

"수학이에요. 그리고 음악도요."

나는 레니가 음악을 좋아한다는 것을 잊고 있었습니다. 그것은 아마 나에게서 물려받았을 것입니다. 나는 젊었을 때에 아래층에 있는 구식 피아노를 치며 많은 시간을 보냈는데 북경에서 돌아와서는 한번도 쳐 보지 않았고, 내가 하지 않은 것처럼 레니에게도 가르쳐 주지 못했습니다. 제럴드와 영원히 이별을 할지도 모르며 살아가는 내가 한가롭게 음악을 듣는다는 것은 견딜 수 없는 일이었습니다. 그러나 레니까지 음악을 즐기지 못하게 할 수는 없었으므로, 레니는 마음이 내킬 때는 피아노를 치기도 했습니다.

"정말 잘 어울리는 조화구나. 사람을 교육시키는데 꼭 필요한 것들이잖니? 우수한 사람이나 신사가 되려면 수학과 음악의 질서를 알아야만 될 게다."

"그 두 가지에는 공통점이 있어요. 똑같은 정밀성과 추상적 개념이 필요하거든요."

레니의 말을 듣고 나는 아들의 육체적 성숙에 놀란 것처럼 정신적인 성장에 다시 한번 놀랐습니다.

"음악을 하며 살아갈 생각이니?"

"아니에요. 전 과학자가 되고 싶어요. 과학은 정확성과 상상력이 적당히 필요하기 때문에 좋아요."

"아버지가 아시면 참 기뻐하시겠구나."

이 말에 레니는 대답하지 않았습니다. 레니는 아버지 이야기가 나올 때마다 대답을 피했습니다.

"그리고 조지 보웬의 누이동생은 어떤 아가씨니?"

나는 반농담처럼 물었습니다. 지금은 그 말을 할 때가 아닙니다. 나는 레니가 침묵에 빠지는 기회를 피하려고 했습니다. 솔직히 말하면 나는 조지 보웬의 누이동생에 대해선 관심이 없었습니다. 레니는 나를 바라보지 않았습니다. 레니의 눈은 불빛을 받아 반짝이고 있었습니다.

"그녀의 어떤 점을 물으시는 거예요?"

"음, 예쁘게 생겼니?"

"예쁘기보다는 아름다워요."

"그녀의 피부 색깔은 희니? 또 키는 크니, 작니?"

"키는 크고 백인이에요… 그리고 정숙한 아가씨에요."

"나처럼 생기지 않았구나."

레니는 잠깐 나를 바라보다가 많은 생각을 하는 듯 다시 불을 쳐다보았습니다.

"네, 같진 않아요."

"그 아가씨를 무척 좋아하는가 보구나."

"모르겠어요. 저는 다시 상처를 받고 싶지는 않아요."

"시간은 앞으로 얼마든지 있단다."

"네, 그건 그래요."

또다시 침묵이 흘렀고 나는 그 침묵에 결코 비겁해지고 싶지 않았습니다.

"레니야, 아버지에 대한 이야기를 해 주려고 한다."

레니는 마지못한 표정으로 머리를 들었습니다.

"편지가 왔었나요?"

"요즘 온 것은 아니지만……."

그이에게서 온 것은 아닙니다. 그러나 한 통의 특별한 편지가 왔습니다.

"어머니, 왜 편지가 왔을 때 제게 말씀하지 않으셨어요?"

"그때 너는 너무 어려서 편지를 이해하지 못했을 뿐만 아니라 아버지를 원망했을 게다."

"아버지가 어떤 편지를 보내셨는데요?"

"잠깐 기다리렴. 어떤 건지 자세히 얘기해 줄 테니까."

나는 제럴드와 처음 만나게 된 것부터 이야기하기 시작했습니다. 우리가 사랑하게 된 것도 이야기했습니다. 그러나 우리의 첫날밤 이야기는 차마 할 수 없었습니다. 그것은 나와 제럴드의 추억 속에 간직해 둘 보물이었기 때문입니다. 나는 북경 이야기를

190

해 주었고 버몬트 골짜기에서 시작한 우리의 사랑이 깊어져 완전한 사랑을 이루었던 이야기를 해 주었습니다.

"우리 어머니는 제럴드와 결혼하면 절대 행복해질 수 없을 거라고 하셨지만, 그것은 그분이 잘못 판단하셨던 거야. 나와 너의 아버지는 행복을 느끼며 즐거운 생활을 했단다. 우리들의 조상은 문제가 아니었어. 아니, 사실은 조상의 피가 다른 것이 우리에게 특별한 행복을 맛보게 해 주었을 거야. 너의 아버지와 나는 가끔 이 문제에 대해 이야기를 하곤 했단다. 우리 선조들이 용서하지 않으셨겠지만, 아버지는 우리들의 행복한 결혼생활은 전적으로 우리들의 덕이라고 말씀하셨지."

레니는 지루한 듯 빨리 말했습니다.

"제게 말씀하시려는 것이 무엇이에요?"

"우선 내가 말하려는 것은 지금까지 일어난 일이 아버지나 내 잘못이 아니라는 것을 말하고 싶구나. 만약 사상대립이 없었더라면 우리는 지금 북경에서 살고 있을 게다."

"그런데 우리는 왜 그러지 않았나요?"

레니는 대들 듯이 말했습니다.

"너도 알고 있겠지만 내가 미국인이기 때문이었단다. 그리고 아버지가 반은 미국인인 탓도 있었지만 우리들 중 어느 누구의 잘못이라고는 할 수 없는 일이다. 우리가 지금 이렇게 헤어진 원인은 세계의 분열에 있어. 해변에 있는 우리에게 조수가 밀려와서 우리를 각기 다른 방향으로 떠밀어 버린 것과 같다고나 할까?"

"아버지는 중국을 떠나실 수 없으셨나요?"

"그래, 떠나실 수 없으셨어."

"왜 그랬지요?"

추궁하는 레니의 찌푸린 얼굴을 보며 나는 아들이 아버지를 크게 원망하고 있다는 걸 알 수 있었습니다.

"나는 아버지를 이해할 수 있다. 아버지는 여기에 계시지 않으므로 자신의 입장을 변명할 수 없으셔. 네가 굳이 누구를 원망하고 싶으면 할아버지를 원망해라. 그분은 사랑하지도 않으면서 중국여인과 결혼을 하셨고, 그것이 근원적인 죄가 된 거란다."

말을 마치고 할머니 사진을 가지고 와서 레니에게 보여 주며 그 나라 역사에서 한애란이란 여성이 어떻게 평가되는지를 이야기해 주었습니다. 그리고 우리가 북경에서 살던 때의 이야기도 해 주었습니다.

"남편의 사랑을 받지 못한 너의 할머니는 조국과 또 자신의 의무라고 생각되는 일에 자신의 일생을 바치기로 하셨던 거야. 그분의 아들이… 너의 아버지란다. 레니야… 아버지는 그 피를 물려받았고, 너도 그 영향을 받았을 거야."

"할머니는 바바를 사랑하셨나요?"

레니가 낮은 목소리로 물었습니다.

"내 생각으로는 틀림없이 그랬을 것 같다. 그렇게 사랑할 줄 모르는 분이었다면 다른 일에도 자기 자신을 바치지 못했을 것이라는 생각이 드는구나. 그분은 바바의 사랑을 기대하지는 않았지만, 자신은 바바를 사랑했으므로 결국 쓰라린 상처를 입은 거란다. 자신이 사랑하는 사람으로부터 사랑을 받지 못하는 것처럼 가슴 아픈 일은 세상에 다시없을 게야."

"그렇다면 아버지도 어머니를 버리신 거로군요."

내뱉듯 하는 레니의 말을 나는 완강히 부인했습니다.

"절대로 아버지는 나를 버린 것이 아니란다. 우리가 서로 사랑하고 있는 한 그런 말은 있을 수 없어. 우리는 아직도 사랑이란 울타리 속에 있단다."

레니가 나를 어머니가 아닌 한 여성으로 보고 있다는 것을 느낄 수 있었습니다. 레니는 나를 사랑에 빠져 있는 여인으로 보고 있었으나 말로 나타내지는 않았습니다. 레니는 이제까지 사랑에 빠져 있는 여인을 본 일이 없을 것입니다. 레니는 내 눈길을 피했습니다.

"지금이 너에게 그 편지를 보여 줄 때인 것 같구나."

나는 일어서서 잠가두었던 상자를 열고 제럴드의 편지를 꺼내어 레니에게 건네주었습니다. 레니는 봉투 속에서 편지를 꺼내 읽기 시작했습니다. 나는 말없이 의자에 앉아 기다렸습니다. 레니는 신중한 표정으로 두 번이나 읽더니 편지를 접어 봉투 속에 집어넣은 후 옆에 있는 테이블 위에 놓았습니다.

"고맙습니다, 어머니."

"나는 중국 여인에게 허락한다는 답장을 보냈다. 나는 충분히 이해할 수 있고, 너의 아버지가 그 집에서 편하게 지내시기를 원한다고 말했어. 그래, 이번엔 그녀의 편지를 보여 주마."

나는 장미나무 책상 서랍을 열고 매란이 보낸 편지를 꺼냈습니다. 레니는 무표정하게 그것을 재빨리 읽은 후 다시 나에게 건네주었습니다.

"그 여자와 저는 아무런 관계도 아니에요. 아버지가 그 여자를 우리 집에 들어앉힌 것은 이해할 수가 없어요."

레니의 목소리는 너무 강해서 듣고 있기가 힘들 정도였습니다.

"북경에 머물러 계신 아버지가 어떤 곤경에 처해 있는지 우리가 알 수 없기 때문일 거야."

"궁금한 것이 또 하나 있어요. 아버지께서 진실로 우리를 사랑하셨다면 어떻게 그렇게 하실 수 있었죠? 저는 늘 그것이 의문이에요. 아무리 생각해도 이해할 수 없어요."

"너는 아버지를 용서할 수 없을 정도로 사랑하지 않는구나."

"아마 그럴지도 몰라요."

레니는 갑자기 벌떡 일어나 창가로 가서 어두운 밖을 내다보며 서 있었습니다. 눈 내리는 어두운 창가를 램프가 밝혀 주고 있었습니다. 벽난로 속에서 불꽃이 파랗게 일더니 타고 있던 통나무가 재로 변해 부스러졌습니다. 레니가 내 쪽으로 얼굴을 돌렸습니다.

"어머니, 역시 저도 말씀드릴 게 있어요. 알레그라한테 당한 모든 일들이… 그것이 저를 북경으로 돌아가게 만들 뻔했죠. 우리 할머니가 중국인이기 때문에 이 사회에서 제가 이방인 취급을 당해야 한다면 서는 북경으로 돌아가야 한다고 생각했어요. 그러나 이젠 돌아가지 않겠어요. 어머니와 함께 있겠어요. 이곳을 저의 조국으로 알겠어요. 이곳, 아니 다른 곳에서는 저의 조국이라는 것을 깨닫지 못할 것 같아요."

나는 외쳤습니다.

"레니야! 아버지의 뜻을 거역하는 결정을 그렇게 성급하게 하지 말아라."

"저는 아버지의 뜻에 거역하기 위해서 그러는 것이 아니라, 오직 어머니를 위해서 그러는 거예요."

레니는 말을 마치자 몸을 구부려 나의 뺨에 키스하고는 나가 버렸습니다. 나는 아들을 쫓아 나가지 않았습니다. 아들의 성격을 너무나 잘 알기 때문입니다.

레니는 하루 이틀에 그런 결정을 내린 것이 아닐 것입니다. 레니는 자기와 나 사이에서 또 아버지와 나 사이에서 무척 번민하며 헤맸을 것입니다. 결국 아들은 나의 조국을 택한 것입니다. 아, 아, 제럴드! 나를 용서해 주세요. 나도 당신에게 다른 아들이 생기기를 빌겠어요. 우리들의 아들을 내가 당신에게서 빼앗은 결과가 되었다고 해도 저로서는 어쩔 수 없는 일입니다. 레니는 자신의 의지를 굳힌 것입니다. 내가 당신을 따라 북경에 갔던 것처럼 또 당신이 나와 함께 돌아오지 않은 것처럼 레니에게도 자신이 결정할 권리가 당연히 있는 것입니다. 그래요, 결국은 이 버몬트 산골 짜기가 우리 아버지의 집이 고향이 되었습니다.

레니가 나가 후에도 나는 한동안 난로 옆에 앉아 있었습니다. 나의 몸은 공중에 뜬 것만 같은 무기력 상태에 있었습니다. 나는 이제 내 나라에서는 고독하지 않을 것입니다. 내 아들이 나와 함께 있을 것이기 때문입니다.


그렇다고 해서 마음속에서까지 제럴드와 내가 분리될 수는 없었습니다. 즐거웠던 크리스마스가 지난지도 몇 달이 지났습니다. 레니는 대학공부를 거의 마칠 때가 되었습니다. 그 동안 샘은 나를 만나러 두어 번 왔었습니다. 그는 나에게 제럴드와 이혼하라고 재촉했습니다. 바로 오늘도 샘은 여기에서 무슨 일이 어떻게 진행될지도 모르면서 한 시간의 여유를 갖고 뉴욕에서 비행기를 타고 왔습니다. 지금은 밤인데, 그는 아직도 돌아가지 않고 이곳에 있습니다. 우리에게 어떤 일이 일어났기 때문에 레니에게 빨리 와 달라고 전보를 쳤습니다. 그 일은 샘과 내가 오늘 아침에 언쟁을 하고 있을 때 일어났습니다. 그는 초조하고 화가 나는지 고집을 부렸습니다.

"북경에 있는 그 친구와 이혼을 하세요. 그는 이제 당신의 남편이 아니에요, 엘리자베드!"

"절대로 이혼하지 않겠어요. 나에겐 그럴 만한 이유가 하나도 없어요. 그이를 진실로 사랑하고 있어요."

"그 사랑은 버림받은 사랑이 아닙니까?"

샘은 소리쳤습니다.

"그이는 나를 버린 것이 아니에요."

"이것이 버림받은 것이 아니라면 뭐라고 해야 할지 모르겠군 요."

샘은 성난 듯 말했습니다.

물론 샘은 우리의 모든 것을 상세하게 알지 못합니다. 제럴드에 관한 이야기도 없었고, 나에 관해서도 이야기하지 않았기 때문에 그는 억측만을 하고 있는 것입니다. 그래서 나는 그것을 말하지 않고 샘을 이해시키려고 노력했습니다.

"제럴드가 나를 버린 것도 내가 제럴드를 버린 것도 아니에 요. 우리는 현재와 과거의 세계정세의 변화로 분리되어 살 고 있는 것뿐이에요."

"제럴드의 부친은 미국인이니까 당신과 함께 고향으로 돌아올 수도 있었을 것 아닙니까?"

"아! 이 나라가 그이의 조국이 아니라는 건 당신도 아시잖아 요?"

"말도 안 되는 소리요!"

샘이 심술궂게 말했습니다.

"제럴드는 바보가 아네요. 제럴드는 자신을 이곳에 적응시킬 수도 있었을 거요. 그는 북경에서처럼 이곳에서도 대학의 교직에 있을 수 있잖소?"

"고향이란 정신과 마음에 있는 것이에요. 그이가 이곳으로 온 다면 그이의 정신은 죽어 버릴 거예요."

"당신은 아직도 그를 사랑하고 있군요."

말을 마친 샘이 나를 너무나 무섭게 노려봤으므로 나는 당황했습니다.

"당신과 결혼하기로 결심한 내 마음을 모르시오?"

샘이 소리쳤습니다.

"오! 샘… 제발 이러지 마세요. 네?"

"좋아요."

우리는 둘 다 숨이 가빠져서 마주 쳐다보고만 있었습니다. 샘이 내게로 몸을 굽혔으므로 나는 그를 밀어냈습니다.

"이러지 마세요."

"나를 미워하십니까?"

"아니에요. 미워하는 건 아니에요!"

이 순간 우리는 바바가 방바닥으로 넘어지는 소리를 들었습니다. 거실의 들보에는 천정이 되어 있지 않습니다. 바바의 지팡이 소리가 들리더니 이내 피골이 상접한 바바의 몸이 넘어지는 소리가 들려온 것입니다. 그리고는 안간힘을 쓰는 신음소리 이외에는 아무런 기척도 들리지 않았습니다. 나는 얼른 2층으로 뛰어 올라갔고 샘도 내 뒤를 따라왔습니다. 바바는 방바닥에 쓰러져 계셨습니다. 우리가 서로 다투는 소리를 바바가 들었는지도 모를 일입니다. 우리는 자신들도 모르게 큰 소리로 떠들었던 것 같습니다. 지난 크리스마스 이후로 바바는 혼자서는 방안을 거닐지도 못하셨습니다. 그런데 바바는 아래층으로 내려오시려고 의자에서 일어나셨던 것 같습니다. 바바는 머리를 벽난로 귀퉁이에 부딪친 채 방바닥에 쓰러져 그대로 숨을 거두시고 말았습니다.

우리는 바바의 장례식을 마치고 집으로 돌아왔습니다. 샘은 우리 집에 머물면서 브루스 스풀든과 함께 잡다한 나의 일을 도와 주었습니다. 가능하다면 나는 바바를 화장해서 그 유골을 북경에 있는 제럴드에게 보내 주고 싶었습니다. 정말 그러고 싶었습니다. 조국과 동포로부터 멀리 떠나 망명생활을 하고 있는 사람이나, 중국의 문화에 심취되어 이 지구상에서 자기가 묻힐 곳은 오직 북경뿐이라고 믿는 사람들이 이곳이나 영국에서 죽을 경우 재를 북경으로 보내는 것을 본 적이 있습니다. 그러나 나는 바바가 자신의 의사로 북경을 떠난 것을 생각하게 되었습니다. 바바는 구시대의 중국, 즉 유고와 황제가 존재하던 중국에 살았던 사람이기 때문에 비록 바바의 유골이라 할지라도 지금의 그곳에서는 환영받지 못할 것입니다.

"레니야, 바바를 여기에 모시자."

이런 문제는 레니의 동의를 구해야 할 것 같았습니다.

"그래요, 어머니. 우리가 모셔요."

장례식 날이 다 되어 레니가 왔는데, 혼자 온 것이 아니었습니다. 레니는 키가 크고 하얀 피부에 기품이 있어 보이고 별로 말이 없는 얌전한 아가씨와 함께 왔습니다.

"메리 보웬이에요."

레니가 나에게 아가씨를 소개하였습니다.

"이상한 일이군. 레니에게서 아가씨 이름을 들어 보지 못했는데."

아가씨를 보자 나는 갑자기 키스해 주고 싶었습니다. 나는 몸을 굽혀 메리의 보드랍고 붉은 뺨에 키스를 했습니다.

"아가씨는 성모 마리아 같군요."

나는 메리에게 이렇게 말했습니다.

"저는 예쁘고 또한 마르다처럼 착하다고 생각해요."

메리는 미소를 지으며 귀엽게 말했습니다.

"그렇다면 레니는 복이 많군요. 그 두 가지 장점을 갖춘 여자는 별로 없으니까 말이에요."

나도 웃으며 말했습니다.

그들은 사랑에 빠져 있는 것 같았습니다. 나는 그들이 서로 사랑하고 있다는 것을 느낄 수 있었습니다. 나는 그럴 만한 뚜렷한 표적을 알 수 있었으므로 안심이 되었습니다. 나는 양손으로 그들의 손을 잡고 푸른 중국옷을 입힌 채 2층에 모셔 놓은 바바의 시신 앞으로 갔습니다. 바바는 하얀 시트 위에 눕혀져 있었고, 발에는 까만 빌로도로 만든 중국 신이 신겨져 있었습니다. 장의사인 짐 스탠드맨은 자기가 할일을 마친 후 나머지는 내가 원하는 대로 하라고 했습니다. 나는 바바를 다른 방으로 옮기는 것을 원치 않았으므로 그 방에 그대로 안치했습니다. 가슴 위에 포개 놓은 두 손 아래에 나는 유품인《변화의 기록》이란 책을 끼워 놓았습니다.

우리보다 몇 걸음 먼저 그 방에 들어선 메리는 바바를 바라보고 있었습니다.

"어쩌면 할아버지는 이렇게 고우시죠?"

메리는 돌아서며 레니에게 속삭였습니다.

"당신은 왜 할아버지에 대해 이야기해 주지 않으셨어요?"

"그분은 고운 분이시지."

나도 메리의 말에 동의했습니다.

"지금이 살아 계실 때보다도 더 아름다우신 것 같군."

"그분이 말씀하시는 목소리를 듣고 싶군요."

메리는 말하고 나서 레니의 손을 잡아 자기의 뺨에 갖다 대었습니다. 이 순간부터 나는 메리를 나의 딸처럼 사랑하기로 했습니다.

오늘 오후 우리는 몇 명의 이웃사람들과 함께 소나무 아래에 바바를 묻었습니다. 무덤은 오늘 아침 나절에 매트가 파 주었으며, 우리는 소나무 가지로 무덤 가장자리를 장식했습니다. 매트의 아내는 그동안 장례식의 간단한 음식을 장만하고 있었습니다. 그녀는 햄을 굽는 것을 좋아하지 않았으므로 햄을 쪄 놓았습니다. 그리고 샌드위치와 케이크, 커피 등을 묘지에서 돌아오는 사람들에게 대접했습니다.

날씨는 따뜻하였으나 하늘은 엷은 구름으로 덮여 있었습니다. 맨체스터에서 은퇴해 이 골짜기의 정신적 인도자가 된 목사가 와서, 신약성서의 한 구절을 읽은 다음 기도해 주었습니다. 언젠가 바바가 동양의 지혜가 아니면 공자의 말씀에서 따온 것일 거라고 하셨던 그 구절이었습니다.

'왜냐하면 오래 전에 공자나 석가가 한 말을 예수가 했다고 해서 이상할 것은 없다. 풍문에 의하면 그분은 젊은 시절을 네팔에서 보냈다는 것을 알 수 있으니까 말이다.'

나는 별 관심이 없으면서도 이런 이야기에 귀를 기울였습니다. 바바는 항상 인류의 지혜는 동양에서 기원되었다고 믿고 있었으므로, 그런 이야기는 귀에 익은 이야기들이었습니다. 지금 그 은혜스러운 말들은 엄숙한 분위기 속에 부드럽게 퍼졌습니다. 기독교인들에게는 아무 의문이 없었으나, 바바와 나만은 의문을 품고 있었습니다. 그 목사님의 음성은 버몬트 사람에게는 신이라고 불리는 예수의 음성일지 몰라도 그 내용은 더 오래 전에 살았던 성인들이 말한 내용이었습니다. 나는 그런 동양의 신비를 잔뜩 알고 있지만, 이곳 사람들에게는 말하지 않을 것입니다. 나는 그것들을 죽을 때까지 말하지 않을 작정입니다. 이곳에 있는 사람들에게 그런 말을 한다면 의혹과 논쟁만을 일으키게 될 것이기 때문입니다. 따라서 여기는 나의 고향이기 때문입니다.

　의식이 끝난 다음에도 레니도 나도 울지 않았습니다. 왜냐하면 오래 살다 가신 분의 죽음은 슬픈 일이 아니었기 때문입니다. 우리가 집에 돌아와 보니, 매트의 아내는 까만 비단옷에 흰 앞치마를 두르고 바삐 움직이고 있었습니다. 우리들은 손님들과 함께 식탁에 앉아 음식을 들며 조용히 이야기하였습니다. 이웃사람들은 바바를 잘 모르고 있었기 때문에 바바에 대한 회고는 별로 없었습니다. 우리들은 마을에 떠도는 이야기와 이번 여름은 길 것 같다는 이야기, 올해의 설탕 수확은 예년에 비해 적을 것 같고, 또 겨울이 너무 길어서 봄이 짧겠다는 등 생활 주변의 이야기를 했습니다. 얼마 후 이웃사람들은 모두 돌아갔습니다. 브루스 스폴든은 잠시 내 얼굴을 살펴보더니 안색이 안 좋아 보인다며 휴식을 권했습니다.

　“슬퍼하고 계신 건 아니에요?”

　“바바 때문에 슬픈 건 아니에요.”

　“누구 때문이든지 슬퍼하지 마세요.”

　브루스는 빠르게 말했습니다. 나는 그에게 바바의 죽음과 함께 과거의 모든 것이 끝났다는 것을 말할 수는 없었습니다. 바바는 지나간 세월과 사랑했던 한 도시와 내 가정을 연결시켜 주는 끈이었습니다. 그러나 브루스가 해 준 위로의 말은 내 가슴을 따뜻하게 해 주었으므로, 내가 미소를 지어 보이자 그는 나에게 키스를 해 주고 싶어 하는 표정을 짓고 서 있었습니다. 그의 회색 눈은 무엇인가를 갈구하는 듯했고, 점잖은 버몬트 사람인 그 얼굴에는 아쉬움이 가득한 것 같았습니다. 나는 아직까지는 다른 사람의 입술이 내게 닿는 것을 견딜 수 없습니다. 그날 장례식 날은 이렇게 저물었고, 샘도 떠나갔습니다. 나는 샘이 브루스의 눈길을 보았다고 느낄 수 있었습니다. 그는 우리들이 서 있는 거실의 뒤쪽에 있었습니다. 나는 화가 나서 쾅쾅거리며 방으로 들어가는 그의 발자국 소리를 들을 수 있었습니다. 잠시 후 그는 거래인과 계약할 일이 있어 내일 아침까지 뉴욕에 도착해야 한다며 떠났습니다. 그는 서커스에서 말을 훈련시키는 사람에게 목장에 있는 팔로미노종 새끼망아지들을 팔려고 한다고 했으나, 나는 서커트나 팔로미노종 망아지 같은 것은 처음 듣는 이야기였습니다. 그는 손을 우악스럽게 잡고 나를 바라보았습니다.

"무엇이든지 필요한 것이 있으면 알려 주시오. 나는 항상 준비하고 있겠소."

그는 갑자기 몸을 숙여 내 입술에 키스를 했습니다. 나는 얼른 뒤로 물러서는 바람에 쓰러질 뻔했습니다.

"당신은 뻬 행동을 좋아하지 않는군요."

그가 중얼거렸습니다.

"네, 좋아하지 않아요."

나는 솔직하게 말했습니다.

"앞으로 다시는 그런 일이 없을 것이오."

말을 마친 그는 곧장 가 버렸습니다. 그의 감정을 상하게 해서 미안하기는 했지만, 내 마음에 준비가 되어 있지 않을 때 키스하는 것을 받아들일 수는 없었습니다. 키스가 가볍게 할 수 있는 젊은 시절이 이미 지나가 버렸던 것입니다. 원숙한 여인에게 키스란 모든 것을 의미하든지, 아니면 아무것도 아닐 것입니다. 이 모든 일이 바바의 장례식을 치른 바로 그날에 생긴 일이라서 나는 그날이 빨리 저무는 것이 기뻤습니다.

저녁이 되자 나는 밖으로 나가고 싶었습니다. 지금은 5월인데도 바람이 훈훈하여 레니와 메리를 데리고 나는 테라스로 나갔습니다. 이 아이들도 내일이면 떠나갈 것이고 그러면 나는 또다시 외로워질 것입니다. 그 애들은 내가 혼자 있게 될 것을 걱정했습니다. 나는 그 애들을 안심시킬 어떤 말도 생각나지 않았습니다. 사실 나는 이 커다란 고옥에서 혼자 지낸다는 것이 괴로운 일일지 어떨지 알 수 없었기 때문입니다.

우리 집 주위에는 가까운 이웃도 없고 또 이상하게 산악지방의 밤은 낮과 다릅니다. 석양이 나무 사이를 통해 고비와 고사리 덤불에 비치면 숲은 온통 여러 가지 색깔로 살아나 다정해 보이므로 무섭지가 않았습니다. 그러나 산이 하늘과 집 사이에 가로 걸려 순식간에 어둠에 싸이면 숲은 다정스럽지 못합니다. 밤이 되어 어두움에 험상궂어 보이는 산의 윤곽을 바라보고 있노라면 나는 30마일 이상 떨어진 먼 숲 속에서 길을 잃은 사냥꾼들이 늪과 진흙땅에 빠져 헤매던 일이 생각납니다. 옛날에 식물학자인 한 여인이 우리 집을 둘러싸고 있는 숲 속에서 실종된 일도 있었습니다. 밤의 어둠에 내가 너무 깊이 빠져 있는 것 같습니다.

"전 지금 대학을 졸업했다면 좋겠어요."

레니가 입을 열었습니다.

"그래서 메리와 결혼해서 이곳에서 어머니를 모시고 살 수 있다면 얼마나 좋겠어요?"

레니가 결혼에 대해서 이야기한 것은 이번이 처음이었습니다.

"너희들이 결혼하게 된다면 나는 너무 기뻐서 외로워할 여유도 없을 것 같구나."

내가 메리는 본 것은 긴 시간은 아니었지만, 메리는 레니에게 어울리는 짝이라는 생각이 들었습니다. 만약 레니가 자기 아버지의 나라로 돌아간다면? 그래서는 절대로 안 됩니다. 메리는 레니를 따라 북경으로 갈 것 같지는 않습니다. 그러나 어쩌면 가능한 일일지도 모르겠습니다. 중국에는 미국 여인들이 아직까지 남아 있기는 하지만 조국이 비난을 당하고 자유가 없는 상태인 이상 그들이 행복하다고 할 수 있을지 나로서는 이해할 수 없는 일입니다.

그러나 대부분의 중국인들은 우리에 대한 나쁜 이야기를 믿지 않고 있다는 사실도 알아야 합니다. 중국인들은 역사가 깊고 현명한 민족이기 때문에 몇 백, 아니 그 이상이라도 정세가 바뀔 때까지 기다릴 줄 알며 평화와 질서를 지킬 줄 압니다. 그들은 평화를 누릴 수 있을 때까지 인간답지 않은 생활을 계속합니다. 나는 나와 같은 여인들이 그 나라와 그러한 사람들에게 자신을 모두 바치는 것을 결코 찬성 할 수 없습니다. 왜냐하면 그들은 쉽게 사랑을 하고 그것을 잊지 못하는데 그 잊지 못하는 것으로 인하여 언젠가는 분열을 해야만 하기 때문입니다. 그렇게 되면 선택과 결정이 항상 뒤따르게 됩니다. 제럴드의 외가가 중국이 아니었다면 그이는 나와 헤어지지 않았을 것이라고 확신합니다. 그러나 그 나라, 특히 북경이라는 도시는 사랑하지 않을 수 없습니다. 어떤 여인이든지 그 도시에 대해서는 매료당하지 않을 수 없을 것입니다.

"저희들은 꼭 결혼할 거예요."

메리가 말했습니다.

"언제 결혼하느냐가 문제에요."

레니가 덧붙였습니다.

"그것이 무슨 문제이니? 언제라도 하려무나."

이때 나는 알레그라가 문득 생각났습니다.

"메리의 집에 연기할 만한 이유가 있다면 몰라도… 메리, 어쩌면 네가 너무 어리게 생각될지도 모르겠구나."

"제 쌍둥이 오빠 조지 외에는 다른 가족은 없어요."

메리가 말했습니다.

"전 어렸을 때 부모님이 돌아가셔서 할머니와 함께 살았어요. 지금은 할머니도 돌아가셨고요."

사람이 의식적으로 자신이 얼마나 심술궂나를 알아내는 것은 재미있는 일입니다. 나는 메리의 부모님과 할머니가 아무것도 모르고 무덤 속에 있다는 것이 레니를 위해 얼마나 다행스러운 일인지 모르겠다고 생각합니다. 나는 다행이라는 말을 할 수 없을 만큼 자신이 부끄러웠고, 또 "슬픈 일이구나." 라는 말을 하지 못할 만큼 정직했습니다.

"그러면 너희들이 좋은 시기라고 생각될 때 결혼하려무나."

그리고 나는 말을 계속했습니다.

"결혼식은 내가 레니의 아버지와 식을 올렸던 이 집에서 하는 것이 좋을 것 같다. 너희들이 결혼한다면 나는 혼자 살아도 외롭지 않을 거야."

"어머니, 고맙습니다."

레니가 기쁜 표정으로 말했습니다. 레니는 기다란 테라스 의자에 다리를 펴고 누워 있다가 갑자기 일어났습니다. 내가 그들 사이에 있는 등받이가 둥근 의자에 앉아 있었으므로 레니는 메리 옆으로 걸어가서 그녀의 손을 잡았습니다.

"메리, 내가 스무 살이 되는 6월 18일에 나와 결혼해 주겠어?"

"좋아요, 레니!"

메리는 내 아들을 바라보며 미소 짓고 있었습니다.

달빛이 레니의 얼굴과 메리의 길고 빛나는 머리를 환하게 비추고 있었습니다. 그들은 이 세상에서 가장 아름다운 한 쌍처럼 보였기 때문에 나는 이 광경을 보지 못하는 제럴드를 안타깝게 그리워했습니다. 전에는 상상 속에서나마 북경에 있는 그이에게 갈 수 있었으나, 얼마 전부터는 생각을 아무리 집중시켜도 안 되었습니다. 이제 다시 그렇게 해보려고 합니다. 나는 모든 정력과 의지와 생각을 그이에게로만 집중시켜 보았습니다. 이 시간에 그이는 아마 안방 밖의 정원에 나와 앉아 있을지도 모릅니다. 내가 지금 그곳에 있다면 나는 틀림없이 그럴 것입니다. 북경에는 5월이 오면 그 정원에 라일락이 곱게 피었는데, 그 향기로운 진보라와 흰 라일락은 이곳의 라일락보다 꽃송이가 훨씬 크고 탐스러우면서도 섬세했습니다. 나는 그이와 마음을 연결시켜서 내가 보고 있는 이 광경을 아름다운 황색피부의 우리 아들과 키가 크고 우아해 보이는 메리를 제럴드에게 꼭 보이고 싶었습니다.

그러나 내 마음은 그이에게 닿을 수가 없었습니다. 이번에도 나의 마음과 정성은 알 수 없는 벽과 부딪쳐 그 안으로 들어갈 수 없었습니다.

"돌아오는 6월 18일에 너희들의 결혼식을 준비해 놓겠다."

나는 레니와 메리에게 약속했습니다. 한 시간쯤 지난 뒤, 나는 테라스에 그들을 남겨 두고 2층으로 돌아왔으나 바바의 체취마저 느낄 수 없었습니다. 집안에는 죽음의 그림자도 없었으며 장례식이 있었다는 것도 또 소나무 아래에 새로운 무덤이 생겼다는 것도 겨우 생각이 날 정도였습니다. 어쩌면 바바는 정말 이곳에 있지 않았었는지도 모릅니다. 한 점잖은 신사였던 멕레오드 박사가 남긴 껍질에 불과했는지도 모릅니다. 이제 모든 것은 다 사라지고 말았습니다. 나에게서는 제럴드마저 사라져 버렸습니다. 그이는 내게 아들만 주었을 뿐 제럴드란 존재는 처음부터 없었던 것이 아닐까 하는 착각까지 일으키게 하였습니다.

나는 환상적인 사람이라고는 할 수 없습니다. 그러기에는 좀 현실적인 여자입니다. 제럴드는 예전에 나를 보고 어쩔 수 없는 가정적인 사람이라는 말을 했었는데 그것은 사실입니다. 나는 매일같이 일어나는 집안일과 뜰의 조그만 것에도 골몰할 수 있으며 언제든지 이웃사람과의 대화와 우스운 행동에 쉽게 흥미를 느낄 수도 있었습니다. 나는 대학 4학년 때 우등생 열쇠를 받은 일은 있지만 지성인은 아닙니다. 우등생이 된 것은 누구보다도 나 자신을 놀라게 했습니다. 나 스스로 학자로는 어울리지 않는다고 생각했기 때문이었습니다. 또 나는 몽상가도 아닐뿐더러 환상을 그리는 사람도 아닙니다.

그러나 나는 지난 밤 새벽 2시 15분에 여기 내 방에서 제럴드를 본 것을 맹세할 수 있기 때문에 이 이야기만은 확신을 가지고 할 수 있습니다.

내가 이 집에서 외롭게 지내는 것은 사실입니다. 레니와 메리가 바바의 장례식을 치른 다음날 아침 이곳을 떠난 후 지금까지 5주 동안이나 나 혼자 지내고 있습니다. 그러나 생각지 않던 마을 사람들이 자주 찾아 주었습니다. 매트는 아침 일찍 와서 밤늦게까지 남아있었고, 그의 아내는 "지나는 길에"라는 말과 함께 남편의 점심을 가져왔다는 구실을 붙이며 내가 어떻게 지내는지 보러 왔습니다. 그럴 때마다 그녀는 늘 주저앉아 수다를 떨었는데, 거의가 남편의 거친 성격에 대한 이야기였습니다. 매트의 아내는 생활과 남편이란 존재는 여자를 편하게 하기 위해 있는 게 아니라는 것과 파탄을 가져오지 않으려면 여자가 참아야 한다는 진리를 모르는 무지한 여자였습니다.

그녀 덕분에 나는 매트의 결점, 심지어는 볼상사납게 코고는 것까지 알게 되었습니다. 그리고 밤마다 그의 의치를 물 컵 속에 넣어 두지 않고 침대 옆 테이블 위에다 그녀를 향해 방긋 웃는 모습으로 놔둔다는 것까지도 알게 되었습니다.

우리 마을의 목사님도 우리 집을 방문해 주셨고 또 간이학교 선생인 몬로 부인도 찾아왔었습니다. 그리고 브루스 스풀든은 두 번 왔었는데 왕진 나가기 전 아침 시간에 잠깐 들렀으므로 오래 머물지는 않았으며 그의 말에 의하면 내가 울적해 있지 않다는 것을 확인하러 들렀다는 것이었습니다.

"엘리자베드, 외롭지 않으십니까?"

그는 이제 이렇게 물었습니다. 내가 안채와 바깥채의 사이의 양지 바른 한쪽 구석에 있는 딸기밭에서 잡초를 뽑고 있을 때였습니다. 그곳은 겨우내 거름과 짚으로 덮어 주어야 하지만 딸기가 서리 맞아 죽는 일이 없는 유일한 장소입니다.

"나는 지금 외롭지도 즐겁지도 않아요. 내 마음은 아주 평온해요."

나는 브루스에게 말했습니다.

"언제까지나 그럴 수 있을 것 같습니까?"

그는 눈살을 찌푸리며 물었습니다.

"영원히 그렇지는 않겠지요. 과거와 미래 사이의 과도적인 상태일거에요. 모르겠어요. 나는 깊이 생각하지 않을 뿐이에요."

"엘리자베드, 솔직해 보세요. 외로우시면서……."

"6월이면 이 집에서 결혼식이 있는데, 그럴 여유가 있겠어요?"

어제는 별다른 일 없이 지나갔습니다. 나는 평상시처럼 집안일 몇 가지를 했습니다. 혼자 지내니까 테이블이나 바닥이 별로 더러워지지도 않습니다. 내가 먹는 것은 부엌을 더럽히지 않습니다. 잠은 곱게 자기 때문에 침대를 정리하는 데도 많은 시간이 걸리지 않습니다. 제럴드는 잠잘 때 몸을 자주 뒤척이지만 나는 그 반대로 잠자는 인형처럼 곱게 자기 때문에 미국식 매트리스를 깐 넓은 중국식 침대의 내가　자는 쪽은 정리할 것이 별로 없었습니다. 그러나 나는 잠을 자주 깼습니다. 언제나 그랬던 것처럼 어젯밤에도 나는 잠을 깼습니다. 시간이 알고 싶었습니다. 그런데 나는 분까지도 틀리지 않게 거의 같은 시간에 깨곤 합니다. 침대 위에 걸려 있는 야광 시계는 새벽 2시 15분을 가리키고 있었습니다. 제럴드와 헤어진 이후로 나는 이런 때 불을 켜고 무슨 책이든 들었는데 요즘에는 소설이나 시 같은 것에는 흥미가 없어졌습니다.

레니가 떠난 후 아들의 방을 치우다가 나는 아인슈타인의 상대성 원리를, '초보적인 독자를 위하여' 라는 부제를 붙여 간단하게 적어 놓고 작고 얇은 책을 발견하였습니다. 초보자라면 바로 나 같은 사람이라고 생각되어 나는 그 책을 방으로 가져다 놓았습니다. 그 책은 초보자를 위한 책이라고 했지만 내 머리를 매우 혼란스럽게 만들었습니다. 나는 그 책보다 더 초보적인 수준인 것 같았으며 추상적인 문제를 쉽게 이해할 수가 없었습니다. 그러나 나는 밤마다 문장을 거듭 읽으며 그 뜻을 이해하려고 노력했습니다. 내가 이 말을 하는 것은 내가 결코 환상적이거나 상상력이 풍부한 사람이 아니라는 것을 증명하기 위함입니다.

그렇지만 나는 제법 우수한 두뇌와 기억력을 가지고 있으며 이것은 어느 분야에서나 그렇습니다. 나는 그 책을 거듭 네 번을 읽은 후에야 겨우 물질과 에너지 사이의 근본적인 연관성을 이해하게 되었습니다. 아! 나는 큰소리로 중얼거렸습니다. 부끄러운 이야기지만 나는 가끔 혼자 중얼거리기를 잘합니다. 삐걱거리는 서까래와 울부짖는 듯한 바람소리 이외에는 온 집안이 정적 속에 파묻히는 밤이면 곧잘 그랬습니다.

"아, 아, 이것은 정말 기막힌 일이구나."

나는 마침내 물질의 모든 본질은 에너지로 변한다는 것을 알게 된 것입니다.

이것은 바로 그저께 밤의 일이었습니다. 그 즉시 나는 이상하게 편안한 기분에 파묻혔습니다. 심신이 노곤해지더니 곧 잠이 들었습니다. 나는 햇빛이 방을 가로질러 비치는 늦은 아침에 잠에서 깨어났습니다. 일어나서 집안의 잡다한 일을 하며 바쁘게 지냈습니다. 매트 부인이 와서 오랫동안 머물다 갔고 오늘 하기로 계획했던 일이 다 끝나기 전에 날이 어두워졌습니다. 제럴드와 내가 헤어져 있는 상태이고 레니가 성장한 지금 내 인생의 의의를 찾는다면 하루하루의 생활에서 질서를 유지하는 것이라고 할 수 있을 것입니다. 밤이 되면 계획했던 하루 일을 끝냈다고 만족하게 생각할 수 있어야 하고, 하루하루의 결합이 한 해가 되고 또 그해가 모여 일생을 이루게 된다는 것을 배웠습니다.

아무튼 나는 어젯밤 일로 무척 피곤했으므로 오늘의 일과를 끝내지 못해 마음이 별로 편하지 않았습니다. 나는 책을 펴볼 생각도 못한 채 곧 잠이 들었습니다. 그러나 평소처럼 2시 15분에 깨었을 때는 무척 상쾌했습니다. 나는 맑은 정신으로 다시 그 책을 읽고 싶었습니다. 책을 막 펼쳤을 때 나는 내가 혼자 있지 않다는 것을 깨달았습니다. 놀라지는 않았지만 알 수 없는 의혹에 사로잡혔습니다. 왜냐하면 내가 눈을 들었을 때 문 앞에 서 있는 제럴드를 보았기 때문입니다. 그이는 수염과 머리를 아주 짧게 깎고 중국옷을 입고 있었는데 그것은 신사복이 아니라 학생들이 입는 제복처럼 우중충한 색깔의 천으로 만든 것이었고 목까지 단추가 채워져 있었습니다. 나는 제럴드의 모습은 잘 볼 수 없었으나 그이의 얼굴만은 아주 선명하게 보였습니다. 그이는 나를 보고 웃었으며 우울해 보이는 까만 눈이 한 순간 빛났습니다. 그때 제럴드가 나를 안아 주려는 듯 두 팔을 벌린 것 같았으나 잠자리에서 벌떡 일어난 내가 그이에게 소리를 질렀기 때문에 확실히 그랬는지는 모를 일입니다.

"제럴드! 제럴드! 제럴드, 오오!"

나는 그이의 얼굴에 나타난 대단히 고통스런 표정 때문에 잠시 멈칫했으나 곧 달려가서 품안에 안기려 했는데 그이는 사라지고 없었습니다. 나는 그이가 서 있었다고 생각되는 곳에 우두커니 서 있었습니다. 그곳에는 아무것도 없었고 맨발에 닿은 바닥의 차가운 느낌뿐이었습니다. 나는 두렵고 불안해서 다시 잠자리 속으로 들어갔습니다. 그런데 나는 또 제럴드를 보았습니다. 의심할 수 없는 사실입니다. 나는 그이가 지금 처해 있는 현실을 본 것입니다. 그것은 의심 할 수 없습니다. 그것은 꿈이나 착각이 결코 아닐 것입니다. 만약 그것이 꿈이나 착각이었다면 우리가 헤어진 당시의 모습을 보았어야 맞는 이야기일 것입니다. 안개가 자욱이 긴 상해의 부두에서 배가 멀어질 때까지 서로 바라보던 그때의 얼굴이었어야 합니다.

나는 당신이 떠날 때 마치 내 육체의 일부분이 떨어져 나가는 느낌이었소.

그이는 내게 보낸 편지에 이렇게 적어 보낸 일이 있습니다.

이제 그이는 수염을 기르고 머리는 짧게 깎았으며 학생들은 자랑스럽게 입고 다녔지만 그이는 지독하게 싫어하던 그 제복을 입고 있을 것입니다. 그 옷은 그이가 항상 수의라고 부르던 맵시도 없는 우중충한 청색이 아니면 바랜 회색 같은 제복이었습니다. 지금 내가 본 그이의 그러한 모습은 여태껏 본 일이 없습니다. 그러니까 그것은 꿈이 아닌 것입니다. 나는 그이의 모습에서 그이의 차림새에서 물질이 에너지로 변한 것을 본 것입니다.

그 후 나는 잠을 이룰 수가 없었습니다. 옷을 갈아입고 아래층으로 내려가 뒷산에서 먼동이 틀 때까지 온 집안을 거닐었습니다. 나는 그 환영이 무슨 뜻인지 알 수가 없었습니다. 마지막에 그이가 왜 그렇게 고통스러운 표정을 지었을까요? 어떻게 하면 이 수수께끼를 풀 수 있을까요?


제럴드의 모습을 보았는데도 자신이 그다지 두려움을 느끼지 않고 있다는 사실에 나는 놀라고 있었습니다. 슬픔은 극복하고 있었지만 두려움에 대해서는 그렇지 못했기 때문입니다. 제럴드가 그 어떤 모습으로 내 앞에 나타난다 하더라도 놀랄 수 없는 일이지만, 항상 웃어넘기던 이야기가 떠올라 나를 괴롭히고 있었습니다. 사람이 죽으며 그 영혼이나 유령이 사랑하는 사람 앞에 나타난다던 믿을 수 없던 이야기입니다. 그렇다고 해서 이제 그 이야기를 믿겠다는 것은 아닙니다. 시각의 혼란이나 무의식상태로 인해 잠깐 내 정신이 혼미해져 빚어진 일일 것이라고 자신에게 타이르고 있습니다.

그러나 나는 이와 같은 현상에 대해 다른 사람들과 대화를 해보고 싶은 충동이 쌓여 갔습니다. 물론 나 자신이 제럴드를 보았다는 이야기는 하지 않았지만 다른 사람들과 대화라도 나눠야 될 것만 같은 생각에 참을 수가 없었던 것입니다. 한 예로 매트 부인과 같은 경우, 그녀는 내가 의혹을 품고 믿지 않으려는 모든 사실을 믿고 있었습니다. 그녀는 아일랜드에서 살다가 돌아가신 자기 어머니의 모습을 세 차례나 분명히 봤다고 확언하는 것이었습니다.

"세 번이나 그 축복받은 분의 모습을 봤다고요."

그녀는 오늘 내게 분명히 이렇게 말했습니다.

"그 모두가 그분이 돌아가신 다음의 일이었어요."

나는 그녀가 본 것을 자세히 말해 달라고 사정하듯 졸랐습니다.

"어머니는 무릎을 꿇고 기도하는 모습이셨어요."

매트 부인은 자신 있게 말했습니다. 그녀는 진한 홍차를 마시고 있었고, 나는 점심으로 싸 가지고 간 샌드위치를 먹고 있었습니다.

"무릎을 꿇고 팔은 위로 뻗쳐 올리고 머리는 풀어 등 뒤로 내린 모습이셨죠. 그분은 검은 드레스에 앞치마를 두르지 않은 옷차림으로 기도를 드리며 울고 계셨어요. 주일이 아니면 언제나 앞치마를 두르고 계셨으니까 내가 그분을 본 것은 주일이었을 거예요. 나중에 안 일이지만, 그날은 아버지가 돌아가신 주일이었어요. 생전에 어머니께 심하게 한 죄로 아버지가 지옥에 떨어지시는 걸 본 어머니가 울면서 기도하는 모습을 내가 본 거에요."

"두 번째는 어땠어요, 매트 부인?"

"두 번째는 내가 매트와 헤어지기로 작정했을 때였어요. 네, 그래요."

그녀는 자신의 말을 확인하듯 고개를 끄덕였습니다.

"그렇게 작정했을 때였어요. 저이가 그 유별난 질투로 나를 괴롭힐 때였거든요."

그녀는 얼굴을 내게 가까이하고 목소리를 낮춰 말하며 부엌문

바깥쪽을 바라보았습니다. 매트가 밖에서 장작을 패고 있었던 것입니다.

"저이는 내 첫 아이의 아버지가 아니거든요."

매트 부인이 속삭였습니다.

"그런데 저이는 그 점을 가지고 끝까지 물고 늘어지는 거예요. 모든 남자를 의심하더군요. 저이는 내게 고통을 주는 원인이에요. 그래요, 지난 40년 동안 그래 왔어요."

그대로 놔두면 항상 들어 온 불평이 쏟아져 나올 것 같아 나는 재빨리 화제를 바꿔야 했습니다.

"세 번째는 어땠어요, 부인?"

내 말에 그녀는 이해가 안 간다는 듯이 눈을 깜박거렸습니다.

"단 한번밖에 없었어요. 그리고 그 축복받은 아기가 태어나기 전에 매트와 결혼한 거예요."

"아니, 세 번째로 어머니의 모습을 보셨을 때의 일말이에요."

"아, 그래, 그 이야기였죠! 세 번째는 화창한 부활절 아침이었죠. 전날 밤 매트와 한바탕 싸웠기 때문에 교회에 갈 기분이 아니었어요. 그래서 교회에는 가지 않고 마루를 닦고 있으려니까 매트가 소리를 치더군요. 자기와 아이들과 함께 교회엘 가자는 것이었어요. 그때는 아이들이 여섯이었죠. 전날 밤에 싸운 것도 일곱 번째 아이를 갖느냐 갖지 않느냐 하는 것 때문이었어요. 그래도 꼼짝하지 않고 있으니까 그대로 가 버리더군요. 집안이 조용해진 다음 나는 마루에서 일어나 작업복을 벗어 던지고 깨끗한 나이트가운으로 갈아입고 다시 침대에 들었어요. 간밤에 싸우느라 못 잔 잠을 보충하기 위해서였어요. 바로 그때 어머니의 모습이 나타났어요. 어머니는 천사처럼 새하얀 옷을 입고 계셨지만 등 뒤로 풀어 내린 머리는 밤이면 항상 그랬듯이 회색 댕기로 묶고 계셨어요. 그때 그분이 제게 이렇게 말씀하시더군요. '불쌍한 영혼아, 넌 여자라는 걸 잊지 말아라. 그리고 여자의 본분을 최선을 다해 지켜야 하느니라.' 그래서 나는 이렇게 대답했죠. '알겠어요, 어머니. 명심하겠어요.' 그리고는 어린 아이처럼 잘 들었는데, 깨어 보니 매트가 돌아와 아이들에게 음식을 먹이고 있더군요. 나는 아주 상쾌한 기분으로 일어났어요."

어리석은 이야기였습니다. 매트 부인은 무지한 것이 때로는 주책없는 노파 같았지만 자기가 본 것은 철저히 믿는 사람이었습니다.

그날 오후에 마을 가까이에 있는 조그만 도서관을 찾아간 나는 꿈과 허상에 관한 책을 한 아름이나 꺼내 놓아 도서관 사서를 놀라게 했습니다.

나는 내 나름의 무신론적 견해가 몸에 배어 있었고 또 투시력 같은 것도 믿지 않았으므로 그 책들을 읽는 다는 것이 어쩐지 쑥스러웠습니다. 내 마음을 동요시킨 것은 아인슈타인이었습니다. 만일 단단하고 굵은 통나무가 즉 일정한 길이의 순수 물질이 내 눈앞에서 에너지로 바뀌고 재나 불이나 열로 바뀔 수 있는 것이면 살아 있는 몸이나 훌륭하고 깊이 있는 사색의 마음과 영혼도 그와 비슷하게 다른 요소로 변화될 수 있지 않겠습니까?

이제 나를 재촉하는 것은 그 늙은 여자의 이야기나 죽은 사람의 유령이 아닙니다. 왜냐하면 이러한 것들에 대한 나의 의심은 그 근거가 확실하기 때문입니다. 나를 재촉하고 있는 것은 그런 것들이 아니라 온 세계가 그를 존경하기 때문에 나 역시 존경해야만 하는 그 남자, 그 마디 투성이의 조그마한 과학자가 제시한 무한정한 가능성입니다. 나의 머리 속에서는 의문이 계속 생겨났습니다.

그리고 어떤 방법을 동원해서든 내가 사랑하는 사람을 찾아보아야겠다는 생각이 들었습니다. 제럴드는 살아 있을까요, 아니면?

그러나 나의 그와 같은 결심은 아주 간단하고 비극적으로 아무런 수고도 소용없는 것이 되고 말았습니다. 매란에게서 편지가 온 것입니다. 이번에는 캘커타에서 부쳐 온 그 편지는 제럴드의 죽음을 알리는 것이었습니다. 그렇다고 매란이 캘커타에 와 있는 것은 아니었습니다. 그녀는 북경의 그 집에서 그녀의 첫 아이이자 제럴드의 아이가 태어나길 기다리고 있다고 했습니다. 어떤 방법으로였는지는 모르지만, 그녀는 편지를 중국에서 인도로 내보냈을 것입니다. 아마 중국을 방문한 인도의 외교관들 중에 제럴드의 친구가 있었는지도 모를 일입니다. 그런 사람에게 편지를 옷 속에 넣어 인도로 빼돌려 그곳에서 내게 부쳐 달라고 부탁했을 것입니다.

편지는 간단했고 급하게 쓴 것 같았습니다. 편지에는 곳곳에 얼룩이 있었는데, 그것은 아마도 눈물 자국일 것입니다. 그 내용을 여기에 그대로 옮길 생각은 없습니다. 나는 그것들을 잊고 싶고 그 편지도 없애 버릴 생각입니다. 그 내용은 아주 간단했습니다. 제럴드가 북경을 탈출할 것을 기도하던 중에 사살 당했다는 것이었습니다. 그녀는 제럴드가 북경을 떠날 계획을 하고 있었다는 것조차도 몰랐었다고 합니다.

제 생각이지만, 그 분은 당신을 무척 그리워하는 것 같았습니다.

그녀의 편지엔 또 이런 구절도 있었습니다.

그분은 어떻게든 인도인들과 함께 인도로 빠져 나갈 꿈을 꾸고 있었던 것 같습니다.


그이는 물론 항상 감시당하고 있었을 것입니다. 그들은 절대로 그이를 믿지 않았을 것입니다. 그이의 하인 중에도 그이를 배반한 자가 있었을지도 모를 일입니다. 그이는 옷을 꾸리거나 하는 자질구레한 일에는 솜씨가 없었습니다. 그런 일은 언제나 내가 맡아 해 드리곤 했었습니다. 어쩌면 그이는 매란, 즉 중국인 아내마저도 믿지 못했을지도 모릅니다.


그분은 제게 아무런 말씀도 없으셨어요.


그녀는 이렇게 쓰고 있었습니다.


아마 저에게 어떤 화가 미칠까 봐 그랬던 것 같습니다. 그래야만 내가 모른다고 말 할 수 있을 것으로 믿었기 때문이었을 것입니다.


제럴드는 바로 북경의 그 집 대문 앞에서 뒤에서 쏜 총탄을 왼쪽 어깨에 맞고 쓰러졌는데 그것이 그이의 최후였던가 봅니다. 햇볕이 쨍쨍한 오후였는데, 그이는 대학에서 강의를 마치고 돌아오는 길이었습니다. 수위는 열려진 대문 앞에 서 있었는데, 지겨운 제복을 입은 사람이 제럴드의 뒤에서 불쑥 나타나는 걸 봤습니다. 그 사람은 제럴드가 대문에 가까워지자 권총을 꺼내 등 뒤에서 제럴드를 향해 쏘아 버렸습니다. 이어 총에 맞은 제럴드가 쓰러졌고, 그 암살자는 재빨리 모습을 감추었습니다. 소스라치게 놀란 수위는 소리도 지르지 못했습니다. 그는 재빨리 쓰러진 제럴드를 안아 안마당의 바위위에 눕히고 나서 대문을 잠갔습니다. 매란의 편지에 의해 알게 된 제럴드의 최후는 대강 이랬습니다.

우리는 그 분을 침실에서 보이는 작은 마당에 비밀스럽게 묻어 드렸어요.

매란의 편지는 이렇게 끝을 맺고 있었습니다.
그곳에서 이른 오후라면 여기 이 골짜기에선 새벽 2시쯤이 될 것입니다. 그렇다면… 하지만 어찌 그런 일을 믿을 수 있겠습니까?
모를 일입니다. 아마 영원히 얻지 못할 해답일 것입니다. 알고 있는 것은 오직 내가 사랑하던 사람이 이제는 이 세상에 존재하지 않는다는 사실뿐입니다. 내가 살아 있는 동안, 이 세상에서 다시는 그이의 모습을 볼 수 없게 된 것입니다.

어느새 나는 다시 일상적인 생활을 하고 있었습니다. 그 편지에 답장할 방법이 없어 나는 그 편지를 없애 버렸습니다. 그러나 차분한 마음으로 편지를 쓸 수 있게 되었을 때, 레니에게 편지를 보내 아버지가 돌아가신 것을 알려 주었습니다.

여러 가지 사정으로 미루어 보아 네 아버지는 우리에게로 오시려고 결심하셨던 것 같구나. 적어도 그곳의 중국인 부인은 그렇게 믿고 있는 모양이야. 네 아버지는 우리와 헤어져 살아 보려고 하셨으나 결국 그럴 수 없었던 것 같다. 사랑이 나라나 역사보다 강했던 모양이다. 이런 사살이야말로 네 아버지가 죽음으로써 우리에게 보내 준 메시지인 것이다. 그것은 우리에게 당신의 뜻을 전해 줄 수 있는 확실한 방법이었고 내가 그이를 용서해 드릴 수 있는 충분한 조건이 될 수 있을 것이다. 레니야, 아버지를 용서해 드려라. 만약 네가 그렇게 한다면 내 생활은 훨씬 행복할 수 있을 것만 같구나.

여기까지 쓴 나는 잠시 멈추고 제럴드가 죽은 직후 그이의 모습이 또렷하게 내 앞에 나타났었다는 사실을 레니에게 알려 주어야 할지 생각해 보았습니다. 그이의 영혼이 육식을 떠나 나에게로 돌아와 영원히 기억되게 하기 위하여 잠시 모습을 보였던 것입니다. 그러나 나는 잠시 후 그런 이야기는 안 하기로 결심했습니다. 레니는 그런 이야기를 믿지 않을 것이며 어쩌면 나는 자신의 진심을 시험당하기 싫어서 그랬는지도 모릅니다. 어차피 필요 없는 일이기도 합니다. 나 자신이 확신을 가질 때까지 기다려도 될 일이기도 합니다. 편지를 보낸 지 얼마 지나지 않아서 레니의 답장이 날아왔습니다.

어머니, 저는 아버님을 용서해 드렸습니다. 저는 저의 자의로 그리고 사랑으로 아버님을 용서해 드린 것입니다. 그런데 만약 그런 일이 어머니를 행복하게 해 드린다면 더욱 좋은 일이 되겠지요. 이와 같은 사실을 메리에게도 이야기했습니다.

이제 더 이상 쓸 이야기도 별로 없는 것 같습니다. 이제까지 해

온 이야기에 더할 것이 무엇이 있겠습니까?

봄은 미끄러지듯 물러가고 어느새 여름입니다. 나는 일상생활을 항상 레니의 결혼에 대한 계획을 세우는 일로 바쁜 시간을 보냈습니다. 오늘 밤은 바로 그 결혼의 전야(前夜)입니다. 나는 그 결혼에 대한 이야기를 하지 않고는 끝낼 수 없다는 생각을 하게 되었습니다. 사실 이 이야기도 오래된 과거의 그날부터 시작된 것입니다. 즉, 언제나 명랑하고 사랑을 겁내지 않던 한 젊은 여자가 키가 크고 야윈 몸매에 책에만 파묻혀 있는 아름다운 남성을 만나 끝내 이루게 된 결혼에서부터 비롯된 것이기 때문입니다.

오늘 저녁 나는 메리와 함께 설거지를 하며 이야기를 나누고 있었고, 레니는 요즘 풍기기 시작한 사내다운 분위기를 과시하듯 테라스에서 파이프 담배를 피우고 있었습니다.

"메리야, 레니가 너에게 훌륭한 남편일 뿐만 아니라 멋진 연인까지 되어 주었으면 좋겠구나. 레니의 아버지는 그 두 가지 면에서 더 바랄 게 없는 훌륭한 분이셨지. 레니가 그와 같은 능력을 물려받았으면 하는데 확실히 모르겠구나."

키가 크고 사랑스러운 메리가 그녀 특유의 잔잔한 미소를 지었습니다.

"레니도 아버님의 그런 장점을 물려받았다고 확신하고 있어요."

"그래도 때로는 한두 가지는 요구해야 한다. 내가 그랬거든."

"명심하겠어요, 어머니."

메리가 여전히 미소를 지으며 대답했습니다.

메리가 나를 어머니라고 부른 건 이때가 처음이라 나는 그 새로운 사실로 인해 충격적인 기쁨에 싸여 한 손엔 접시 그리고 한 손엔 수건을 든 채 넋이 나간 듯 메리를 바라보고 서 있었습니다.

그런 나를 보고 메리는 웃음을 터뜨리더니 나를 껴안고 내 이마에 입맞춤을 했습니다. 그만큼 메리는 나보다 키가 컸습니다. 나는 그 때 메리의 가슴에서 달콤하고 향기로운 체취를 맡을 수 있어 레니의 입장에서 정말 기쁜 일이 아닐 수 없다는 생각이 들었습니다. 메리의 숨결에서 풍기는 향기가 향수가 아니라 꽃의 향기처럼 신선하고 싱그러운 것이었습니다.

결혼식 날의 새벽이 부드럽게 그리고 눈부시게 밝아오고 있었습니다. 이곳의 6월은 거의 더운 날이 없는데 역시 오늘도 신선하고 맑은 날이 될 것 같았습니다. 이른 아침에 낡고 먼지를 뒤집어쓴 차를 몰고 조지 보웬이 우리 집 대문 앞에 나타났습니다. 나로서는 처음 보는 그 젊은이는 키가 크고 메리와 같이 차분한 분위기를 풍겼습니다. 차에서 내린 그는 구겨진 가방을 손에 들고 전에 여러 번 와 봤던 집에 온 것처럼 거침없이 집안으로 들어섰습니다.

나는 그에게 첫눈에 호감이 갔습니다. 그는 마음이 통하는 사람들끼리만 할 수 있는 포옹을 레니와 나누고 동생 메리의 귀를 장난스럽고 다정스럽게 잡아당기고 나서 항상 만나고 서로 좋아하는 사람에게처럼 내게 말했습니다.

"저는 부인을 잘 알고 있습니다."

그의 말에는 거침이 없었습니다.

"레니를 안 다음부터 부인을 뵙고 싶었습니다."

"가방을 내려놓으시고 우리와 함께 아침식사를 하시죠, 조지."

"여기 부엌의 싱크대에서 손 좀 씻겠습니다."

손을 씻는 모습도 아주 보기 좋았습니다. 조심스러우면서도 깔끔하게 씻는 모습이 마치 수술을 끝낸 외과의사의 경우와 꼭 흡사했습니다. 조지는 중성자를 연구하는 몇 사람 안 되는 젊은 과학자 중의 하나라고 했습니다. 레니가 처음 그의 이야기를 한 이후 은근히 겁을 내왔습니다. 나는 오늘날의 젊은 과학자들은 똑똑하고 열성적이지만 비정하다고 생각해 왔던 것입니다. 그러나 지금 내 앞에는 친절하고 호감이 가며 외로운 여인의 아들에게 좋은 친구인 젊은이가 있는 것입니다. 레니는 이 두 사람 이제 아내와 처남이 될 둘 사이에서 자신의 세계를 구축해 갈 것입니다.

"달걀은 어떻게 할까요, 조지?"

"한쪽만 익혀 주세요. 고맙습니다."

그리고 그는 주저 없이 식탁 앞에 앉았습니다. 나는 대부분의 여자들이 빠지기 쉬운 감성적이고 모성애적인 감정이 되지 않으려고 노력했으나 솔직히 고백해서 조지 보웬이 내가 마련한 음식을 맛있게 먹는 것을 보고는 가슴이 뿌듯했습니다.

식사가 끝난 후, 예식이 있기 전까지 몇 시간 동안 그는 잠시도 쉬지 않고 자기가 할일을 찾아 부지런히 몸을 움직였습니다. 그는 못 쓰게 망가진 진공소제기를 멀쩡하게 고쳐 놓았고 의자를 가져다 놓고 차고를 말끔하게 청소해 매트가 혀를 내두르게 했습니다. 레니와 메리는 둘 다 성대한 결혼식을 원치 않았습니다. 그들은 오후 4시쯤에 숲에서 산책하다 돌아와 목욕을 하고 예복으로 갈아입기 위해 그들의 방으로 올라갔습니다. 동네 여인 몇 사람과 부엌에서 피로연 음식 준비를 하고 있던 매트 부인이 나를 밀어냈습니다.

"2층에 올라가서서 옷을 갈아입어요."

그녀는 내게 명령하듯 말하고 있었습니다.

"15분도 채 안 걸릴 거예요."

"그럼, 신부가 치장하는 걸 도와 줘요. 나는 그날 코르셋 커버에 꽂을 핀을 잃어 버려 쩔쩔매던 생각을 하면 지금도 식은땀이 난다니까."

그래서 2층으로 올라간 나는 연회색 비단 드레스로 갈아입고 메리의 방으로 갔습니다. 문을 두드리자 들어오라는 메리의 목소리가 들렸습니다. 옷치장을 이미 끝낸 신부는 창가에 서서 골짜기의 모습을 바라보고 있었습니다. 메리의 웨딩드레스는 수수한 순백색의 얇은 모슬린으로 만들었으며, 가장자리와 목 주위는 손으로 수놓은 아름다운 장식으로 되어 있었습니다. 메리가 직접 만든 그 드레스는 자신에게 더없이 어울리는 것이었습니다. 메리의 목에는 레니의 사진이 든 로케트가 달린 금목걸이가 걸려 있었습니다.

"부케는 아래층에 있어."

나는 메리의 아름다운 모습을 바라보며 말했습니다.

"지금 가져다줄까?"

초대된 손님들이 모여들고 있었고 목사님은 벌써 도착해 거실에 계셨습니다. 오늘 아침 우리는 들에 나가 꽃을 꺾어다 신부를 위한 아름다운 부케를 만들었습니다. 나는 그 부케에 꽂을 장미를 미리부터 준비해 두고 있었습니다. 겨울이면 이 골짜기는 너무 추워 장미가 잘 자라지 않으므로 나는 작년 가을에 장미나무 몇 그루를 뽑아 서늘하고 어두운 지하실에 저장했다가 봄에 내다 심어 꽃이 피게 했던 것입니다. 나는 그 중에서 여섯 송이를 잘라 그 줄기를 얼음물 속에 담가 놓고 너무 만개하지 않도록 준비해 두었던 것입니다.

"부탁드리겠어요, 어머니."

레니가 방에서 나오는 소리를 듣고 나도 서둘러 메리의 방을 나왔습니다. 내가 장미꽃을 가지고 돌아왔을 때 레니는 신부의 손을 잡고 마주 서 있었습니다. 그런 모습을 보는 순간 나는 나의 모든 슬픔이 사라져가는 것을 느낄 수 있었습니다. 나는 신부를 바라보고 있는 내 아들의 눈빛이 무엇을 의미하는 것인지 너무나 잘 알 수 있었기 때문입니다. 나는 오래 전에 레니의 아버지에게서도 똑같은 눈빛을 보았던 것입니다.

결혼식은 간결하면서도 흠잡을 데 없이 진행되었습니다. 골짜기에 사는 모든 사람들은 초대했으나 여름 한 철만 와서 지내는 도시 사람들은 초대하지 않아 20명 정도의 손님들이 우리 집 거실에 모여 있었습니다. 손님이 모두 모이자 레니와 메리가 서로 다정한 시선을 교환하며 이따금 미소를 짓거나 속삭이면서 2층에서 내려와 손님들 사이를 지나 목사님 앞에 섰습니다. 이윽고 의자에서 일어선 목사님이 자그마한 책을 펴 들고 그들이 남편과 아내가 되었음을 선언하는 몇 마디 말씀을 하셨습니다. 음악은 없었습니다. 우리들 중에 새들이 노래하는 듯 아름다운 목소리를 내는 건 메리뿐이었습니다.

예식이 끝나자 손님들이 신랑과 신부를 에워쌌습니다. 한쪽으로 비켜 선 나는 그들이 너무 아름다워 소리 없이 울고 있었습니다. 그런 나를 보고 브루스 스폴든이 신선한 과일 펀치 한 잔을 가져다주었습니다.

"이걸 드시고 기분을 바꿔 보세요, 부인."

이렇게 나를 위로한 그는 그때부터 내 곁을 떠나려 하지 않았습니다.

매트 부인이 자기가 만든 결혼 케이크를 내놓았습니다. 3단으로 된 아름다운 케이크였습니다. 메리가 레니의 도움을 받아 케이크를 자르고 내가 산딸기로 만든 달콤한 술이 반쯤 찬 은잔을 서로 나누었습니다.

모인 손님들이 음식과 술을 들며 즐기고 있을 때, 레니와 메리는 조용히 2층으로 올라가 여행할 수 있는 옷으로 갈아입고 내려와 작별인사를 하고는 서둘러 거실을 빠져 나갔습니다. 그러나 그들은 차 옆에서 내가 나오길 기다리고 있었습니다. 내가 그들에게 이르자 레니가 나를 껴안았고 그런 우리들 모자를 메리가 다시 감싸 안았습니다. 자꾸만 감정이 격해져서 나는 그들을 서둘러 떠나도록 했습니다.

모였던 손님들은 나를 외롭게 하지 않으려는 듯 그들이 떠난 후 한동안 머물다 한 사람씩 한 사람씩 물러갔습니다. 조지 보웬이 가장 늦게 돌아간 손님이었습니다. 그때까지 그는 의자들을 치워 주고 부엌에 있는 매트 부인에게 음식 접시를 날라다 주는 등 잠시도 쉬지 않고 움직여 주었습니다. 헤어질 순간이 되자 그는 내 볼에 입을 맞추었습니다.

"안녕히 계세요."

"잘 가요, 조지. 그리고 이따금 들러 줘요."

"그러겠습니다."

이어 그는 감상적인 분위기로 보이지 않은 채 무슨 선언이라도 하듯 덧붙였습니다.

"이제 메리의 어머니가 되셨으니 저도 어머니라고 부르겠습니다. 괜찮습니까?"

"그래요."

나는 기쁜 마음을 억제하기 힘들었습니다. 그는 나를 향해 왼쪽 눈을 찡긋거려 윙크를 보냈습니다.

"그런데, 결혼을 할 만큼 다 큰 자식을 셋이나 두신 어머니치고는 너무 젊으신 것 같습니다."

"놀리지 말아요."

조지 보웬은 웃음을 터뜨리면서 차에 올라타고 유쾌하게 출발했습니다.

이제 혼자만 남게 된 브루스는 저녁 내내 나와 함께 있어 주었습니다. 그는 레니의 아버지가 돌아가신 걸 알고 있었습니다. 레니가 그에게 이야기를 했고 이야기했다는 걸 내게 알려 주었습니다.

"뭐라고 이야기했죠?"

"북경에 계시던 아버님이 돌아가셔서, 어머니와 자기가 그곳으로 가는 일은 절대로 없을 거라고 했어요. 그리고 어머니는 여기에서 사셔야 하지만 자기와 메리는 일할 곳이 여기서 멀어 어머니와 헤어져 살 수밖에 없다고 이야기했어요."

"사람은 일자리가 있는 곳으로 가야 되겠지."

브루스는 레니의 말에 동의했답니다.

"선생님의 일자리는 이곳에 있으니까, 어머니의 좋은 친구가 되어 주셨으면 합니다."

"그건 내가 원하던 일이고, 난 네 어머니가 그 이상의 상대로 받아 주길 기대하고 있네."

브루스는 또 이렇게 대답했답니다.

며칠 전에 내게 이런 이야기를 들려 준 레니는 나를 빤히 바라보며 덧붙였습니다.

"어머니께서 만약 그분과 결혼을 하신다면 저는 대환영일 뿐만 아니라, 아주 기쁘겠어요."

나는 아들의 그 말에 아무런 대답도 안 했는데, 아마 언제까지나 아무런 대답도 안 할 것입니다. 모르겠습니다. 그러기에는 아직 너무 이를 것이며, 어쩌면 영원히 너무 이른 일일 것만 같습니다.

그럼에도 불구하고 브루스가 그날 저녁 내 곁에 있어 준 일은 내게 큰 위안이 되는 일이었습니다. 나는 긴 의자에 누워 있었고, 브루스는 내 가까이에 앉아 있었습니다. 우리 사이에는 조그마한 탁자가 있을 뿐이었고, 오래된 것 같은 브라이어 파이프로 담배를 피우고 있던 그는 거의 말이 없었습니다. 그러나 그와 같은 침묵이 그때의 나에겐 편안한 것이었습니다.

그때 나는 제럴드에 대한 이야기와 북경의 우리 집 이야기, 그리고 나에게 있었던 모든 일을 그에게 들려주고 싶다는 생각이 점점 커져가는 것을 느낄 수 있었습니다. 창밖의 산들이 어둠의 그늘 속에 묻혀 가고 솔잎을 흔드는 바람이 아름다운 음악처럼 들리던 그때의 분위기가 나로 하여금 그런 욕구를 느끼게 했을 것입니다. 이어 레니가 어떻게 태어났는지를 생각하던 나는 지금쯤 제럴드의 아이를 낳았을 매란에게로 생각이 옮겨갔습니다. 그러나 끝내 나는 아무 말도 하지 않았고, 브루스가 자리에서 일어섰을 때 나는 그에게 작별인사를 했을 뿐 내 생애와 사랑은 그대로 내 마음속에 비밀스럽게 숨어 있을 수 있었습니다.

"정말 고마워요, 브루스. 당신은 이제 나와 가장 친한 친구에요."

그는 오랫동안 내 손을 잡고 있었습니다.

"당신의 말을 그대로 받아들이죠. 하지만 그건 당분간뿐이에요."

이렇게 말하며 그가 내 손을 잡아 뺨으로 당겨갔을 때, 나는 그의 매끈하게 면도한 서늘한 피부를 느낄 수 있었습니다. 그 감촉이 별로 싫지 않다는 생각을 한 자신에 대해 나는 놀라지 않을 수 없었습니다. 그러나 그는 그 이상 아무 말도 하지 않고 내 곁을 떠났습니다. 그가 떠난 후 나는 갑자기 피로가 몰려오는 걸 느끼며 별다른 고통 없이 아니 오히려 아늑한 기분이 되어 2층으로 올라가 잠자리에 들었습니다.


그로부터 날이 가고 달이 바뀌어, 나는 이제 레니와 메리가 여름휴가로 집에 돌아오기만을 기다리기에 이르렀습니다. 그 사이 나는 북경으로부터 또 한 통의 편지를 받았습니다.

제 의무일 것 같아서 이 편지를 씁니다.

매란의 편지는 이렇게 시작되었습니다.

아들을 낳은 것을 알려 드립니다. 아기는 아버지를 닮았습니다. 피부는 하얗고, 머리는 검지만 부드럽고 보기 좋습니다. 체격과 용모가 크고 강해 보입니다. 저의 어머니 말씀에 의하면 키도 클 것 같답니다. 저는 이런 아기를 갖는다는 것이 놀라울 뿐입니다. 어머니와 저는 아기의 아버지와 당신을 위해 이 아기를 최선을 다해 키우겠습니다.

나를 위해? 그녀의 아이와 내가 어떤 연관성을 가지고 있단 말인가? 나는 그녀의 편지 끝 구절이 나에 대한 묘한 질문이며 대답하기 어려운 질문이라고 생각하지 않을 수 없었습니다. 그러던 나는 그 아이가 레니의 이복동생이라는 걸 깨달아야 했습니다. 어느 날엔가 그들이 만날 수 있는 가능성도 있습니다. 그 두 아이는 서로 얼마나 다를까요, 또 얼마나 닮았을까요?

자연과 인생의 흐름은 기묘하고도 심오한 것입니다. 그들은 서로 이해하기 힘들 것입니다. 분노와 전쟁의 와중에서도 사랑의 비밀은 진행되는 것이며, 사랑이 거부되든 사랑이 부여되든 생명이란 모두 피로 연결되는 것이 인생이라는 걸 그들은 이해하기 힘들 것입니다.


모든 것은 당신으로부터 비롯되었습니다. 바바, 당신은 당신이 하신 일을 알고 계시겠죠? 당신은 당신이 사랑한 순수한 미국 여성이 당신을 충분히 사랑해 주지 않은 데서 받은 상처를 안고 북경으로 가셨고, 별 문제는 아니라고 말했지만 어쨌든 사랑할 수 없는 여인을 아내로 택하셨습니다. 그러나 그 여인은 당신을 사랑했고, 당신의 아들을 낳았으며 어느 날 저는 당신의 그 아드님을 만나게 됐고 또 끔찍이 사랑했습니다. 그리하여 북경에 가게 되었고 그 도시를 내 고향처럼 사랑하게 되었으나 끝내는 나 홀로 내 사랑으로부터 영원히 헤어지도록 쫓겨나야 했습니다. 그런데도 당신의 두 손자가 지구 반대편에 서로 떨어져 존재해 있습니다. 그리고 그들은 당신의 손자들이기 때문에 어떻게든 합쳐져야 할 것이며, 그들도 언젠가는 그런 사실을 깨닫게 될 것입니다.

이와 같은 사실에 대해 뭐라고 말씀하시겠습니까, 바바? 신중의 커다란 소나무 아래에 홀로 누워 계신 바바! 이런 사실에 대해 뭐라고 속 시원히 한 말씀 들려주시지 않으렵니까? ◆

# 북경에서 온 편지

### 2024년 6월 10일 인쇄
### 2024년 6월 15일 발행

지은이: S. 펄벅

옮긴이: 오 영 수

펴낸인: 김 용 성

발행처: 지성문화사

등  록: 제5-14호(1976.10.21)

주  소: 서울 동대문구 신설동 117-8예일빌딩

전  화: 02)2236-0654

팩  스: 02)2236-0655


정가  14,000원